BRAISES VOLÉES

FLAMMES BRISÉES
TOME DEUX

ANNIE ANDERSON

BRAISES VOLÉES
Flammes Brisées Tome Deux
Annie Anderson
Publié par Annie Anderson
Copyright © 2025 Annie Anderson
Secrétaire d'édition (version anglaise) : Angela Sanders
Couverture par : Tattered Quill Designs
Tous droits réservés.
ISBN: 978-1-960315-84-7

Aux copines qui se faisaient un malin plaisir de désobéir. Cette histoire rend hommage à votre révolte, votre amour du chaos et votre fidélité à vous-mêmes.

CHAPITRE I
VALE

Une brindille craqua sous mon pied et entailla ma peau délicate alors que je courais entre les arbres touffus en évitant les branches sèches et les troncs morts. Mais je ne pouvais pas m'arrêter. Les clapotis de l'eau me guidaient dans la forêt et m'attiraient vers un endroit inconnu que je devais absolument trouver.

Nyrah.

Je n'avais aucune autre raison d'être là, perdue au milieu de nulle part, si ce n'était ma petite sœur. Sans le vouloir, je criai son prénom, priant pour que, rien qu'une fois, j'obtienne une réponse. Mais le silence fut le seul résultat dans cette obscurité.

Et dans un tel endroit, le calme n'augurait rien de bon.

Je n'aurais jamais dû laisser Arden me faire sortir de la salle du Jugement. J'aurais dû résister, quitte à en mourir. J'aurais dû faire n'importe quoi pour éviter de laisser Nyrah se débrouiller seule dans un monde aussi hostile que celui-là.

— Nyrah ! criai-je à nouveau en suppliant les dieux de me donner ne serait-ce qu'un petit indice.

Elle était forcément dans le coin, mais j'ignorais où précisément.

Les arbres s'espacèrent rapidement pour laisser place à un abîme obscur, et je ne réalisai pas qu'il s'agissait d'une falaise avant que mes pieds dérapent sur une fougère glissante. Le monde s'estompa et je chutai vers les ténèbres. Mes cris diminuèrent tandis que le monde s'évanouissait, remplacé par un froid cinglant qui s'insinua dans mes os.

Des pierres tranchantes me tailladaient les mains et les genoux, mais je ne voyais rien du tout. Il n'y avait aucune lumière, aucun oxygène, aucune chaleur.

Ce n'était pas normal. C'était...

Un voyage onirique.

Je faisais un voyage onirique. Cela ne m'était arrivé qu'une poignée de fois, et j'en étais encore à m'habituer à la sensation d'être dans mon corps tout en y étant pas. Même si je rêvais, cela ne signifiait pas que ce que je vivais était illusoire. Si je parvenais à trouver ma sœur dans cet espace, cela m'indiquerait où la chercher dans la réalité.

Il me suffisait de continuer un peu plus loin pour l'atteindre.

— Nyrah ! criai-je dans le néant.

J'espérais provoquer quelque chose qui me signalerait sa position.

— Dis-moi où t'es !

J'utilisai une pierre tranchante pour entailler ma paume tout en suppliant la magie qui m'habitait de se manifester, d'éclairer cette obscurité totale par une pointe de lumière.

Mais rien ne se passa.

Pas de lumière.

Pas d'air.

Pas de chaleur.

Était-elle morte ? Mes pires craintes s'étaient-elles réalisées ? Avais-je échoué si lamentablement que tous mes efforts n'avaient servi à rien ?

— S'il te plaît, implorai-je alors que mes larmes, seule chaleur de la pièce, coulaient en traînées brûlantes. Je t'en prie, reviens-moi.

Je sentis un bras s'accrocher brutalement à mon ventre tandis qu'un halo lumineux, presque aveuglant, s'étendait autour de moi, et qu'un tunnel austère en pierre apparaissait enfin devant moi. Au bout se trouvait une petite blonde qui frissonnait, recroquevillée sur elle-même. Je ne pouvais pas voir son visage, mais je craignais que ce soit ma sœur en train de se débattre pour survivre dans cet enfer.

— Nyrah ! criai-je encore une fois d'une voix qui se répercuta sur les murs alors même que j'étais tirée par les pieds, entraînée loin d'elle, et que mon souffle se bloquait dans mes poumons.

— Nyrah !

Mais elle bougea à peine tandis que son image vacillait et s'estompait, et que la scène changeait. Idris m'arrachait à ma sœur pour me plonger dans le rêve qu'il avait imaginé. D'habitude, nous nous retrouvions dans sa chambre, mais pas cette fois.

Non, l'endroit était différent.

Tels les doigts d'un géant, les murs en ruine s'élevaient vers le ciel noirci. Le toit du bâtiment croulait sous le poids des ans. Un vent glacial s'engouffrait à l'intérieur par une fenêtre à moitié détruite et emportait des feuilles mortes et des amas de neige vers des bancs pourris. J'avais envie de lui demander où nous étions, mais j'avais encore plus envie de le gifler.

— Qu'est-ce que tu croyais faire, Vale ? me demanda Idris en saisissant mon bras pour me tourner vers lui.

Il prit ma tête entre ses grandes mains et essuya quelque chose sur mon visage avec son pouce.

— Est-ce que tu sais ce que t'as fait ?

Je me libérai de sa prise en luttant contre l'envie de grogner. Elle était si proche ! J'aurais pu l'atteindre.

— Et toi ? J'étais presque à son niveau. J'aurais pu lui demander où elle était. Je...

— T'aurais pu mourir, putain ! Regarde.

Il leva la main et son pouvoir illumina son regard alors qu'il me montrait le sang visqueux qui maculait le bout de ses doigts.

— Tu n'es pas censée faire de voyage onirique sans moi. Tu n'as pas été formée. Tu n'as aucune idée du danger que ça peut représenter.

Respirer était dangereux. Ma présence au château l'était aussi. Chaque satané aspect de ma vie depuis mon premier souffle. Je n'aurais pas dû survivre aussi longtemps, et après avoir accepté de venir dans ce stupide royaume divisé, j'avais failli mourir une demi-douzaine de fois.

— Ce n'est pas la première fois que je saigne du nez. Je guérirai.

Après avoir pivoté sur un pied, je me dirigeai vers la porte. Je devais retourner auprès de Nyrah. Mais soudain, un faisceau doré jaillit du bout de ses doigts et s'enroula autour de moi, m'obligeant ainsi à reculer. Son pouvoir me traîna vers lui et me hissa en l'air pour me forcer à le regarder dans les yeux.

— Leçon numéro un du voyage onirique : si t'es blessée dans ton rêve, tu le seras dans la vraie vie.

Il brandit à nouveau sa main sur laquelle le sang, bien que terni par la lumière de son pouvoir, était toujours présent.

— Ce sang ? Il est sur ton visage en ce moment même. Les coupures sur tes pieds ? Sur tes mains ? T'es blessée, Vale.

Ne comprenait-il pas ? Ne savait-il pas combien de fois j'avais déjà saigné pour ma sœur ? Tout ce que je serais prête à donner pour la voir, pour qu'elle soit en sécurité, pour...

— Ce n'est qu'un peu de sang. J'aurais pu savoir où elle se trouvait. Elle était si proche...

Sa mâchoire se durcit, la ligne noire de ses sourcils se fronça.

— Tu ne sais même pas si c'était bien elle, rétorqua-t-il. Deuxième leçon du voyage onirique : Ce que tu vois en rêve n'est pas ce qu'il paraît. Tu ne sais pas comment protéger ton esprit ou te protéger toi. Bien sûr, c'était peut-être ta sœur. Mais c'était peut-être un démon onirique ou un mage déguisé, ou...

J'eus l'impression que chaque partie de mon corps

subissait l'effet d'une masse écrasante tandis que ce monde, déjà irréel, devenait flou à travers mes larmes.

— Ou c'était peut-être la première personne prête à me tuer pour maintenir la cage qui t'emprisonne. J'ai compris.

Une raison de plus de retrouver Nyrah avant que l'un des ennemis d'Idris n'y parvienne. Une raison de plus de briser la malédiction. Une raison de plus pour reporter ce mariage bidon et coucher avec qui je le souhaitais pendant ce temps.

Avec les tentacules dorés du pouvoir d'Idris, dont la magie se fit plus chaude et plus douce, il m'attira à lui et me livra à ses bras qui m'attendaient. Il m'enlaça et enfouit ses doigts dans mes cheveux, puis me serra fort. Mais même si ce contact était réconfortant et même si mon corps désirait se lover contre lui, ma tête était loin d'être d'accord.

Mon corps était régi par un lien d'accouplement dont je ne voulais pas.

Mon esprit, lui, n'était pas dupe.

— Je sais que ce n'est pas ce que tu voulais entendre, murmura-t-il dans un vain effort pour me réconforter. Mais on la trouvera.

Comment ? Voilà la vraie question ! Comment trouver Nyrah alors que je n'avais pas la moindre idée de l'endroit où elle était ? Comment réussirions-nous alors qu'elle était plus en danger à mes côtés que loin de moi ? Quand le simple fait de la chercher lui mettait une cible dans le dos.

Une colère désolante me déchira la poitrine et je me libérai des bras d'Idris. Que savait-il de mon désarroi ? Il détestait son frère.

— C'est drôle, lançai-je entre mes dents serrées. Quand j'ai accepté de t'épouser, t'as dit que tu m'aiderais à la retrouver. Et alors que je suis sur le point de remplir ma part du marché... bien trop tôt à mon goût, je n'ai rien en retour, à part une vague promesse et un peut-être.

— Ce n'est pas juste, grommela-t-il. On a à peine eu le temps de souffler, et encore moins de...

Cependant, je ne lui laissai pas l'occasion de me mentir. Ce simulacre de mariage m'avait été plus ou moins imposé, et la date se rapprochait à chaque seconde qui passait. Je n'avais pas besoin qu'il me fasse d'autres fausses promesses.

Mobilisant toute mon énergie, je m'arrachai au monde des rêves et me forçai à m'échapper de cette toute nouvelle prison.

Avant même que j'ouvre les yeux, mon cerveau détecta la douleur. Je fus foudroyée par la voix familière qui exprima avec force son mécontentement.

— *Tu saignes encore, ma Reine*, lâcha Rune à travers notre connexion mentale.

Son grognement déclencha en moi un pic de souffrance alors que je me démenais pour retrouver mes repères.

—*Je crois qu'on a déjà eu cette discussion.*

C'était à cause de lui que j'étais là, non ? Si Idris n'avait pas été maudit et séparé de son dragon, Rune n'existerait pas.

— *Ouais, ouais. Rester en vie est primordial. Dis-le à mon inconscient qui fait des siennes. Je n'ai pas demandé à faire des voyages oniriques, tu sais.*

Oui, j'avais utilisé beaucoup trop de magie pour débusquer Nyrah. Toutefois, je ne l'avais pas fait consciemment. Et pire encore ? Je ne savais pas comment éviter de le faire ni même si je voulais arrêter. Toute cette histoire avait commencé quand j'avais défendu ma petite sœur. Le pouvoir que j'avais caché pendant si longtemps avait émergé lorsque je m'étais assurée de la protéger, signant ainsi mon arrêt de mort.

Mais je n'avais pas perdu la vie ce jour-là. Kian et Xavier m'avaient sauvée, délivrée du *Perder Lucem*, arrachée à la montagne, la seule maison que je connaissais, et m'avaient propulsée dans un monde régi par la royauté, les dragons et la magie.

Et par la mort.

La mort encore et encore.

— T'as étudié la magie trop négligemment. T'es une Luxa. Il est grand temps que tu comprennes ce que ça signifie.

Mais depuis que je possédais ce pouvoir, mon statut de Luxa n'avait fait que me mettre en danger de mort. Apprendre à le maîtriser ne diminuerait pas le nombre de personnes qui voulaient me tuer à cause de mon héritage. Le fait qu'on me prétende porteuse de lumière et briseuse de malédiction ne mettrait pas fin aux tentatives d'assassinat. Ni n'empêcherait les futures noces qui m'uniraient à un homme que je pouvais à peine supporter ou supprimerait les liens étranges que j'avais avec non pas un, mais trois dragons.

M'instruire sur mon pouvoir ne ferait que m'aider à survivre.

En théorie.

Enfin, si cela ne me tuait pas avant.

Ouvrant les paupières, je me retrouvai face à deux métamorphes dragons enragés. Ils me regardaient comme si je venais de dégainer une lame pour les poignarder en plein cœur. La colère embrasait les yeux ambrés de Kian, qui avait la mâchoire crispée, tandis que ceux de Xavier, d'un bleu glacial, étaient envahis par l'inquiétude. Aucun d'eux ne portait de chemise, et j'imaginais que c'était mon sang qui était étalé sur leur peau, comme si j'avais frôlé l'hémorragie à un moment.

C'était probablement le cas.

Ce ne serait pas la première fois que cela m'arriverait non plus.

En fouillant dans les recoins de mon esprit, je me rappelai vaguement m'être endormie sur le torse de Kian la nuit précédente pendant que Xavier jouait avec mes cheveux. Je venais à peine de me remettre de la dernière tentative d'assassinat dont j'avais fait l'objet, alors le sermon que je m'apprêtais à recevoir allait rester dans les annales.

— Arrêtez, croassai-je.

J'essayais d'éviter de me faire réprimander et de m'entendre dire pour la millième fois que je n'étais qu'une fragile petite Luxa qui ne se rendait pas compte de la gravité de ses actes.

Dieux, j'avais assez entendu cette rengaine ces derniers jours.

— S'il vous plaît, arrêtez.

Ce n'était pas ma faute si des gens essayaient de me tuer. Ce n'était pas ma faute si, pour nous sauver, j'avais été obligée d'abuser de mon pouvoir. Et ce n'était pas ma faute si mon voyage onirique, qui était accidentel, aurait pu me faire tomber dans un piège.

— Tu nous as fait mourir de peur, petite sorcière, dit Kian, dont le regard s'adoucit alors qu'il s'agenouillait à côté du lit. Je ne sais pas si mon vieux cœur va pouvoir le supporter.

— Je ne l'ai pas fait exprès, assurai-je en attrapant sa main et en entrelaçant mes doigts avec les siens.

La mâchoire toujours crispée et le regard triste, Xavier prit dans sa main ma cheville. Sur les falaises, lorsque j'avais failli mourir, il avait juré qu'il n'aurait pas pu supporter que le dieu de la mort lui enlève une autre personne à laquelle il tenait. Je n'avais pas encore eu l'occasion de lui en demander plus sur le sujet, mais quelque chose dans son expression me donna envie de creuser la question.

Je voulais tout savoir, tous ses secrets, son passé, ses rêves.

— Tu ne le fais jamais exprès, murmura Xavier en dessinant des arcs de cercles sur ma peau avec son pouce.

Une décharge de pouvoir doré ouvrit violemment les portes de la chambre, et Idris entra en me fusillant de ses yeux couleur d'or. Je ne savais pas pourquoi il était là, mais sa présence était extrêmement malvenue. J'avais réussi à l'éviter au cours des dernières vingt-quatre heures, le temps de me faire à l'idée de nos noces, et présentement, lui parler ne me ravissait pas.

J'étais déjà assez en colère qu'il ait envahi mes rêves et m'ait empêchée de retrouver Nyrah. À présent, il s'apprêtait à me faire un sermon dont je pouvais me passer.

Encore une fois.

Il se rapprocha d'un pas raide et je remarquai le sang qui tachait ses narines et sa chemise.

Inquiète, je me redressai, ignorant mes os endoloris et mes articulations lancinantes.

— *Rune ? Pourquoi il saigne ?*

— *Tu t'es aventurée là où tu n'aurais jamais dû aller, ma Reine. C'est une sale affaire que de faire des voyages oniriques.*

Ce sermon me serait peut-être utile, après tout.

Toutefois, je ne pris la mesure de la dangerosité de mes actes qu'une fois qu'il atteignit le cadre du lit et me pointa du doigt avec cette fureur ardente qui couvait dans ses yeux.

— C'est la dernière fois que tu dors ailleurs que dans mon lit, Vale. Si tu ne peux pas contrôler l'endroit où tu te promènes dans tes rêves, le seul endroit où tu rêveras, c'est à côté de moi.

C'était une exigence.

Un ordre.

Une putain d'injonction royale.

Il aurait été stupide de refuser.

Mais cela m'avait-il déjà freinée ?

CHAPITRE 2

IDRIS

Ma future épouse se préparait à une dispute et me prendrait pour cible.

Ses yeux d'un vert brillant étincelaient de colère alors qu'elle sortait du lit en tremblant. Je dus aller à l'encontre de mon instinct pour éviter de tomber à ses pieds et de la supplier de m'écouter. Durant la semaine précédente, je l'avais vue saigner bien plus que je ne l'aurais voulu, et ces conneries devaient prendre fin sur-le-champ.

C'était une chose qu'une parfaite inconnue dont je me foutais éperdument essaie de briser cette malédiction à la con. C'en était une autre de voir quelqu'un à qui je tenais, peut-être même quelqu'un que j'aimais, finir sans cesse blessé à cause de ce qu'elle représentait.

Peu importe qu'elle ait deux compagnons à ses côtés pour la soutenir.

Cela ne changerait que dalle qu'elle ait une armée entière.

Vale dormirait dans mon lit avant la fin de la nuit.

— Qu'est-ce qui te donne le droit de faire irruption ici et de me dire où je dois poser mon cul ? s'exclama-t-elle en se redressant.

Sa chemise de nuit presque transparente épousait les courbes de son corps qui s'étoffait.

— Et à quoi bon m'étendre à côté de toi ? Ça ne m'empêchera pas de dormir ou de rêver.

Si je n'avais pas été tant énervé de la voir encore se mettre en danger, la colère perceptible dans sa voix et la façon dont le tissu mettait en valeur son corps m'auraient fait flancher. J'aurais cédé à ma bite douloureuse.

Mon Dieu, comment une femme parvenait-elle à être aussi belle et aussi exaspérante à la fois ?

— Je suis presque certain que la couronne dont j'ai hérité et que j'ai conservée pendant trois siècles me donne ce droit. Mais laisse-moi te rappeler que dans moins d'une semaine, je serai ton mari. Il est hors de question que tu tournes de l'œil avant d'atteindre l'autel juste parce que t'es trop têtue pour comprendre qu'il y a des limites à ce que ton corps peut endurer.

C'était la dure réalité qu'elle devait saisir avant de mourir par négligence.

— Au cas où tu ne le saurais pas, plus on est proches, meilleure est notre connexion. Si je suis à côté de toi, je peux sentir quand tu vas trop loin. Je peux te protéger.

Sa mâchoire se crispa tandis qu'une lumière dorée illuminait son corps en scintillant comme des étoiles sous sa peau. Je doutais que les autres puissent voir son pouvoir, mais je savais qu'elle le dépenserait en trop grande quantité si je lui laissais suffisamment de temps pour s'énerver. Ce qui confirmerait ma théorie.

— N'y pense même pas, grommelai-je pour la décourager de m'assommer avec. Tu ne sais absolument pas à quelle distance tu te trouvais ni quel était l'état de fatigue de ton pauvre corps. Tu continues à abuser de l'abondance du pouvoir que tu possèdes, mais il te *tue*.

Ne s'en rendait-elle pas compte ? Ne réalisait-elle pas à quel point ce monde serait froid sans elle ?

— Combien de fois tu vas vider Xavier de son énergie pour qu'il te ramène à la vie ? chuchotai-je pour essayer de lui faire entendre raison. Combien de fois tu vas faire subir ce genre de choses à ton corps ? Personne ne dit que tu n'es pas puissante, parce que tu l'es...

— Non, tu dis que mon corps est trop faible pour endurer ces épreuves. Crois-moi, bougonna-t-elle en essuyant son nez ensanglanté, message reçu.

Vraiment ?

Savait-elle à quel point nous étions déjà liés l'un à l'autre, même sans avoir finalisé le lien ? Que chaque fois qu'elle se blessait, j'avais l'impression qu'une lance me transperçait le cœur. Que Vale empoisonnait chaque recoin de mon esprit jusqu'à obnubiler mes pensées, jusqu'à ce qu'elle soit la seule à mes yeux. Que chaque élancement et chaque souffrance qui l'affligeait marquait au fer rouge mon âme.

J'en doutais fortement.

— Tu prétends tenir à eux, dis-je en désignant de la tête mes deux plus vieux amis. Mais tu ne vois pas quel impact t'as ? Chaque fois que tu te surmènes, tu les forces à songer à une vie dans laquelle tu n'existes pas. Tu leur rappelles qu'ils vivront éternellement dans l'agonie si tu meurs. Sans leur compagne. Sans leur femme. Si tu n'as pas l'intention de te servir intelligemment de ce pouvoir pour toi, pourquoi ne pas le faire pour eux ?

Bouche bée, elle recula d'un pas, comme si je venais de la frapper.

— Ce n'est pas juste.

— Tu devrais savoir que la vie ne l'est pas. Tu veux apprendre à utiliser ton pouvoir ? Très bien, je vais personnellement y veiller. Tu veux apprendre à faire des voyages oniriques ? Je me chargerai aussi de cet enseignement. Mais tu ne peux pas continuer à utiliser ta magie comme ça. Ça finira par te tuer.

Une expression de chagrin ravagea son visage avant qu'elle se ressaisisse, mais je pouvais entendre ses pensées. Nyrah était sa priorité absolue. Elle devait retrouver sa sœur. Elle avait besoin de savoir qu'elle était vivante et en bonne santé, mais elle ignorait à quel point elle avait frôlé la mort.

— Oublie la malédiction, petite sorcière. Qui sera là pour cette sœur à laquelle tu tiens tant si tu meurs pendant tes recherches ?

Vale posa les yeux sur les draps maculés de sang et donna l'impression de ne plus avoir aucune combativité en elle.

— Ce n'était pas volontaire. En m'endormant, je ne me doutais pas que je rêverais de Nyrah ou que j'essaierais de la retrouver. Mais une fois dedans, je ne pouvais plus m'arrêter. Et puis j'ai vu la blonde au bout du tunnel et j'ai su que je devais la rejoindre. Elle était frigorifiée et seule dans le noir. Et si…

— Ils ne la détiennent pas, tu te souviens ? intervint Kian en entrelaçant ses doigts avec ceux de Vale et en l'attirant vers lui. Sinon, Fenwick t'en aurait informée pour te torturer. Ils ne savent pas où elle se trouve, ce qui protège Nyrah pour le moment.

— Tu n'étais pas là, rétorqua Vale en secouant la tête et en se dégageant. Il n'y avait aucune lumière, aucun oxygène, aucun air. C'est à ça que ressemblera ma rencontre avec Orrus, j'imagine. C'était si sombre que la lumière de mon pouvoir ne transperçait pas les ténèbres. Je…

— T'étais en train de mourir, répliqua Xavier d'une voix grave alors que tout son corps tremblait d'une rage à peine contenue. Les battements de ton cœur ont ralenti au point d'être presque inexistants. Ta poitrine se gonflait à peine quand tu respirais. T'étais complètement gelée, complètement immobile.

Mon ami couvrit ses yeux de ses mains comme s'il essayait d'effacer les images. Vale se colla à lui et passa ses bras fins autour de sa taille, comme pour le rassurer de sa présence. Et même si je détestais la partager, même si je détestais qu'elle les aime alors qu'elle me détestait, j'étais vraiment reconnaissant de les avoir dans cette pièce pour me soutenir.

— Mais je suis vivante, murmura-t-elle pour le tranquilliser. Je suis toujours là. Je respire encore.

— Pour combien de temps ? rétorqua Xavier en baissant ses mains pour regarder notre partenaire. T'as été la cible de plusieurs tentatives d'assassinat. Qu'est-ce qu'il se passera si l'un de nous n'est pas là la prochaine fois ? Qu'est-ce qu'il se passera si même Rune ne peut pas te sauver ? Même si te priver de tes choix me répugne, Idris a raison.

— Tu n'es pas sérieux, lâcha Vale entre ses dents serrées en s'écartant de lui. C'était un accident. Je n'ai pas fait exprès. Je...

Elle ferma la bouche et secoua la tête.

— Si vraiment tu ne l'as pas fait exprès, alors tu ne peux *vraiment* pas dormir ailleurs qu'à mes côtés, chuchotai-je en me pinçant le front.

Son pouvoir était volatil, dangereux, plus pour elle que pour n'importe qui d'autre. Pourtant, c'était le cadeau le plus somptueux qu'on aurait pu nous faire. Vale représentait le moyen de briser une malédiction vieille de plusieurs siècles qui décimait ce continent. Par ailleurs, son pouvoir me rappelait tellement Zamarra que c'en était effrayant.

Mais malgré sa puissance, je ne savais toujours

pas si elle était réellement capable de lever la malédiction qui dissociait mon âme et Rune. Nous en savions si peu sur le sort qui entravait mon être et m'empêchait d'accéder à la source de mon pouvoir ! Quelque chose me disait que le lien d'accouplement n'aiderait pas beaucoup, et pourtant, cela semblait être notre seule option.

— Je ne viendrai que si Xavier et Kian peuvent m'accompagner, répliqua-t-elle en croisant les bras sur sa poitrine en un geste de défi qui soulignait sa taille fine.

Ma future femme formulait ses exigences, ah bon ?

— T'es en train de négocier ? demandai-je en retenant mon sourire triomphant.

— Non, je te dis juste comment ça va se passer, répliqua-t-elle avec un haussement de sourcils qui aurait pu me faire céder.

— Bonnet blanc, blanc bonnet, murmurai-je en me rapprochant d'elle. Est-ce que tu souhaites demander autre chose avant de céder inéluctablement ?

Les images qui défilèrent dans son esprit agitèrent ma bite dans mes chausses. Même si je n'aimais pas partager, les fantasmes de Vale valaient peut-être la peine d'être essayés. L'odeur qui se dégageait d'elle me fit ravaler un grognement de désir, obligé que j'étais de résister à la pulsion qui me poussait à réaliser son rêve.

Elle sembla se ressaisir et se débarrasser de ses pensées lubriques, puis ouvrit grand ses yeux mi-clos et recula d'un bon pas. À en juger par le sourire de Kian et l'expression affamée de Xavier, elle venait de nous transmettre à tous cette scène où nous la partagions.

Vale déglutit. Ses pensées dévièrent complètement lorsqu'elle se mit à réfléchir à ses réels désirs, en omettant celui où nous la prenions à trois jusqu'à ce qu'elle ne puisse plus marcher droit.

— Je veux un accès complet à tous les journaux, parchemins et dossiers de Fenwick. Ce salaud n'a pas pu brûler le seul parchemin évoquant le moyen de briser la malédiction. Ça fait deux cents ans. Il doit bien avoir des notes quelque part.

Ce n'était pas étonnant qu'elle veuille consulter les réflexions de Fenwick. Cet enfoiré était passé inaperçu tandis qu'il tuait les Luxas sous notre nez. Vale avait été la seule à lui survivre, mais cela lui avait presque coûté la vie.

— Bien sûr. Freya, Xavier et moi les avons étudiés, mais tu peux chercher dans la bibliothèque tout ce qui nous a échappé et regarder ce qu'on a trouvé. Autre chose ?

— Tu n'as toujours pas accepté ma première demande, dit-elle en levant les yeux au ciel, comme pour souligner sa posture et sa détermination.

— Quand t'as accepté de m'épouser, je t'ai dit que je ne vous séparerais pas, répondis-je en me réservant une partie que je gardai sous silence.

Ma répulsion au partage était connue de tous. C'était d'ailleurs pour cette raison que je me trouvais dans cette situation. Malheureusement, je ne détenais pas l'exclusivité de ma partenaire, et si je parvenais à épouser Vale, je devais me mettre en tête que je ne la posséderais jamais complètement malgré ma couronne.

Et c'était peut-être une bonne chose.

Vale était l'équivalent du soleil : volatile et stable à la fois. Il aurait été stupide de penser pouvoir la posséder totalement.

— *Entre ce que tu dis et ce que tu fais, il y a de la marge. D'habitude, « protéger » quelqu'un n'implique pas de demande en mariage. Maintenant, ton envie de me « protéger » me conduit dans ton lit. Je ne tomberai pas deux fois dans le panneau. Je veux que tu me donnes ta parole,* exigea-t-elle avec une force de pensée supérieure à la mienne. *La dernière fois que j'ai dormi sans eux, j'ai failli mourir. Je préférerais ne pas repro-duire cette expérience.*

Non, la dernière fois que j'avais été assez stupide pour croire qu'une équipe complète de gardes suffirait à arrêter les assassins qui la poursuivaient, elle était *vraiment* morte. Je me souvenais de la douleur intense qui avait explosé dans ma poitrine et avait failli me déchirer en deux lorsque son cœur avait cessé de battre. Je me rappelais la quantité d'énergie et la quantité de sang qu'elle avait perdues, mais aussi la mort qu'elle avait frôlée.

Seulement, cette fois-ci, elle avait l'entière responsabilité de cette quasi-catastrophe, qui n'était pas due à ma stupidité. Au moins, c'était un bon point pour moi.

— *Je n'ai jamais, pas une seule fois, manqué à la parole que je t'avais donnée.*

Mais elle n'avait pas tort.

— *Et ce n'est pas maintenant que ça va commencer. Ils peuvent t'accompagner, mais tu dors à côté de moi. Je vais peut-être devoir me procurer un plus grand lit.*

— *La taille du lit n'a pas d'importance. Il ne servira qu'à dormir.*

Je finirais bien par la convaincre du contraire pour finaliser notre lien, mais je n'allais pas m'y atteler ce soir-là. D'un autre côté, avec ces images fugaces de nous trois la partageant qui erraient dans ma tête, je me dis que je n'aurais pas besoin d'autant d'efforts que je l'aurais cru pour la convaincre.

Une fois que Vale se fut nettoyée, nous sortîmes tous les trois dans le couloir qui nous amena rapidement à mes quartiers. Après les événements de la falaise, nous nous étions isolés dans l'aile du château qui m'était réservée, parce que nous pensions que notre proximité empêcherait toute nouvelle attaque. Nous ne nous doutions pas que Vale s'en prendrait à elle-même de l'intérieur.

Aussitôt que j'ouvris la porte de mes appartements, je remarquai le monticule d'oreillers et de couvertures supplémentaires empilés sur le matelas. Manifestement, mon indéfectible intendante de toujours était encore intervenue. Briar faisait partie de ma famille depuis des siècles, et elle était tombée sous le charme de Vale presque instantanément, ce que je ne pouvais pas lui reprocher.

Je supposai que, par ce biais, elle approuvait ce nouvel arrangement.

Une fois que nous eûmes fini les délibérations embarrassantes visant à déterminer où chacun dormirait, Vale se retrouva au centre du matelas avec Kian d'un côté, moi de l'autre, et Xavier étendu au pied du lit. Naturellement, Kian s'enroula autour d'elle comme un serpent et la serra contre lui, tandis que Xavier s'accrochait à sa cheville comme une moule à son rocher.

Et moi ?

Je fixais le plafond, essayant d'ignorer que Kian dormait déjà à poings fermés, que Xavier n'en était pas loin et que Vale serrait les yeux en faisant semblant de dormir, comme une enfant se cachant de ses parents. Mais elle pouvait faire semblant tant qu'elle le voulait, j'entendais son esprit ruminer comme une vache.

Dans ces circonstances, je n'arriverais pas à m'assoupir, même si je n'en avais pas l'intention en l'ayant si près de moi. J'enviais Kian. Cet homme aurait pu s'endormir dans un caniveau s'il l'avait fallu, mais s'il était si paisible, c'est parce qu'il se trouvait entre la porte et la femme qu'il aimait. Il ne m'avait pas non plus échappé que Xavier s'était placé entre les portes vitrées du balcon et Vale.

Ils l'encadraient, la protégeaient de leurs corps. Et moi, j'étais simplement étendu là, à les envier tous les deux.

— *Tu veux que je te raconte une histoire pour t'endormir ? Parce qu'on sait tous les deux que t'es réveillée.*

Elle ouvrit l'un de ses yeux verts, et ce fut assez

pour qu'elle me jette un regard acerbe. Toutefois, elle n'ouvrit pas la bouche une seule fois.

— *Tu refuses ? Tu vas devoir formuler des mots, petite Luxa.*

— *Je ne suis pas une enfant,* répondit-elle en relevant sa deuxième paupière et en me lançant un regard presque irrité. *Je n'ai pas besoin d'une histoire pour m'endormir. Si t'arrêtais de me traiter comme une idiote décérébrée incapable de se débrouiller seule, peut-être que je ne te détesterais pas autant.*

— *Tu veux me détester, mais tu n'y arrives pas. Plus vite tu comprendras pourquoi, mieux on se portera.*

Même si *la raison* pour laquelle elle me parlait télépathiquement m'agaçait, cette façon de communiquer me rappelait de manière réconfortante à quel point nous étions liés.

— *Et si je te racontais comment les Luxas ont obtenu leur pouvoir ? Comment leur tribu a été créée ? C'est une histoire méconnue parce qu'elle n'est racontée qu'aux membres de la famille. Elle ne figure peut-être même pas dans les livres de la bibliothèque.*

Sa mine renfrognée m'indiqua que j'avais éveillé sa curiosité. Vale aimait apprendre de nouvelles choses, elle avait soif de connaissance. Je soupçonnais qu'une part d'elle détestait ne pas en savoir plus sur ce qu'elle était. Que c'était sa résistance qui l'avait tenue dans l'ignorance si longtemps. Je n'aurais pas dû connaître ce petit détail, mais plus elle restait près de moi, plus j'en apprenais sur ma future femme.

— *D'accord, mais il vaudrait mieux que l'histoire soit intéressante*, dit-elle en s'installant confortablement. *Sinon...*

Son regard scrutateur me fit presque l'effet d'une caresse.

Je ne pus retenir l'esquisse d'un sourire sur mes lèvres.

— *Tu sais que la malédiction qui pèse sur moi affecte tout le royaume, mais est-ce que tu sais pourquoi ?*

Elle secoua la tête.

— *C'est dû à la lignée Ashbourne. On fait partie intégrante du flux de magie parce que c'est par notre biais qu'il parcourt ce royaume. Orin, le premier Ashbourne, était le gardien vénéré de ce fleuve magique qui était la source de tous les pouvoirs du royaume. Mais le mal cruel de la solitude et le poids de son fardeau, presque trop lourd pour qu'il puisse le porter seul, l'ont rongé petit à petit. Il désirait avoir un égal, quelqu'un qui ne puiserait pas dans sa force ou dans sa magie, qui ne dépendrait pas de son pouvoir, mais qui en posséderait un. Nuit après nuit, jour après jour, il a recherché cet être partout dans l'univers, mais personne ne s'est présenté. Il a cherché pendant des siècles, mais n'a trouvé aucun égal. Après des années, il s'est marié et a eu des enfants, ce qui a étouffé sa solitude. À la mort de sa reine, il s'est relancé dans ses recherches, explorant des terres reculées pour soulager la souffrance de son âme. Au plus profond de son désespoir, il s'est aventuré dans le monde des rêves, priant pour trouver une compagne. Mais ce monde était dénaturé et cruel. Le piégeant entre ses griffes, il ne lui montrait que ses échecs. Pourtant, chaque nuit, il y retournait, en espérant contre toute attente que ses prières seraient exaucées. Durant l'une de ces nuits, perdue dans un paysage onirique troublé, une silhouette radieuse d'une lumière pure l'a approché, a chassé ses peurs et sa solitude, et a soulagé l'amertume de son pauvre cœur meurtri.*

Un petit sourire se dessina aux coins de ses lèvres. C'était une histoire que ma mère nous avait racontée, à Arden et à moi, lorsque nous étions enfants. Il l'avait toujours adorée, alors que je l'avais détestée, sachant que je me retrouverais un jour dans la même position, obligé d'assumer les responsabilités conférées par ma couronne. Mais Arden aimait la souffrance qu'il entrevoyait dans cette histoire, le chagrin. À ce moment-là, j'aurais dû réaliser à quel point mon frère finirait par être dérangé.

— *Lirael n'était pas un être comme les autres. Orin n'avait rencontré personne de semblable dans la réalité ou le Royaume des Rêves. C'était un être qui possédait une magie éternelle et une incroyable puissance. Orin savait qu'il avait trouvé quelqu'un qui ne drainerait pas son pouvoir, mais au contraire, qui guérirait son âme. À contrecœur, il est retourné à la réalité, mais chaque nuit, il l'a cherchée dans cet espace intemporel. Elle a fini par l'accepter comme compagnon, et ils ont partagé leurs plus grands espoirs et leurs plus grands désirs en explorant ensemble le Royaume des Rêves. Mais plus Orin passait de temps là-bas, plus il avait besoin de ce monde-là, plus il avait envie d'elle. Le lien forgé dans ses rêves a commencé à se renforcer. Dans la réalité, le corps du roi s'est flétri, le pouvoir qu'il avait utilisé pour trouver son amour avait épuisé presque toute sa vitalité. Les membres de sa famille l'ont supplié de rester avec eux, de ne pas retourner dans ce royaume lointain, de ne pas les abandonner. Mais il n'a pas pu résister à l'attraction qu'elle exerçait sur lui, même si la magie du monde risquait de disparaître avec lui.*

L'expression de Vale était empreinte de tristesse, j'aurais aimé trouver une meilleure histoire à lui raconter. Sa vie avait toujours été constituée de sacrifices. Peut-être que c'était cela qui l'animait, mais je détestais qu'elle ait à endurer de pareils malheurs.

— *Désespéré, Orin a supplié Lirael de l'accompagner dans la réalité et de devenir sa reine, mais ne pouvant pas le suivre, elle a fini par lui révéler une amère vérité. Lirael était la gardienne du Royaume des Rêves, une déesse, et même s'il le souhaitait, elle ne pouvait pas en partir. Découragé, Orin l'a suppliée de le garder à ses côtés, mais elle savait que la magie du Crédour mourrait avec lui s'il perdait la vie dans sa réalité. Elle savait aussi que l'attraction du monde onirique était trop forte pour lui et, le cœur brisé, elle en a chassé Orin et lui a interdit d'y pénétrer à nouveau. Toutefois, bien qu'elle l'ait banni, elle ne l'a pas laissé sans cadeau. Lirael a confectionné les premières sorcières Lux, à partir des fils de son amour pour Orin et des morceaux de son âme. Ces sorcières posséderaient la lumière du Rêve et seraient libres de déambuler entre les deux royaumes. Utilisant presque tout son pouvoir, elle les a propulsées dans la réalité et leur a insufflé la vie. Mais ce don lui a coûté cher. Si les Luxas sont des êtres constitués de lumière et de magie, elles sont aussi particulièrement liées au Royaume des Rêves, du fait que les fragments de l'âme de Lirael les appellent à s'y enfoncer de plus en plus loin. Si elles s'égarent trop longtemps, le royaume les rappellera pour les fusionner à nouveau avec Lirael et ne plus jamais les laisser partir.*

Des larmes coulèrent dans la vallée formée par l'arête de son nez avant de tomber sur l'oreiller.

— *Cette histoire était horrible. Ils n'ont jamais pu être heureux ensemble. Ce n'était que souffrance et chagrin depuis le début. Pourquoi tu pensais que je devais la connaître ?*

Ça ne me plaisait pas de la voir si bouleversée, mais savoir qu'elle détestait cette histoire autant que moi me faisait plaisir.

— *Parce que les Luxas viennent du Royaume des Rêves, mais surtout, parce que les tréfonds de ce monde les appellent. Et à cause de cette vérité, elles doivent y évoluer prudemment, sinon elles s'y perdront. Je n'ai jamais rencontré une Luxa aussi liée au Royaume des Rêves que toi, Vale. Jamais.*

Et cela m'inquiétait bien plus que les tentatives d'assassinat.

Beaucoup plus.

CHAPITRE 3
VALE

À l'époque où j'habitais sous la montagne, j'aspirais plus que tout au confort de la classe dirigeante. Je rêvais de manger décemment, dormir dans un lit moelleux et m'asseoir sur des chaises molletonnées. Ce n'est qu'au moment où je me retrouvai confinée dans ces appartements singuliers que je réalisai à quel point je détestais être enfermée.

Pendant que je nouais les lacets de mes bottes, je songeai à la leçon d'histoire qu'Idris m'avait donnée la veille. Le plus effrayant, c'était que je savais qu'il ne mentait pas, que la légende des Luxas était basée sur une vérité troublante. Ce royaume représentait un problème dont j'ignorais l'existence jusqu'à ce que je frôle la mort.

Encore une fois.

Une part de moi détestait vraiment avoir été aussi proche de Nyrah et d'être partie sans elle. L'autre part comprenait à quel point le monde des rêves pouvait être sinistre, violent et dangereux. Sous la montagne, le *Lumentium* m'avait-il protégée du Royaume des Rêves ? L'avait-il empêché de m'appeler ? Ou bien étais-je simplement en train de m'accrocher à des chimères pour justifier un potentiel retour dans cette prison qu'était la guilde parce que je voulais retrouver ma sœur ?

— *Tu plaisantes, j'espère,* mugit Rune dans ma tête. *Il est hors de question que tu repartes là-bas. Tu sais que c'est dangereux.*

Le pigeon géant se remettait donc à me parler ? Après notre dispute de la veille au soir lors de laquelle il avait exigé que j'apprenne l'histoire des Luxas, il avait refusé de me donner davantage d'explications.

— *Mêle-toi de tes affaires. Je me suis égarée dans mes pensées, je n'étais pas en train d'établir un quelconque plan. Depuis qu'Arden a tenté de m'exécuter, je suis presque sûre que toute possibilité de voyage vers le* Perder Lucem *est exclue pendant un certain temps.*

Ma détermination ne suffirait pas pour infiltrer la guilde. Il me faudrait une armée entière et une réserve de magie bien plus conséquente que celle que j'avais actuellement à disposition. Je grommelai et tirai sur les lacets du corset recouvert d'écailles pour l'ajuster. Il m'avait protégée lors de la seconde épreuve, et je n'avais pas l'intention de quitter cette pièce sans cet accessoire. Il s'accordait parfaitement à la robe vert émeraude que j'avais choisie pour la journée, et à laquelle j'avais associé une paire de dagues incrustées de bijoux que j'avais fixée à ma ceinture.

— *Mais bien sûr. Et ton désir de retrouver ta sœur n'a pas failli te tuer la nuit dernière. Je dois te confondre avec une autre Luxa.*

Comme s'il pouvait me voir, je levai les yeux au ciel et sortis de la garde-robe.

— *Et comme je l'ai dit hier soir, c'était un accident. Je...*

— *Je n'ai pas fait exprès,* m'imita-t-il en grognant et en me coupant la parole, comme le crétin qu'il était. *C'est drôle, ça ne t'a pas empêchée de tout faire foirer, ou presque. Ça ne t'a pas empêchée de m'abandonner à cette vie solitaire. Pour toujours. Ou presque. On dirait que tu veux mourir. Quand est-ce que tu vas comprendre que je serai coincé ici si tu meurs ?*

Si on regardait cela d'un autre point de vue, il disait un peu des conneries. Je n'étais pas la seule

Luxa vivante, hein ? Il y en avait même d'ailleurs toute une lignée, non ? D'autres pouvaient possiblement naître, d'autres pouvaient...

— *T'insinues que je suis la dernière Luxa ? Parce qu'on sait tous les deux que c'est faux. Nyrah est vivante, et même si je ne veux pas qu'elle subisse toutes ces épreuves...*

Rien que l'idée de la voir à ma place me donnait envie de tout casser.

— *Oublie ce que j'ai dit. C'est sans importance,* grommela-t-il, avant de me laisser avec l'impression qu'il s'était volatilisé hors de mes pensées.

Depuis que Rune avait commencé à me parler, il était resté là, tapi dans les recoins de mon esprit, à attendre de faire connaître son avis. À présent, il avait disparu.

Je le cherchai dans ma tête et essayai de le trouver, et même si j'avais l'impression de pouvoir l'atteindre, il avait comme érigé un mur entre nous.

— *Excuse-moi. Tu n'as pas le droit de lâcher cette information et de te barrer ensuite. Qu'est-ce que tu racontes ?*

J'attendis sa réponse, mais n'entendis qu'un silence de plomb dans ma tête.

— Hé ho ? criai-je, sans prendre la peine de parler télépathiquement. Tu ne peux pas dire une chose pareille et m'ignorer ensuite. Qu'est-ce qui se passe ?

Freya haussa les sourcils et me regarda comme si j'avais disjoncté. Je ne pris pas le temps de m'expliquer. Si Rune voulait interrompre notre connexion télépathique, je n'avais qu'à descendre ces stupides escaliers absurdement raides pour lui parler face à face. Même si le simple fait de penser à ces maudites marches me retournait l'estomac, il me cachait quelque chose, et j'en avais assez de ne pas avoir toutes les cartes en main.

Je récupérai vivement ma cape sur l'accoudoir d'un divan et la posai sur mes épaules tout en me dirigeant vers la porte.

— Tu crois aller où ? lança Freya, qui apparut à mes côtés comme si elle venait de s'y matérialiser. T'as rendez-vous dans quelques heures pour essayer une robe. Y a trop de citoyens dans ce royaume qui essaient de te tuer, du coup t'es punie, petite sorcière.

Je me retins de sursauter après sa subite apparition et lui lançai un regard noir.

— Rune est une petite merde avare en détail, et je vais descendre dans cette foutue caverne pour parler face à face avec ce pigeon obèse. Ça pose un problème ?

Sur ce, la tresse de feu de Freya retomba sur son épaule.

— *Oui*, répondit Freya comme si j'étais une idiote. Ça me pose un énorme problème. T'as survécu non pas à une, non pas à deux, mais à cinq tentatives d'assassinat au moins. Si on prend en compte l'altercation que vous avez eue avec les mages en chemin. Si tu crois sincèrement, ma chère amie, que tu peux te promener librement, tu rêves.

Eh bien, c'est justement mes rêves qui m'ont mise dans ce pétrin.

J'avais l'impression de revivre la même expérience que lorsque Xavier et Kian avaient décidé sans me consulter que je devais prendre un bateau pour quitter le continent. Tout cela pour garantir ma sécurité. Dans le cas présent, je fus tentée de faire ce que j'aurais dû faire à l'époque et lui dire d'aller se faire foutre. Mais je doutais fort que Freya trouve ma réaction particulièrement charmante.

Elle menacerait probablement de me mordre.

— Est-ce que je suis prisonnière, Freya ? demandai-je alors que je réfléchissais à la façon de réagir.

Bon sang, l'unique sourcil qu'elle haussa aurait pu écorcher quelqu'un vivant.

— Non, si tu l'étais, tu serais dans les cachots situés au-dessus du repaire de Rune. T'habites dans les appartements du roi, avec tout le luxe du royaume à tes pieds.

Comme si cela n'en faisait pas moins une prison !

— Mais je dois rester dans ces appartements et éviter de sortir, c'est ça ?

— Tu vivais sous cette montagne, répondit Freya, dont le visage se durcit, tandis qu'elle s'interposait. T'as très bien vu de quoi notre ennemi est capable. Tu penses honnêtement être en sécurité à l'extérieur de ces appartements ? Après ce qu'on a vu ?

Freya ne comprenait pas. Aucun d'eux ne comprenait. J'avais passé ma vie à craindre de mourir à chaque pas que je faisais ou à chaque sourcil que je bougeais. Mais ces pauvres Luxas avaient péri au nom de cette malédiction. Elles avaient perdu la vie en pensant remplir leur devoir. Et si cet abruti de Rune ne disait pas des conneries, il se pouvait que je sois la dernière de mon espèce et que je constitue leur dernière chance.

Mais il se pouvait aussi qu'il ne soit rien d'autre qu'un enfoiré mesquin qui s'amusait à cacher des informations. Bon sang, ces conneries me fatiguaient.

— Pas particulièrement, non. Mais je n'aime pas

non plus qu'on me dise ce que je dois faire, surtout quand je suis amenée à devenir reine dans une semaine. Tu comprends ça, hein ?

Je fis un pas sur la gauche pour essayer de la contourner, mais elle me bloqua le passage avec un air sérieux.

— Est-ce que ça te plairait qu'on t'enferme dans une chambre et qu'on te dise que t'es trop faible et trop fragile pour te défendre dans le château dans lequel t'habites ? Est-ce que ça te plairait que quelqu'un t'ôte le peu de liberté qu'il te reste sous prétexte de te « protéger », alors que non seulement tu n'as jamais été en sécurité de ta vie, mais que cette sécurité est de toute façon impossible à garantir ?

La vampire cligna des yeux comme si je venais de la gifler, mais son expression se durcit ensuite.

— Je n'ai jamais été en sécurité, pas un seul jour de ma vie. Je ne serai pas en sécurité ici. Ni dans ce couloir ni en plein cœur du *Perder Lucem*. Par contre, je *serai* en sécurité à côté de Rune, et j'ai besoin de connaître les informations qu'il détient parce que je suis la seule à pouvoir lui parler et obtenir une réponse.

Avec une moue, Freya mit ses mains sur ses

hanches et sembla méditer quelques instants sur mon existence.

— T'as raison. Je détesterais autant que toi d'être restreinte. Malheureusement, je peux me défendre sans risquer de frôler la mort, alors que toi, non.

Doucement, mais d'une main ferme, elle retira la cape de mes épaules et la jeta sur le canapé.

— Je suis occupée et ne peux pas te surveiller, alors tu restes ici.

Elle me conduisit ensuite vers une chaise et me fit asseoir mes fesses dessus. Puis, d'un simple geste de la main vers la porte, elle fit apparaître une toile magique. Xavier ne m'avait peut-être pas encore appris grand-chose en matière de magie, mais je compris qu'elle déverrouillait un sort de protection lancé sur cette même pièce.

— Tu vas vraiment me laisser ici ?

— Comme je l'ai dit, j'ai des choses à faire, et je dois les finir avant l'essayage de ta robe. Ensuite, je t'accompagnerai auprès de Rune. Mais pas avant.

J'observai le motif complexe du sort de protection alors qu'elle le levait pour pouvoir sortir. Freya saisit la poignée de la porte et sembla hésiter une seconde.

— Je ne voudrais pas passer pour une connasse. C'est juste que je n'ai pas le choix.

— Je comprends, murmurai-je en baissant les yeux.

Déçue, je me dis que cette vague de désarroi suffirait probablement à masquer mon odeur afin qu'elle ne se doute de rien.

Car dès qu'elle aurait fermé cette porte, je trouverais un moyen d'échapper à cette pièce.

— Je suis désolée, dit-elle, puis elle referma la porte derrière elle.

Les couleurs vives de la magie protégeant les appartements reconstituèrent le motif qui bouclait toutes les issues des pièces.

Elle était désolée, hein ? Bizarrement, personne ne semblait vraiment embêté de m'enfermer dans une tour isolée en attendant que quelque chose se produise. Personne ne semblait regretter de me séquestrer jusqu'au jour de mon mariage, d'agir comme si j'étais trop jeune, trop stupide, trop naïve pour m'informer sur le royaume qui m'entourait. Eh bien, je devais trouver des réponses, et si je restais les bras croisés, je ne découvrirais rien.

J'attendis deux, voire trois minutes, avant d'agir. À l'aide d'une capacité que n'avait pas Freya, que Xavier ne comprenait pas et qu'Idris ne pouvait pas expliquer. Je n'avais pas besoin de crocheter la serrure.

Je pouvais trancher le sort de protection.

Je laissai mon pouvoir m'envahir et formai une lame de lumière dans ma main. Je m'étais entraînée à convoquer mon pouvoir sans me couper. Il fallait encore que je me perfectionne, mais cette petite lame magique me serait bien utile à ce moment précis. D'un seul coup, la barrière lumineuse qui me séparait du reste du château s'évanouit, ce qui me permit d'atteindre la poignée de la porte. J'accueillis la sensation du métal froid sur ma peau, tournai rapidement la poignée et franchis cette foutue porte qui me retenait prisonnière.

— *J'espère que t'as entendu ce que j'ai fait, sale crétin. J'arrive, et tu ne peux pas m'en empêcher. Tu ferais mieux d'échauffer tes cordes vocales mentales parce que je te jure que je vais te faire parler.*

Mais Rune resta silencieux. Il n'exprima même pas son mécontentement dans mon esprit, et son silence commençait à me faire peur. Rasant les murs, j'essayai de me rappeler le chemin qui menait à la salle du trône. Près des doubles portes finement sculptées, il y avait une petite alcôve où je m'étais déjà pris le chou avec Idris. À moins de trois mètres de là se trouvaient les portes menant aux catacombes et le satané escalier de pierre qui descendait vers les ténèbres de la caverne.

Je tournai trois fois à gauche et descendis difficilement deux escaliers, puis me retrouvai au bon endroit. Toutefois, quelque chose me poussa à vérifier ce que faisait Idris. Je savais qu'il était dans la salle du trône à remplir ses devoirs de roi, mais si la réunion se terminait, il me surprendrait en flagrant délit. Alors que j'étais sur le chemin pour aller parler à Rune. Et ce serait alors un véritable calvaire de le voir froncer les sourcils d'une façon incroyablement sexy et autoritaire, bien à lui.

— Mais t'as pas intérêt à soulever ce sujet, enfoiré. C'est déjà assez terrible que je m'avoue une telle chose.

Heureusement, Rune était toujours aussi silencieux. D'ailleurs, cela n'augurait rien de bon que le dragon s'abstienne de tout commentaire. Vraiment rien de bon.

Je fermai les yeux et restai dans l'ombre pendant que je cherchais mentalement Idris. Il avait raison quand il avait dit que notre proximité renforçait le lien entre nos esprits. Je sentais sa présence au fond de ma tête, comme je sentais celle de Rune et, dans une moindre mesure, celles de Kian et de Xavier. Depuis la première fois où il m'avait parlé sur la montagne, je percevais plus clairement ses pensées, même si elles n'étaient pas toujours compréhensibles. Néanmoins, je m'améliorais.

Pour la première fois, je persistai dans mes recherches et entrai dans son esprit.

Et je titubai mais tins bon quand la salle du trône envahit mon champ de vision. Je ne me contentais pas de jeter un coup d'œil dans la tête d'Idris, je voyais à travers ses yeux. Je fus prise de nausées et de migraine. Mais curieusement, je ne pus me résoudre à rompre notre connexion.

Les membres survivants du conseil étaient assis en face d'Idris. L'inquiétude et la lâcheté étaient estampillées sur leurs visages tandis que la voix du roi retentissait dans la pièce circulaire.

—Je me suis mal exprimé ? Ou bien vous avez oublié que cinq membres du conseil ont tenté un coup d'État il y a moins de quarante-huit heures ? Ils ont menacé ma vie, mon royaume et mon épouse. Vous pensez que je vais laisser leurs proches avoir la vie sauve ? Ce n'est pas pour rien qu'on me qualifie de bête, Dorian.

— Mais, Votre Majesté, leurs familles pourraient être innocentes. On n'a aucune raison de les éliminer, vous comprenez ?

—Je vois que l'influence de la guilde a touché tous les recoins de mon royaume avec ses doigts noircis. Ils ont

tout corrompu. Je vois que je ne peux faire confiance qu'à une poignée de personnes. Je vois que ces hommes m'ont montré jusqu'où ils étaient prêts à aller pour défendre leur cause. Je veux éradiquer leur lignée jusqu'au dernier de ses membres. Est-ce que vous me comprenez ?

Je m'extirpai à toute vitesse de son esprit, comme si j'avais été brûlée par les flammes de Rune. Je ravalai la bile qui montait et me couvris la bouche. Idris venait d'ordonner l'assassinat d'hommes, de femmes et d'enfants.

Était-ce pour cette raison qu'il voulait me cacher la façon dont il gouvernait ce royaume ?

Était-ce pour cette raison que j'étais séquestrée dans ses appartements ?

Était-ce pour cette raison que Freya avait dit être occupée ?

Je fulminai de rage et me mis involontairement à avancer avant de sonder mon inconscient.

— *Non, ma Reine. Ça ne résoudra rien.*

Alors, comme ça, le pigeon obèse m'adressait à nouveau la parole ? Eh bien, dommage. Il arrivait trop tard.

Cette fois, ce fut à mon tour de l'expulser. Je bloquai mes pensées et mes sentiments alors que je tournais dans un autre couloir. Des gardes se tenaient devant les portes de la salle du trône. Ils me barrèrent le passage avec leurs lances croisées. Mon pouvoir crépita le long de mes bras et jaillit du bout de mes doigts alors que je les repoussais loin des portes.

Une fraction de seconde plus tard, j'avais réduit ces mêmes portes en cendres. L'explosion créa une grêle de débris, et je pénétrai dans la salle du trône, les yeux rivés sur l'homme qui deviendrait mon mari quelques jours plus tard.

Si nous vivions jusque-là.

CHAPITRE 4

IDRIS

Je fus frappé de plein fouet par sa rage quelques instants avant que les portes de la salle du trône partent en fumée. Mon ancêtre, Orin, avait sculpté à la main ces portes en bois en refusant d'utiliser une once de magie. De ce fait, il les avait imprégnées involontairement d'un bout de son âme. Avant que Vale ne les détruise avec sa magie, elles avaient été utilisées dans tous les châteaux de la dynastie Ashbourne depuis la nuit des temps.

Et ma future reine venait de les faire voler en éclats comme si elles étaient insignifiantes.

Je ne savais pas si je devais être effrayé ou excité.

Les deux.

Probablement.

Lorsque le nuage de poussière se dissipa, je croisai ses magnifiques yeux verts où bouillonnait sa fureur tandis que des étincelles de magie jaillissaient du bout de ses doigts. Des mèches de ses cheveux flottaient autour de sa tête alors que son incroyable pouvoir réchauffait la pièce et l'inondait presque entièrement de lumière.

Orin avait-il ressenti la même chose lorsqu'il avait posé pour la première fois les yeux sur Lirael ? Si c'était le cas, cela ne m'étonnait pas qu'il ait été prêt à tout risquer pour être à ses côtés. Bon sang, Vale était magnifique. Je commençais à oublier qu'elle avait démasqué ma ruse soigneusement élaborée.

Sa robe volait autour d'elle comme si elle était prise dans une violente tempête, et sa lumière, qui devenait plus brillante et plus chaude, prenait de l'ampleur, menaçant de nous consumer tous avec elle.

— Si tu crois que j'ai survécu à cette satanée montagne pour te regarder tuer des innocents les bras croisés, tu te trompes grandement, clama-t-elle, les dents serrées. Non seulement je ne t'épouserai pas, mais tu peux aussi dire adieu à ton espoir de rompre ta malédiction. J'aurais été prête à presque tout sacrifier pour l'homme que je croyais connaître, mais je ne sauverai sûrement pas un monstre.

J'avais raison. Elle était magnifique. Et surtout, elle ne ressemblait en rien à Zamarra. Avec cette seule déclaration, elle confirmait l'idée que je m'étais faite d'elle : qu'elle était celle que Rune avait choisie, celle dont Kian et Xavier étaient tombés amoureux, et celle aux côtés de laquelle je serais chanceux de régner.

Mais elle se trompait sur toute la ligne. Ce n'était qu'un grand bras de fer, et je devais voir qui plierait en premier.

Doucement, je tentai de lui parler télépathiquement, mais je ne fis que me heurter à un mur érigé par son pouvoir, qui m'interdisait l'accès à son esprit. Un filet de sang s'écoula de mon nez tandis que je titubai en arrière. Je n'avais pas anticipé la force de sa rage. Elle m'avait évincé de sa tête. Ce petit bout de femme qui contrôlait à peine son pouvoir me mettait sur le cul.

— Vale, ma Reine. Tu... commença Xavier, mais lorsqu'elle posa les yeux sur lui, il chancela à son tour.

Des larmes inondèrent les yeux de Vale tandis que la pièce devenait petit à petit étouffante sous le coup de sa magie. Sous ses pieds, le sol en pierre noircit à cause de la chaleur.

— Tu m'as déçue, Xavier. Lui ? Je ne lui ai jamais fait confiance. Mais toi ? Comment t'as pu rester là sans intervenir ? Sans protester ?

Xavier se leva péniblement et essuya du dos de sa main le sang qui coulait de son nez.

— S'il te plaît, petite sorcière. Si tu nous le permettais, on t'expliquerait la situation.

Le rire qui échappa à Vale me glaça le sang. Elle était peut-être radicalement différente de Zamarra, mais son pouvoir était tout aussi puissant. La salle du trône fut secouée par une onde de choc qui renversa les hommes de leurs sièges et les chaises sur le sol. Les tapisseries tombèrent de leurs crochets, les lustres éclatèrent et leurs structures en fer s'écrasèrent sur le sol de pierre.

— Je t'interdis de m'appeler comme ça. Il propose de faire un génocide.

Elle posa à nouveau sur moi son regard perçant, dont l'intensité me fit l'effet d'un coup de poing dans le ventre.

— Il ne vaut guère mieux que la guilde. Celle-là même qui m'a condamnée à mort, qui a tué mes parents et assassiné ma tribu.

Deux cents ans plus tôt, j'avais affronté une

sorcière dans cette même pièce. À l'aide de ma magie, j'avais lutté pour survivre et m'étais accroché de toutes mes forces. Voir Vale au même endroit, constater la puissance de son pouvoir et la profondeur de sa rage, c'était comme voyager dans le temps. À l'époque, j'étais celui qui avait été trahi par la femme que j'aimais. À présent, Vale pensait que c'était moi qui l'avais trahie.

Juste parce qu'elle avait cru à mon mensonge.

— C'est pour ça que tu m'enfermes dans tes appartements ? Que tu refuses de me dire quoi que ce soit ? Que tu esquives toutes les questions que je te pose ?

Deux larmes tombèrent sur ses joues, puis s'évaporèrent avec la chaleur de son corps.

Un gouffre s'ouvrit dans mon ventre à la vue de ces larmes, et j'oubliai le conseil, ma couronne et le but que je poursuivais.

— Non, Vale, murmurai-je alors que je réalisais à quel point je m'étais fourvoyé. On voulait seulement te protéger. Je t'en prie, laisse-moi t'expliquer.

J'aurais dû la garder près de moi, lui apprendre l'histoire du Crédour, lui dire... Eh bien, *tout* lui dire. J'aurais dû l'intégrer à ce plan dès le début. J'avais eu tort. Vraiment. Et je ne savais pas comment rectifier la situation.

— Je t'ai vu prononcer ces mots, répondit-elle tout en secouant violemment la tête. Je t'ai vu ordonner leur exécution. « Jusqu'au dernier », t'as dit. Tout est clair.

Elle allait s'épuiser si elle continuait ainsi. Les dents serrées, je libérai ma magie volatile de ses chaînes et la laissai dévorer toutes les protections qui assuraient sa stabilité. La douleur me pénétra jusqu'aux os, mais le pouvoir doré emplit la pièce. Ses tentacules enveloppèrent Vale dans un cocon d'énergie.

Je fus percuté par une vague fulgurante de souffrance, mais je franchis son bouclier et la pris dans mes bras comme je l'avais fait dans son rêve. Ce ne fut qu'à ce moment-là que je parvins à trouver une faille dans ses protections mentales.

— *Te voilà*, chuchotai-je dans son esprit, mais mon soulagement fut fugace.

— *Sors de ma tête. T'es un monstre.*

— *J'adore cette image que t'as de moi, mais je ne suis pas comme ça. Ce n'est qu'une ruse, Vale. Destinée à débusquer ceux qui sont de mèche avec la guilde.*

Du sang coula de son nez, et elle rugit de colère tandis qu'elle essayait de me chasser de sa tête.

— Je ne te crois pas, dit-elle d'un ton cassant.

Son attention se détourna un instant de moi

pour croiser le regard suppliant de Xavier, mais son sentiment de trahison et sa fureur aveugle ne faiblirent pas d'un poil.

— *Donne-moi deux minutes pour débusquer un traître. Si ça ne suffit pas à te convaincre, je te laisserai quitter mon royaume. Sans même te stopper.*

Je la suppliai, car j'avais encore un mince espoir que mon plan se déroule comme je le souhaitais.

— *Je le jure sur la vie de Rune. Sur la mienne.*

Elle posa enfin ses yeux d'un vert brillant sur moi, et ce fut comme l'arrivée du soleil après un long hiver.

— *Je veux bien jouer le jeu cette fois, mais t'as intérêt à respecter ces deux minutes. Si tu ne m'as pas convaincue après ce délai, alors je me fiche des promesses que je t'ai faites, je ne briserai jamais ta malédiction. C'est compris ?*

Ne réalisait-elle pas que je me foutais de la malédiction ? Surtout si ça signifiait perdre ma future épouse ? Ne savait-elle pas que je donnerais n'importe quoi pour qu'elle me regarde de la même façon que Kian et Xavier ?

Que je sacrifierais n'importe quoi pour elle ?

Que je me souciais de moins en moins d'un royaume qui n'avait jamais été reconnaissant du sacrifice que j'avais fait ? D'un conseil qui voulait à tout prix permettre la disparition de la magie ?

Bien sûr que non. Comment aurait-elle pu se rendre compte de tout cela ?

J'étais la personne même qui la maintenait dans l'ignorance parce que j'étais apeuré par l'idée que quelqu'un l'enlève et la torture. Du coup, je lui avais tout interdit. Je ne l'avais pas instruite, pas formée, rien. Si elle restait, dans quelques jours, elle deviendrait reine. Elle était consciente qu'elle avait zéro préparation pour assumer ce rôle.

Elle n'avait aucune confiance en moi, et j'en étais le seul responsable.

— *Je te jure que je ne mens pas, Vale. S'il y a une chose en laquelle tu dois croire, c'est que je ne ferais jamais de mal à des innocents pour sauver ma peau.*

Elle fit une grimace, mais sa lumière faiblit progressivement. Le mur d'énergie vacilla alors qu'elle rappelait son pouvoir. Elle ne me croyait pas, ne m'accordait même pas sa confiance ; tout ce qu'elle elle me donnerait, ce serait la corde pour me pendre.

— Tu penses vraiment que c'est le seul moyen de me protéger ? Tuer des familles entières ? grommela-t-elle.

Soulagé, je respirai plus facilement et acquiesçai pour jouer le jeu.

— Ils ont conspiré avec la guilde pour te tuer. Ils agissent sous notre nez depuis le début. On doit éliminer les fruits pourris de ce royaume.

Même s'il y avait dans ce que je disais une part de vérité, jamais je n'envisagerais de faire un génocide. Cependant, cela n'aurait pas freiné Arden, hein ? Zamarra et lui avaient formé une équipe, et pourtant, cela ne l'avait pas empêché d'assassiner la famille de la sorcière. Celle de Vale. Certes, mon frère plaçait la barre plutôt haut sur l'échelle des atrocités, mais j'allais clarifier les choses.

— Et si ça permet de te protéger, alors je tuerai n'importe qui pour m'assurer que tu restes en vie, ajoutai-je, complètement honnête sur ce point.

— Très bien.

Ses épaules s'affaissèrent quand elle baissa la tête, elle avait accepté mon explication plus facilement que je ne l'aurais cru.

— Je ne te mettrai pas de bâtons dans les roues. Fais ce que t'as à faire.

Les cinq membres survivants du conseil la regardaient derrière les décombres, mais je ne réalisai pas à quel point le danger était proche avant que l'un d'eux semble apparaître de nulle part. Avant que je puisse mettre en garde Vale, elle était prise au piège.

À présent, je me souvenais très bien pourquoi je ne l'avais pas impliquée. Parce que le danger était partout. Tout le monde représentait une menace, même ceux en qui j'avais confiance.

Une lame sous la gorge de Vale, Ithran se tenait derrière elle et faisait crépiter sa magie. Le Grand Seigneur régnait sur les Faë et son pouvoir était l'un des plus remarquables du royaume. Comme Xavier, il était l'un de mes plus proches conseillers, alors je ne m'étais pas du tout inquiété à son sujet. Et à présent, il essayait de détruire celle qui représentait tout mon univers.

— Qu'est-ce que tu crois faire, Ithran ? Lâche-la ! fulminai-je, prêt à utiliser ma magie, tandis que Xavier dégainait son épée. Si t'as un problème avec moi, je suis là.

— Oh ! Alors maintenant, tu me prêtes attention… répondit-il d'un ton cassant.

Ses yeux noirs comme la nuit étincelaient de sa magie. Des tentacules de magie noire s'accumulèrent à ses pieds et s'enroulèrent autour des jambes de Vale, telles des lianes.

— … mais seulement maintenant que j'ai eu ce que je voulais, ajouta le seigneur Faë en se penchant pour frotter son nez fin et pâle contre la peau du cou de Vale. La jolie petite Luxa a trop de pouvoir. Elle devrait partager. Toi, tu t'abstiens bien de le faire.

— *Vale, ne bouge pas. Je vais te sortir de là.*

C'était d'un banal ! Pourtant, je ne pouvais pas m'empêcher de lui faire une promesse que je n'étais pas certain de tenir.

Elle lâcha un petit rire forcé qui incita Ithran à enfoncer les bouts métalliques de ses doigts dans la chair tendre de son ventre. Vale siffla de douleur tandis que le sang assombrissait sa robe émeraude.

Du sang en trop grande quantité.

— Deux cents ans à vivre avec des miettes, et ce brin de femme débarque ici avec un pouvoir incommensurable. Si grand qu'elle brille comme un phare dans l'obscurité. Traitez-moi de fou, mais pourquoi on la laisserait gaspiller toute sa magie pour te sauver ? Alors qu'on pourrait se servir comme dans un tonneau et la vider de son énergie ? Supprimer l'intermédiaire, pour ainsi dire.

— *Je peux me débrouiller,* murmura Vale dans ma tête. *Je ne suis pas encore morte, tu te souviens ?*

Je me retins de secouer la tête. Je n'avais pas besoin d'indiquer à Ithran que la magie n'était pas la seule arme de Vale.

— *Non. Il est trop puissant. Ne bouge pas. Je réussirai peut-être à le faire changer d'avis.*

Ithran porta le bout métallique de ses doigts à ses lèvres pour lécher le sang qui maculait le bord tranchant. Au goût du sang de Vale, il ferma les yeux de bonheur, et je ne pus empêcher ma magie de faire trembler le château sous nos pieds.

Je me moquais bien que le château s'écroule sur nos têtes, pourvu qu'elle s'en sorte vivante.

— Ton frère fait des promesses qu'il ne peut pas tenir. Tu traînes à lever ta malédiction parce que tu te contentes de suivre les règles alors que ton royaume est mourant. Pas étonnant que tous les gens qui t'entourent s'acharnent sur ta fiancée, dit Ithran. Et putain ! Elle sent si bon qu'on a envie de la dévorer. Je me demande pourquoi tu ne l'as pas déjà faite tienne. À ta place, je l'aurais fait dès la première nuit.

Il plaqua son bassin contre le dos de Vale, dont les joues rougirent tandis que la rage s'emparait d'elle. Dans d'autres circonstances, cela m'aurait ravi, mais cette fois-ci, je dus la regarder, impuissant, sortir la lame de sa ceinture. Elle retourna la dague dans sa main et la plongea dans la cuisse d'Ithran tout en esquivant celle qu'il tenait près de sa gorge.

Mais, comme au sommet de cette montagne où elle n'avait pas protégé son ventre de l'assaut d'Arden, elle le laissa à découvert.

Je regardai avec horreur la lame d'Ithran se planter dans son flanc. Vale tituba en arrière et couvrit la plaie de sa main. Presque instantanément, ses jambes se dérobèrent sous elle.

Xavier s'élança vers elle, mais de mon côté, je restai pétrifié pendant une seconde qui me sembla la plus longue de ma vie. Le rugissement qui m'échappa signa l'arrêt de mort d'Ithran. Mon pouvoir jaillit et dévasta la pièce tandis qu'il titubait en arrière.

Ma magie dorée et les flammes bleues de Xavier percutèrent le mur de ténèbres d'Ithran. Elles s'abattirent comme des lances sur les défenses du Haut Seigneur.

Et puis j'eus l'impression que tout se figeait autour de nous.

Ma magie.

Les flammes de Xavier.

Les ténèbres d'Ithran.

Les sons s'estompèrent, le vent disparut, le combat se figea tandis qu'une épée de lumière transperçait la poitrine d'Ithran. Il agrippa la lame pendant ce qui sembla être une éternité avant que la magie incandescente envahisse les veines de sa gorge. Elle inonda ses yeux pour les brûler de l'intérieur.

Puis la lame glissa sur la gauche en le tranchant comme une motte de beurre. Les deux morceaux du Grand Seigneur s'écroulèrent sur le sol, révélant une Vale ensanglantée, mais bien vivante. Le corsage de sa robe était déchiré et laissait apparaître les écailles noires de son armure. Je fus envahi par le soulagement, et mes genoux cédèrent alors que tous mes membres faiblissaient.

Ithran ne me l'avait pas enlevée.

Vale était vivante.

Elle était vivante.

Elle chancela, mais avant que je puisse l'atteindre, Xavier la rattrapa. Il la soutint pendant qu'il soignait la plaie de son ventre. Elle s'affaissa contre lui, et le soulagement envahit son visage quand elle appuya sa tête contre son torse.

Elle affichait un sourire sarcastique, mais pour une fois, elle me regardait sans mépris.

— Je ne sais pas comment te l'annoncer, mais t'as un sacré problème interne. Tu devrais t'atteler à le régler avant que j'en meure.

Je ris jaune tandis que j'examinais la salle dans laquelle nous nous trouvions.

— *Comme si je l'ignorais.*

CHAPITRE 5
XAVIER

Alors même que j'avais Vale dans les bras, j'étais tiraillé par l'impression que quelqu'un allait me la ravir à tout moment. Idris était à genoux au milieu de cette pièce et contemplait le corps de son ennemi. Pourtant, je préférais serrer Vale contre moi plutôt que de remplir le devoir que j'avais envers lui.

Je savais que c'était un impair, mais je ne pouvais pas me résoudre à bouger.

Elle n'aurait jamais dû se retrouver dans cette pièce. Elle n'aurait jamais dû être sans protection. Et en aucun cas, elle n'aurait dû s'approcher des traîtres qui se cachaient dans nos rangs.

Néanmoins, malgré tous les sorts et protections

que nous avions mis en place, j'avais failli la perdre en un instant.

Encore une fois.

Je savais que la pression que j'exerçais sur son ventre était trop forte. Je savais que la façon dont je la tenais n'était pas appropriée en public. Il suffirait que la fierté d'Idris en prenne un coup pour que tout s'écroule. Il suffirait qu'un membre du conseil crie au scandale, que Kian débarque dans la salle ou que Freya commence à me déblatérer ses conneries, et tout partirait en vrille.

Et pourtant… j'étais incapable de la lâcher.

Incrédules, Dorian et le reste du conseil discutaient discrètement d'Ithran, mais je n'en avais rien à foutre. La femme que je tenais dans mes bras, qui respirait toujours, était la seule chose qui m'intéressait.

Tout le reste était insignifiant pour moi.

À cause de mon état d'affolement, mon animal essayait de me dominer. Il me dévastait de l'intérieur tandis que mes yeux examinaient le corps de Vale, à la recherche d'autres plaies à guérir. Ithran avait pratiquement essayé de l'éventrer. Et pour quoi ? Pour le pouvoir ? Celui qu'il aurait obtenu une semaine plus tard ? Le lien entre Idris et Vale allait de toute façon briser la malédiction, ce qui mettrait un terme à tout ce chaos.

Mais une part de moi ne croyait pas à ce dénouement. D'ailleurs, je doutais sérieusement que je fusse le seul.

Combien de fois nous étions-nous déjà retrouvés dans cette même situation ? Elle, blessée, et moi priant pour qu'elle ne rende pas son dernier souffle. Pour que je puisse entendre son cœur continuer à battre. Pour que je puisse voir encore ces yeux vert vif.

— Je vais bien, murmura-t-elle en posant sa petite main sur la mienne, qui recouvrait son ventre, là où je venais de la guérir.

Ses mots visaient à me rassurer, mais ils ne firent qu'attiser une fureur dont je ne pouvais pas me décharger. Pas là, au milieu des autres.

— Tu vas bien, hein ? rétorquai-je.

Enragé, je luttai pour ne pas crier dans cette foutue salle.

— Si tu respires toujours, c'est uniquement parce que t'as eu l'intelligence de mettre une armure. Une armure dont tu ne devrais pas avoir besoin dans ce château. Et pourtant...

J'agitai le bout déchiré de sa robe.

— ... vo là !

Je vis sur son visage un soupçon de culpabilité qui s'estompa en un instant.

— Je sais que t'es en colère, mais je n'ai jamais voulu d'une chose pareille.

— Et comme je l'ai dit hier soir : tu ne le fais jamais exprès.

Je serrai les dents et choisis judicieusement, pour la première fois de la journée, de fermer ma gueule. Si je prononçais un mot de plus, cela pourrait déclencher une dispute qui réduirait ce château en cendres.

— *Ce n'est pas juste,* chuchota-t-elle dans ma tête. *Je n'avais pas l'intention de venir ici ; j'étais en chemin pour aller voir Rune. Si je n'avais pas surpris votre complot, je serais ailleurs en ce moment. Comment je pouvais savoir qu'Idris mentait ? Et pourquoi vous m'avez caché votre plan ? Pourquoi vous persistez à m'exclure de tout ?*

Elle avait autant raison que tort. Mais pourquoi voulait-elle rendre visite à Rune ? Pourquoi y était-elle allée seule ? Pourquoi...

— Je ne t'ai pas laissée ici, dit Freya alors qu'elle s'approchait tranquillement en retirant des saletés de sa tresse cuivrée. J'aurais juré t'avoir enfermée dans les appartements du roi. Tu veux bien m'expliquer comment t'as réussi à sortir ? Je croyais t'avoir dit de ne pas bouger.

Ma fureur redoubla, foudroyante, tandis que des écailles recouvraient ma peau et remontaient le long de mon cou. Mon animal se manifesta et fit surgir ses crocs dans ma bouche. Cette réaction n'était pas seulement due à ma colère. Celle de Vale – sa colère, sa peur, son sentiment de trahison – m'engloutissait. Aucune de ces émotions ne s'était atténuée.

Aucune.

— Et je t'ai dit que je devais parler à Rune, répondit Vale, qui jeta un regard inquiet à mes écailles et s'efforça de desserrer sa mâchoire. Ça fait très longtemps que je vis seule, Freya, et crois-moi, tu n'es pas ma mère.

Alors que Vale se dégageait de mes bras et se relevait, elle lança un regard acerbe à Freya, qui aurait pu la foudroyer sur place.

Ne comprenait-elle pas à quel point elle était partout en danger ?

Était-elle vraiment insouciante à ce point ?

Un grognement grondant fit vibrer ma poitrine tandis que je tentais de ravaler ma rage. Comment avait-elle pu être aussi imprudente ? Était-elle aveugle ?

Des serres jaillirent du bout de mes doigts. Je parvenais de moins en moins à contenir mon animal. Vale agrippa ma main et m'entraîna hors de la pièce avant que je perde totalement le contrôle. Je réussis péniblement à la suivre, mais nous ne fîmes que quelques pas.

Machinalement, j'avançai jusqu'à une alcôve en retrait où l'ombre du couloir pourrait nous dissimuler. Je la serrai contre moi et la plaquai contre le mur pour inspirer son odeur et me rappeler qu'elle était en vie.

— *Xavier ? Dis-moi ce qui ne va pas.*

Qu'est-ce qui clochait ? Tout. Absolument tout partait en cacahuète.

Je luttai contre l'envie de la marquer avec mes crocs et la serrai contre moi, pour ne pas penser aux griffes métalliques d'Ithran dans son ventre et à sa dague sur sa gorge. J'étais encore obsédé par l'odeur de son sang, et j'aurais juré pouvoir sentir sa lame transpercer sa robe et s'enfoncer dans son flanc.

Entre la vie et la mort, un simple tissu l'avait protégée.

Elle avait pris une décision qui avait déterminé si j'allais devoir ou non passer ma vie sans elle.

Je ne pouvais plus continuer ainsi.

— T'aurais pu mourir. Je t'aurais perdue. Tu continues à attirer les dangers, et je ne sais plus comment respirer. Chaque seconde qu'on passe loin l'un de l'autre me fait craindre le pire.

Je la soulevai et la serrai contre moi, puis enfouis mon nez dans son cou pour inspirer son parfum tandis qu'elle enroulait ses jambes autour de ma taille.

Putain ! Que c'est bon !

— Je suis vivante. Je suis en sécurité.

Mais pour combien de temps ? Combien de temps se passerait-il avant que quelqu'un d'autre essaie de nous l'enlever ? J'avais l'impression de ne plus savoir comment respirer et vivre sans elle. Je n'étais pas sûr de pouvoir continuer si elle n'était plus là.

— La nuit, je rêve que j'arrive trop tard. Que je te rejoins après une attaque et suis incapable de te sauver. Ton sang refroidit sur mes mains, et je te regarde quitter ce monde et me laisser seul. Ce film se répète sans cesse.

— Je ne te quitterai pas, Xavier, m'assura-t-elle, reculant d'un pas et prenant mon visage entre ses mains pour me regarder dans les yeux. Je ne te quitterai jamais.

C'était une promesse en l'air, une promesse qu'elle ne pourrait pas tenir même si elle le voulait. J'étais un dragon et elle était une Luxa. Les membres de sa tribu ne restaient pas longtemps en vie à nos côtés.

— Tu ne peux pas faire une telle promesse.

Elle m'embrassa tendrement, et le désir qui m'animait se transforma en passion dévorante, une sensation si pressante que j'en eus mal. Je m'abandonnai volontiers au baiser et me délectai de sa saveur tandis que je la pressais contre les pierres froides du mur. Sa chaleur attisait la sensation douloureuse que j'éprouvais dans ma bite et me faisait perdre la tête.

J'avais besoin d'elle.

Je devais la prendre là, sur-le-champ.

Nous étions dans une alcôve, à peine cachés. N'importe qui aurait pu passer et nous surprendre, et pourtant, je ne pus me résoudre à bouger. Surtout lorsqu'elle glissa sa petite main dans mes chausses et saisit ma bite.

— *J'ai besoin de toi, Vale. Tellement que je n'arrive pas à réfléchir.*

Mes yeux se révulsèrent quand elle se mit à caresser mon sexe de la base au gland.

— Putain ! Si tu n'arrêtes pas ça, je te prends ici même. C'est ce que tu veux ?

Vale se tortilla contre moi alors que j'éraflais la peau tendre de son cou avec mes crocs, son petit gémissement excité faisant écho au mien.

— Oui, c'est ce que je veux. Je veux te sentir. J'ai besoin de toi.

Passion, plaisir, désir, tout se multipliait en nous, et chacun vit ses émotions se bousculer avec celles de l'autre et les alimenter jusqu'à ce que la raison nous quitte tous les deux. Elle tira violemment sur les lacets de mes chausses tandis que je remontais le bas de sa robe. La chaleur de son sexe m'appelait, telle une lanterne dans l'obscurité. Je caressai son sexe par-dessus la dentelle de sa culotte, puis mon impatience prit le dessus. Une seconde plus tard, je déchirai le tissu.

Je trouvai mon paradis quand je plongeai mes doigts dans sa chaleur serrée et que je savourai les ondulations de sa chatte. Elle était si humide, si prête à m'accueillir, si affamée !

— J'ai besoin de toi, Xavier. Je t'en prie.

Putain, j'adorais l'entendre me supplier.

— Tu ne dois pas faire de bruit, compris ? Aucun. Sinon je devrai arrêter. Et je te forcerai à attendre, tout

excitée, jusqu'à ce que tu n'en puisses plus. Je t'obligerai à patienter des heures avant de te faire jouir.

Frustrée par mes paroles, elle gémit alors que je retirais mes doigts de sa chatte et approchais ma bite de son ouverture. Je fus ravi de sa réaction, qui décupla lorsque je frôlai son entrée avec mon sexe juste avant de m'éloigner.

— *Je pensais que tu serais sage. Les filles qui se comportent bien se font baiser, les mauvaises filles doivent attendre. Qu'est-ce que tu choisis ?*

J'étais si proche de sa chatte que sa mouille enduisait mon gland, et je n'aurais voulu être nulle part ailleurs. Vu son niveau d'excitation, une rougeur remonta le long de son cou tandis que ses yeux brillants s'assombrissaient.

—*Je serai sage. S'il te plaît.*

Je savais très bien qu'elle pouvait faire la gentille fille, mais je préférais la mauvaise.

Lentement, je sombrai en elle, forcé de serrer les dents pour éviter de me faire dévorer par mon avidité et de la pilonner. C'était ce que j'avais envie de faire. Tellement. Bon sang ! Cependant, je mobilisai toute ma retenue pour la pénétrer centimètre par centimètre.

Et elle avait besoin de ce temps. Elle était si serrée, si excitée, si mouillée ! Son odeur me faisait saliver, ce qui m'amena à songer que j'aurais aimé goûter sa chatte avant de commencer.

Plus tard. Je la goûterai plus tard.

— Vas-y ! *Bon sang*, encore ! gémit-elle alors qu'elle resserrait ses jambes autour de ma taille pour m'attirer plus loin.

Elle fronça les sourcils et gémit lorsque je me retirai complètement.

— *Tais-toi, petite sorcière, sinon tu n'auras rien.*

Elle hocha la tête et couvrit sa bouche. Sa main n'était d'aucune aide, mais j'aimais son enthousiasme.

— *Tellement gourmande, putain ! Est-ce que je t'ai dit que j'adorais ça ?*

Une seconde plus tard, j'étais de retour en elle, à un cheveu de perdre la tête. Sentir ses mains chaudes sur ma peau, entendre ses halètements, mon Dieu... Si elle n'arrêtait pas, j'allais finir par me déshabiller. Suivant mon instinct de survie, j'attrapai ses poignets et les plaquai contre le mur.

Cette décision fut à la fois intelligente et stupide. D'un côté, elle était judicieuse parce que Vale ne pouvait plus me toucher avec ses mains qui me rendaient fou, mais de l'autre, elle était complètement idiote parce que Vale adorait être attachée. Je partis presque en vrille au gémissement qu'elle poussa.

Pendant que je la pénétrais, je me délectai de ses gémissements, de ses cris et des palpitations de sa chatte. Vale était incapable de rester silencieuse et je ne pouvais pas m'arrêter. Sinon, j'exploserais. Je scellai sa bouche avec la mienne et la baisai bestialement.

J'allais bientôt perdre pied et abandonner la discipline que je m'imposais sévèrement.

— On commence la fête sans moi ? lança lentement Kian.

Je fus à la fois choqué et soulagé de sa présence. Ses capacités lui permettaient de s'approcher furtivement des gens, ce qui était devenu son passe-temps favori. Après deux cents ans, j'avais cessé d'être surpris par ses apparitions.

Et puis, j'étais occupé.

Vale hoqueta lorsque Kian se rapprocha et elle sembla contracter sa chatte autour de ma bite. Il nous enveloppa d'un voile créé par son pouvoir qui permettait à notre Luxa d'être aussi bruyante qu'elle le souhaitait. Grâce à cette illusion, personne ne l'entendrait crier.

— Mon Dieu, regarde-toi, petite sorcière, murmura-t-il.

Il lui mordilla le cou et s'occupa de tenir ses poignets pour que je puisse la baiser plus fort.

— T'es toute rouge et excitée. Tu vas bientôt jouir, hein ?

Elle acquiesça en gémissant, mais je ne m'arrêtai pas. Je continuai aussi quand Kian baissa son corsage d'un doigt pour exposer un sein sublime et sucer son mamelon rose. Putain, j'eus l'impression que sa chatte se réchauffait et consumait mon âme.

— Touche son clitoris, ordonnai-je, tellement impatient qu'elle jouisse. Elle est si proche, je la sens venir. Elle va crier.

— C'est ce que tu veux ? demanda Kian d'une voix défiante en posant ses crocs sur la peau tendre de son cou. Tu veux jouir ?

Elle se mordit la lèvre et une fine couche de sueur vint recouvrir son front.

— *S'il te plaît, s'il te plaît, s'il te plaît. Je ferai n'importe quoi. Je t'en prie, laisse-moi jouir.*

— *Putain !* Tu devrais l'entendre m'implorer, gémis-je, tandis que je sentais mes couilles se serrer rien qu'en repassant ses supplications dans ma tête.

— Oh, je les entends. Je suis sûr qu'Idris aussi. Est-ce qu'il te susurre des choses, petite Luxa ? demanda Kian en lui mordillant l'oreille. Est-ce qu'il te décrit la façon dont on va t'allonger et te baiser à tour de rôle ? Peut-être qu'on bouchera tous tes trous d'un seul coup ? On prendra ta bouche, ta chatte et ton cul en même temps. On te baisera jusqu'à t'abrutir. Je parie que c'est ce qu'il te dit.

Elle laissa échapper un petit cri et hocha la tête.

— Il me dit de me faire baiser comme la bonne fille que je suis.

— Qu'est-ce qu'il te dit d'autre ? insistai-je, dans mon désir qu'elle continue à parler.

Chaque fois que nous repoussions ses limites, sa chatte se contractait violemment autour de ma bite.

Les yeux de Vale se révulsèrent lorsque Kian trouva, à force de tâtonner, l'endroit où nous étions unis l'un à l'autre. La chatte de notre sorcière l'appelait comme un phare dans la nuit. Quand il entra en contact avec sa peau, j'eus l'impression qu'elle avait attendu cette étincelle pour prendre feu. Elle s'agita dans mes bras tandis que ses gémissements s'accentuaient et s'amplifiaient. Son orgasme était tout proche et attendait de la délivrer de cette tension.

— Regarde-moi ! exigeai-je, alors que mes serres s'accrochaient à sa chair sans la lacérer. Qu'est. Ce. Qu'il. Te. Dit. D'autre ?

Elle secoua la tête et essaya de me rapprocher d'elle avec ses jambes, mais aucun de nous deux n'allait la laisser faire ce qu'elle voulait. Je ralentis mon rythme et Kian retira sa main.

— Dis-moi, sinon on ne te laissera pas jouir.

— D'accord, d'accord, gémit Vale. Il a dit qu'il voulait me regarder jouir la prochaine fois.

C'était une mauvaise idée pour un million de raisons différentes, mais je m'assurerais de réaliser ce souhait le plus tôt possible pour un million d'autres raisons.

— *Ne faisons pas attendre le roi, alors. Jouis pour moi. Laisse-nous sentir cette apothéose.*

Je donnai des coups de reins brutaux et éprouvants. Son orgasme fit crépiter le lien. Envahissant mes sens, elle prit le contrôle de chacune de mes pensées, de chacune de mes inspirations, de chaque cellule de mon corps, et m'enveloppa dans un sentiment d'extase pour m'entraîner dans sa chute.

Kian frictionna son clitoris et s'empara de sa bouche pour étouffer ses cris tandis que je la remplissais de ma semence. La lumière dorée de Vale se posa sur nous, tel un manteau. Aussitôt que je redescendis sur terre, je la volai à Kian et m'emparai de ses lèvres. J'introduisis ma langue dans sa bouche et avalai un autre gémissement, puis retirai à contre-cœur ma bite de son abîme.

Putain, elle me manquait déjà.

Et malgré cet incroyable orgasme, nous n'avions absolument rien résolu.

Je reposai doucement Vale et l'aidai à garder son équilibre alors qu'elle reprenait ses esprits.

Kian vit son ventre, où cinq entailles étaient visibles sur sa peau nue. Le tissu de son corset n'avait pas fait le poids face aux griffes métalliques d'Ithran. Nous allions devoir lui en trouver un nouveau avec des écailles de dragon qui recouvriraient l'habit de haut en bas, et pas seulement au niveau du sternum et des côtes.

— J'espère bien que quelqu'un est mort, lâcha-t-il avec les narines dilatées.

Les iris de ses yeux se changèrent en fentes et des écailles noires remontèrent dans son cou quand son dragon se manifesta.

— Je m'en suis occupée, murmura Vale, qui couvrit les entailles avec sa main.

Kian tourna son attention vers les côtes de notre Luxa, là où son corsage était déchiré. Désormais, ses yeux brillaient d'un éclat intense, mais il gardait le contrôle.

— Viens, petite sorcière, on va te faire un brin de toilette avant que tu ne rencontres le nouveau conseil.

— Quoi ? m'exclamai-je alors que je vacillais en

arrière, pris de l'envie de la lui arracher des bras. Non. Pas après ce qui vient de se passer. On ne peut pas leur faire confiance.

Nous avions prévu que le nouveau conseil arrive bien plus tard et que Freya passe au crible les anciens membres et les nouveaux pour s'assurer qu'ils n'avaient aucun lien avec la guilde. Vale ne serait pas en sécurité avant.

Et peut-être même pas après cette inspection.

— *On ne peut pas l'exclure, Xavier. Sinon, on la perdra.*

C'était nouveau que Kian parle dans ma tête alors qu'il n'avait pas sa forme de dragon. C'était certainement dû au fait que nous nous étions accouplés avec la même femme, mais ses paroles ne me plaisaient pas du tout.

— Elle n'ira pas dans cette salle autrement qu'avec une armure, tu m'as compris ? insistai-je en la serrant plus fort.

— Tu ne vas pas te mettre sur mon chemin ? me rétorqua Vale en relevant la tête d'un air de défi.

Je n'avais aucun moyen de l'en empêcher. Pas vraiment. Et Kian avait raison. Si nous lui interdisions de participer, elle trouverait un moyen de nous quitter. Je m'en étais rendu compte en la voyant dans la salle du trône. À la prochaine trahison, elle ne nous ferait plus jamais confiance.

J'étais partagé entre l'envie de protéger son corps et celle de protéger son cœur. Mais si elle portait une armure, cela rendrait la première tâche plus facile.

— Tu n'as toujours pas compris, petite sorcière ? Rien ne peut t'arrêter.

J'espérais juste que ne pas m'opposer à elle ne finirait pas par la tuer.

CHAPITRE 6
VALE

L'enfer existait vraiment et m'en faisait voir de toutes les couleurs dans la chambre d'Idris.

— C'est nécessaire ? me plaignis-je alors que je m'accrochais à un montant du lit pendant que Kian serrait mon nouveau corset.

Cette armure s'ajoutait à d'épais cuirs de combat qui me faisaient l'effet d'une seconde peau. Le cuir était recouvert d'écailles au niveau de toutes les artères majeures, et le corset protégeait l'ensemble de mon buste, de mes clavicules à mes hanches. La tenue avait été magiquement confectionnée, et ses écailles rouge sang ne pouvaient provenir que d'un seul dragon. Un dragon qui ne m'adressait toujours pas la parole.

— *Trou du cul. Si tu me parlais, je pourrais te remercier, espèce d'étron.*

Avec ce truc, je pouvais à peine respirer, mais Kian me saucissonna comme une dinde et me comprima encore plus. Je ne savais pas à quel moment cette armure avait été confectionnée, mais les détails en étaient exquis. Et comme tant d'autres vêtements, je l'avais simplement découverte dans la chambre d'Idris.

— Je veux que tu jettes un coup d'œil à la robe que tu viens de retirer et que tu reposes ta question, marmonna Kian, dont le souffle brûlait la peau exposée de mon cou.

Je retins un frisson et ignorai les spasmes de mon sexe, puis regardai ma robe qui était désormais en lambeaux. Kian l'avait découpée pour vérifier que mon corps était intact. De prime abord, son inspection m'avait plus semblé viser la destruction de l'habit qui lui rappelait que j'avais frôlé la mort, mais elle s'était transformée en préliminaires terriblement érotiques. Toutefois, je ne pourrais pas aller plus loin tant que cette réunion n'aurait pas eu lieu.

— Très bien. L'armure est indispensable.

Étant donné que j'avais failli me faire éventrer par un seigneur Faë aux agissements malsains, je ne pouvais pas vraiment lui reprocher sa prudence. Mais…

— Tu peux me dire pourquoi t'insistes pour m'aguicher, alors ?

Kian enroula ma tresse autour de son poing et fit basculer ma tête en arrière en me plaquant contre lui. Je sentis sa bite dure se presser dans mon dos, même à travers ses chausses. Et je me souvins subitement qu'il n'avait pas soulagé cette tension dans l'alcôve.

Ouais, il faisait exprès de nous torturer.

Je lui avais proposé mon aide, mais Kian l'avait refusée. À présent, j'étais de nouveau excitée.

— Pour te punir, petite sorcière. Tu n'écoutes pas, t'adores qu'on te mette la fessée, et il n'y a pas moyen de te faire plier à notre volonté. Sauf au lit. Je n'ai pas d'autre solution que de me refuser à toi. Si je t'excite au point de t'embrouiller l'esprit, tu resteras peut-être suffisamment longtemps avec l'un d'entre nous pour survivre.

Son statut de général ne m'étonnait pas. Cet homme était diabolique.

— Et pour toi, ça ne fait aucune différence que je n'y sois pour rien, dans tout ça ?

Il érafla la peau de mon cou avec ses dents et me

fit me retourner vers le seul endroit de la pièce que je ne voulais pas regarder.

— Ce n'est pas toi qui as imprudemment transpercé les sorts de protection en place ?

Je fermai les yeux et essayai d'ignorer ce qui m'entourait, mais j'entendais l'eau couler. Mon cerveau se chargea de compléter les trous alors que j'imaginais ce qui se passait dans la salle de bain.

— Ouvre les yeux et regarde. Ce n'est pas drôle sinon.

Pour une fois, j'obéis et ressentis comme un creux dans mon ventre. La porte de la salle de bain était grande ouverte. Positionné de sorte que je puisse le voir, Xavier était complètement nu et m'observait avec ses yeux d'un bleu intense. Des gouttes tombaient en cascade sur son torse, et il caressait lentement sa grosse bite, ce qui me fit frémir d'excitation.

— Ce n'est pas toi qui as exploré le château sans être accompagnée ?

Ouep, je me trouvais en enfer, car j'avais été jetée dans les flammes d'un désir harassant. Si Kian daignait toucher mon clitoris, j'étais prête à parier que je m'embraserais instantanément.

— Ce n'est pas toi qui ignores systématiquement, au point que ça en devient maladif, les conseils de ton entourage, alors qu'on bénéficie de siècles d'expérience ?

Kian mordit le lobe de mon oreille. Sa voix sulfureuse ébranla tout mon corps tandis que je profitais du spectacle érotique que m'offrait Xavier. Mon Dieu, il était machiavélique. Ils l'étaient tous les deux. Et bon sang, il avait raison.

— Est-ce que t'envisages de considérer mon point de vue avant de nous torturer jusqu'à nous rendre fou ?

Son petit rire dans mon oreille était purement diabolique.

— Tu n'as pas besoin de me citer tes raisons parce que j'aurais probablement fait la même chose si j'avais été à ta place. T'es partie d'ici parce qu'on te cachait des choses. T'as traversé le château parce que tu pensais que Rune te mentait. Et t'as ignoré nos conseils parce que tu pensais qu'on ne te croyait pas capable de te débrouiller toute seule.

S'il était conscient de mes motivations, pourquoi cet enfoiré se montrait-il aussi mesquin ?

J'avais dû penser très fort, car il se fit un plaisir de me répondre d'une voix grave et sexy qui fit palpiter mon clitoris et éveilla mon désir.

— Je me prive en même temps que toi. On oublie sans cesse la leçon que tu nous enseignes, et si on n'arrête pas de commettre cette erreur, on te perdra. Si on veut faire de toi notre compagne, on doit te dire ce que tu vas affronter. Si tu souhaites placer ta confiance en nous, *tes* partenaires, *tu* dois écouter nos conseils. Pour l'instant, on échoue lamentablement des deux côtés, petite sorcière. Aucun de nous n'a raison.

Dans ses bras, je pivotai sur moi-même et m'agrippai à ses chausses pour l'attirer vers moi. J'étais consciente qu'il n'aurait pas cédé, à moins de le vouloir, mais l'ardeur avec laquelle il m'embrassa me donna quand même des frissons. Je fus dévorée par les flammes d'un désir aveugle et notre doux baiser devint charnel en l'espace d'une seule seconde. Kian me souleva et j'entourai sa taille de mes jambes.

Nous serions juste un peu en retard, n'est-ce pas ?

— *Ne m'obligez pas à monter,* ronchonna Idris dans ma tête.

La menace qu'il formula me fit autant tourner la tête que les taquineries de Xavier et de Kian. Elle me rappela sa voix que j'avais entendue pendant que Xavier me pilonnait, que Kian me chuchotait des choses à l'oreille, et que le plaisir me submergeait avec une intensité telle qu'il aurait bien pu me faire trépasser.

Je n'aurais pas cru que sa présence dans mon esprit me deviendrait presque indispensable. Mais dans cette alcôve, avec Xavier en moi, Kian tout près, et Idris qui attisait télépathiquement mon désir, j'avais réalisé que nous étions beaucoup plus proches que je ne l'aurais pensé.

Sa promesse avait changé quelque chose entre nous. J'avais presque le sentiment qu'un lien de confiance s'était établi, ce qui effritait juste un peu les murs érigés autour de mon cœur.

— Je dois m'occuper de la salle du trône que t'as démolie et de l'inspection du nouveau conseil. Mais ton désir est si fort que j'envisage de dire à tout le continent d'aller se faire foutre pour que je puisse te regarder jouir.

Mon Dieu, ces trois-là allaient me tuer. Nos ennemis pouvaient passer leur tour, car cette forme de torture aurait raison de moi.

— Maintenant, sois une gentille petite Luxa et amène ton délicieux cul ici. Le conseil doit te prêter serment.

Je me redressai à sa remarque et m'éloignai de la bouche de Kian. La pièce qui m'entourait disparut pratiquement de mon champ de vision, car je me focalisai sur Idris.

—*Je savais que je devais venir dans la salle du trône pour les rencontrer, mais tu ne m'as pas dit qu'ils devraient me prêter allégeance. T'es sérieux ?*

Je ressentais une petite pointe de fierté. Pas pour moi, pour Idris.

— *Tu voulais participer à la vie de ce royaume. Il est temps que je te confie les responsabilités qui incombent à ton rôle de reine. Plus de secrets, on est d'accord ?*

— Qu'est-ce qu'il y a ? murmura Kian en me posant par terre.

Subitement submergée par l'émotion, je clignai des yeux pour chasser mes larmes de surprise.

— Idris veut que je l'aide à introniser le nouveau conseil.

Pour la première fois, je n'avais pas l'impression de n'être que la sorcière qu'ils avaient trouvée et qu'ils voulaient utiliser à leur avantage. Je n'avais pas l'impression d'être un outil ou une monnaie d'échange. Pour la première fois, je participais à un événement qui déterminerait le reste de ma vie. Et même si je n'avais jamais imaginé un jour devenir reine de ce royaume, mon implication dans cette cérémonie me donnait un sentiment d'utilité qui me laissait presque pantoise.

Je ne vivais pas là depuis très longtemps, mais à chaque instant, j'avais eu l'impression d'être malgré moi un pion dans un jeu auquel je n'avais pas demandé à participer. Là, c'était différent.

Xavier coupa l'eau et nous rejoignit dans la pièce, les hanches entourées d'une serviette blanche moelleuse.

— Je vous en prie, ne me dites pas qu'un autre truc a dérapé.

— Non, murmurai-je alors qu'un sourire sincère se dessinait sur ma bouche pour la première fois de la journée. C'est tout le contraire.

* * *

La salle du trône était toujours en ruine, ce qui me remplissait d'un sentiment de honte. Ma rage avait causé des dommages permanents, avait peut-être nui à la réputation d'Idris et affecterait poten-tiellement mon image auprès de ces gens. Or, d'après Xavier et Kian, leur soutien nous était indis-pensable pour apaiser les troubles sur le continent. L'appui de ces factions assurerait la prospérité du royaume une fois que la malédiction d'Idris serait brisée.

Bien que j'ignore complètement comment briser la malédiction. Ou même si j'en étais capable.

— *Tu l'es*, m'assura Rune

J'étais contente d'entendre sa voix, même s'il n'en restait pas moins un petit merdeux.

— *T'es la clé. Arrête de douter de toi et tiens-toi droite. Tu seras bientôt reine. Agis comme telle.*

Mes larmes brûlèrent mes yeux une seconde avant que je reprenne ma contenance.

— *Je suis heureuse que tu me parles à nouveau. Tu m'as manqué. Je t'en prie, ne m'ignore plus. J'ai détesté que tu me mettes à l'écart.*

Je l'imaginais bien lever les yeux au ciel.

— *Je n'avais pas l'intention de t'exclure la première fois. Cette malédiction a ses règles, ma reine. Des règles que je ne peux pas te révéler, mais que je dois respecter. J'ai failli en enfreindre une. Je suis désolé, je ne voulais pas t'inquiéter.*

— *T'aurais simplement pu dire « je n'ai pas le droit d'en parler ». Avec cette malédiction, je commence à comprendre que plus t'en sais, moins tu peux en dire.*

Comme le parchemin de Fenwick avait été détruit, je ne savais plus trop comment faire pour trouver le moyen de lever la malédiction d'Idris. Les rares personnes qui connaissaient les détails entourant ce satané truc ne pouvaient piper mot.

— *Fais attention, ma Reine. C'est une pièce où tu dois rester particulièrement concentrée.*

Je clignai des yeux et focalisai à nouveau mon attention sur la pièce, puis posai un regard méfiant sur le groupe de détenteurs de magie agenouillés aux pieds d'Idris. Ils ne ressemblaient en rien aux membres du conseil qui m'avaient autrefois dévisagée avec mépris. La moitié d'entre eux semblait terrorisée. L'autre moitié paraissait prête à reprendre le flambeau d'Ithran.

Vu l'état de la pièce, je ne pouvais pas leur en vouloir. Pendant que j'avais été occupée à revêtir mon armure, Freya avait bu le sang de chacun des membres, nouveaux et anciens. Ou du moins de ceux qui ne s'étaient pas enfuis en hurlant après la mort d'Ithran. Au vu de son grand âge, la vampire avait la capacité de voir les intentions, bonnes ou mauvaises, de tous ceux dont elle goûtait le sang. Toutefois, je ne me fiais pas à cette analyse. Même si elle avait estimé qu'aucun d'entre eux n'était corrompu par la magie noire et qu'aucun n'avait d'intentions sinistres, mes doutes persistaient. Là, les gens mentaient comme ils respiraient.

L'odeur du sang d'Ithran emplissait encore mon nez alors que j'essayais d'oublier que je l'avais coupé en deux.

Honnêtement, qui aurait voulu se trouver dans cette pièce ? Un Faë venait de mourir à moins de trois mètres de l'endroit où je me tenais, et j'étais celle qui lui avait ôté la vie. Ces personnes considéraient probablement que j'étais au service d'Orrus, prête à mettre fin à leurs jours.

Enfin, s'ils ne rêvaient pas de me piquer le pouvoir qui coulait dans mes veines.

Mal à l'aise, quelques-uns se tortillèrent. Les événements récents pesaient sur l'atmosphère de la pièce. J'inspectai les visages les uns après les autres. Ce n'était pas la première fois que je me retrouvais dans un coupe-gorge. Toutefois, le dénouement était dans ce cas moins prévisible. Sous la montagne, le *Lumentium*, qui permettait d'accéder à la nourriture, était la seule chose que tout le monde voulait.

Ici, les motivations de chacun étaient douteuses, plus versatiles que la magie elle-même.

— Ça fait deux cents ans que je n'ai pas fait prêter serment à un nouveau membre intégrant ce conseil, commença Idris.

Il posa un regard scrutateur sur chacun d'entre eux comme s'il les menaçait personnellement.

— Aujourd'hui, nous accueillons neuf nouveaux membres. Vous vous demandez peut-être pourquoi autant. Je suis sûr que vous avez entendu les rumeurs qui courent dans les villages sur un coup d'État raté.

Le silence qui régnait dans la pièce et la peur

qu'il m'inspira me mirent les nerfs à vif. Malgré la chaleur apportée par ma tenue, je frissonnai presque sous le poids des regards du conseil, en me demandant lequel d'entre eux essaierait de me tuer la prochaine fois.

— Un coup d'État qui a été déjoué par votre future reine. Son sang a coulé pour assurer la sécurité du royaume et son pouvoir a fusé. Sans elle, nous serions tombés aux mains de la guilde. Une guerre silencieuse fait rage, un conflit qui vole la magie. Ils se l'accaparent et drainent la vie de ce continent.

Un influx de force vibrait sous la surface de ses paroles et atteignait chacun de nous.

— Je vous demande de prêter serment d'allégeance à la Couronne, de vous unir à nous dans notre guerre contre la guilde qui menace de dérober le souffle de vos poumons et de vous vider de votre sang.

Comme un seul homme, le conseil récita un mantra que je ne compris pas.

— *De meo sanguine. In vitae mi. In acie mea.*

— *Ça signifie « Sur mon sang, sur ma vie, sur ma lignée »*, m'expliqua Idris, me faisant presque sursauter. *Ils vont prêter allégeance à la Couronne, au continent et à nous. Ensuite, ce sera ton tour. T'es prête ?*

Tremblante, j'acquiesçai et remarquai à peine la légère inflexion de ses lèvres alors qu'il poursuivait son discours.

— Je vous demande de prêter serment d'allégeance au continent et de défendre la terre qui se trouve sous vos pieds.

— *De meo sanguine,* récita à nouveau le conseil. *In vitae mi. In acie mea.*

— Je vous demande de prêter serment d'allégeance à l'héritier légitime de la Couronne et à ma future épouse, la partenaire que m'a choisie la Destinée.

Des murmures choqués emplirent la salle. Les membres du conseil, aussi bien anciens que nouveaux, échangèrent des regards furtifs, comme s'ils détenaient une information que j'ignorais.

— *De meo sanguine,* répétèrent-ils, après quelques instants de tension. *In vitae mi. In acie mea.*

J'eus envie de demander pourquoi tout le monde paniquait, mais le moment était mal choisi. Idris me jeta un coup d'œil et me fit un subtil signe de la tête pour m'indiquer que c'était mon tour. J'avançai d'un pas et me retrouvai à son niveau, montrant ainsi que nous formions un front uni.

Je fermai les yeux tandis que j'invoquais la magie

qui, autrefois, aurait pu entraîner mon exécution et ma mort. Elle pouvait toujours me conduire à la mort si je ne jouais pas bien mes cartes. Je puisai au plus profond de moi et tirai sur un fil de mon pouvoir. D'un seul coup, la lumière jaillit de ma peau. Elle forma un dôme d'énergie crépitante qui engloba tous les membres du conseil et les enferma dans une bulle protectrice.

— Une Luxa vous a tout pris, commençai-je d'une voix tremblotante alors que j'avançais. Votre magie et votre existence. Une Luxa a maudit votre roi. Mais une Luxa libérera ce royaume.

— *Qu'est-ce que tu fais, Vale ?* demanda Idris, dont les yeux affichaient une véritable peur.

Il ne comprenait pas à quel point il était horrible de vivre dans l'incertitude, de craindre que personne ne se soucie de votre vie ou de votre mort. En aucun cas je ne gouvernerais correctement ce royaume si je ne rendais pas hommage au serment qu'ils venaient de me faire.

—*Je leur fais une promesse.*

— Vous m'avez juré fidélité, mais n'avez rien obtenu en retour ?

Je regardai chaque membre tour à tour pour leur prouver que je ne me cacherais pas et ne faiblirais pas. Ils avaient besoin de puissance et de pouvoir, mais surtout de quelqu'un sur qui ils pouvaient compter.

— Sur mon sang, sur ma vie et sur mon pouvoir, je vous promets de briser cette malédiction et de rendre à votre royaume sa gloire d'antan.

— Nous sommes unis contre ceux qui veulent nous diviser et qui veulent que nos familles se déchirent, continua Idris, qui entrelaça ses doigts avec les miens alors que des étincelles dorées de pouvoir dansaient sur sa peau. Faisons de ce conseil un phare pour notre peuple dans les moments les plus sombres. Et qu'aucun d'entre nous n'oublie le prix que coûte la trahison.

Le conseil se leva comme un seul homme, et même si je décelais de l'appréhension chez certains, d'autres semblaient prêts à ouvrir ce nouveau chapitre.

Si seulement je pouvais leur faire confiance !

CHAPITRE 7

KIAN

Vale était bien trop proche du nouveau conseil à mon goût.

Vu la fréquence à laquelle les membres du conseil avaient essayé de la tuer, je n'avais pas très envie de la laisser trop s'éloigner. D'ailleurs, à ce moment précis, elle se trouvait un peu trop loin de moi. Pour respecter les règles de convenance qui régissaient la cour, j'étais obligé de me tenir derrière Idris et elle. J'ouvrais l'œil, au cas où quelqu'un passerait à l'action.

Xavier et Freya se tenaient à mes côtés, tous les deux à l'affût d'une attaque, leurs mains près de leurs armes. Tout comme moi, aucun d'entre eux ne faisait confiance à ce nouveau conseil. Après les deux derniers jours que nous venions de passer, je n'étais pas sûr de pouvoir me fier à qui que ce soit en dehors de mon cercle intime.

J'avais passé ces deux jours à mobiliser les citoyens du royaume et à sélectionner de nouveaux membres parmi les douze factions. Elles n'avaient pas toutes envoyé d'émissaires, mais la plupart l'avaient fait. J'avais cru que l'inspection de Freya me rassurerait sur la sécurité de Vale et d'Idris, que nous pourrions, de ce fait, aller de l'avant. Pourtant, malgré leurs promesses, malgré le sort tissé dans les mots mêmes de leur serment, je ne me sentais pas tranquille.

Arden souhaitait conserver la malédiction. Il voulait qu'Idris soit séparé de Rune, que son frère soit amputé de l'essentiel de sa magie et affaibli au point de devenir fou. Si la magie de cet enfoiré n'avait pas subi le même sort que celle d'Idris, cette guerre aurait ravagé le continent bien plus tôt.

Mais je m'étais reposé sur mes lauriers, confortablement installé dans mon rôle, sans me rendre compte du danger qui régnait sous mon propre toit. Je ne répéterais pas cette erreur, pas si la vie de Vale était en jeu.

Idris congédia le conseil, en autorisant à quitter la pièce ceux qui le souhaitaient. À part ceux qui étaient partis en courant comme s'ils avaient le feu au cul, quelques-uns restèrent. Soit pour parler entre eux, soit pour se réjouir de ne pas avoir été tués sans sommation. L'un d'eux avait plus de prestance que les autres et regardait Vale d'un œil intéressé, comme s'il la jaugeait.

Ses cheveux courts et sombres, qui semblaient changer de couleur sous la lumière, passaient d'un violet intense à un gris clair, et vice-versa. Une brise qu'il semblait être le seul à sentir soulevait ses mèches, qui créaient un halo autour de sa tête. Les yeux rivés sur Vale, il s'approcha d'elle presque sans bruit, comme un papillon attiré par la lumière. Sa magie amortissait chacun de ses pas.

J'avais presque oublié à quel point je détestais les Élémentaires, surtout ceux de l'air. En voyant Talek, je me rappelai que le dernier Élémentaire que nous avions eu au conseil était ce connard qui avait failli me planter une lame dans le cou.

Il attendait son tour avec une patience discutable. Alors qu'il s'approchait, il ne quitta pas ma compagne des yeux. Quelque chose chez lui me tapait sur les nerfs, mais je ne parvenais pas à déterminer quoi. Jusqu'à ce qu'il prenne sa main douce et la porte à ses lèvres.

Avant de pouvoir réfléchir aux conséquences, je lui mis le couteau sous la gorge.

— Si tu veux garder ta tête, je te suggère de lâcher sa main.

Du sang irisé s'écoula de l'entaille de son cou, mais il n'y prêta pas attention.

— Lâche-la. Tout de suite.

Talek leva les mains pour montrer qu'il n'insistait pas et lâcha la main de Vale comme si sa peau l'avait brûlé.

— Mes excuses, je pensais juste que vous racontiez des conneries. Je ne savais pas qu'elle avait vraiment un partenaire que la Destinée lui avait choisi.

Idris agrippa mon épaule pour retenir ma lame, car l'envie de trancher la tête de Talek me faisait presque perdre la raison.

— Calmons-nous, d'accord ? Aucune raison d'être violent. Talek est simplement venu se présenter.

À contrecœur, je retirai ma lame en grognant.

— Ça n'a rien de personnel, c'est juste que trop de gens ont levé la main sur notre future Reine ces derniers jours. Et aucun d'eux n'avait de bonnes intentions. Veuillez accepter mes excuses.

L'amabilité du sourire de Talek m'incita à me questionner sur ses intentions, mais je ne pouvais pas lui couper la tête sans raison valable. Contraint de faire un pas en arrière, je laissai Vale gérer seule la situation.

Notre petite sorcière sembla se raidir lorsque le regard de l'Élémentaire s'attarda sur la marque d'accouplement, que ceux de son espèce n'étaient normalement pas en mesure de voir. Toutefois, elle ne broncha pas et resta là où elle était. Mais elle releva le menton, mouvement silencieux de défi qui me rappela pourquoi elle était Reine. Même si elle ne se sentait pas encore légitime dans ce rôle.

— Pour vous épargner quelques malentendus regrettables et vous éviter de souffrir, sachez que je suis bien prise. J'ai non pas un, mais trois partenaires. Ils sont très protecteurs, alors peut-être qu'il serait judicieux d'éviter de me toucher ? proposa Vale avec un sourire bienveillant, mais une voix ferme.

— C'est raisonnable, marmonna Talek en souriant lui aussi tandis qu'il se penchait pour faire une révérence sophistiquée. Je voulais simplement rencontrer la femme qui a conquis le cœur de notre roi. Vous êtes aussi exquise que je l'avais imaginé. Mais je suis surpris que vous ayez plus d'un compagnon. Ce n'est pas très juste. Ça fait deux siècles que les partenaires liés par le destin relèvent du mythe. Et maintenant, vous en avez trois ? C'est peut-être juste la jalousie qui parle, mais cela semble cupide de votre part.

D'après son sourire en apparence sincère, Vale paraissait charmée par l'Élémentaire, même si l'homme donnait encore l'impression de l'évaluer.

— Eh bien, je fais confiance à la Destinée pour tous les aspects de mon existence. Elle a l'air d'influencer grandement le chemin que je suis.

— Vous êtes sûre que vous ne pouvez pas faire un peu de place pour un quatrième ? demanda Talek alors qu'il posait à nouveau les yeux sur l'épaule de Vale. Je suis un amant très prévenant.

Freya parvint à saisir la main avec laquelle j'allais dégainer mon épée avant que je coupe la tête du nouveau membre du conseil.

— Je vous suggère de mettre un terme à votre petit jeu avant que je lâche la main du général et qu'il vous dévore pour le dîner. Croyez-moi, aucun pouvoir élémentaire ne vous sauvera de la fureur d'un dragon. Encore moins de trois.

Arborant un sourire cordial, Talek se tourna vers elle et haussa une épaule d'un air peu enthousiaste.

— Ne m'en voulez pas d'avoir tenté ma chance. À ce stade, la plupart des gens seraient prêts à tuer pour trouver le partenaire que le destin leur a choisi.

Ce genre de connexion fait défaut depuis très long-temps dans nos contrées.

Il laissa ses yeux errer sur Vale, puis se concentra sur les écailles qui recouvraient les endroits où son pouls battait et sur son ventre.

— Vous vouliez discuter d'un sujet en particulier ou cherchiez-vous seulement à accoster ma promise ? demanda Idris, qui affichait le même sourire que celui de Rune quand le dragon s'apprêtait à dévorer quelqu'un.

Talek sembla un peu troublé par cette remarque, car son sourire s'assombrit.

— Bien que je sois heureux que mon prédéces-seur ait été démis de ses fonctions, j'ai remarqué que des sièges restaient inoccupés. Coup d'État ou pas, quelques factions craignent apparemment de vous apporter leur soutien.

— Et vous leur donnez raison ? lui rétorqua Idris, les dents serrées.

— Bien sûr que non, répondit Tarek en posant une main sur sa poitrine comme s'il avait été offensé. Mais je ne possède qu'un modique statut et une influence minime comparé à d'autres. Que je me joigne à votre cause ou que je me retire, il y aura toujours quelqu'un pour prendre ma place. Non. Mon problème n'est pas de savoir combien de sièges sont vides, mais qui a refusé de vous soutenir. Je vois les Seigneurs Faës, les mages, les vampires et les métamorphes inférieurs, les banshees et les enchanteurs, les sorcières, les djinns et les changeformes. Mais il manque une faction déterminante. C'est un coup dur pour vous.

Je grognai, ce qui fit vibrer ma poitrine, mais ce fut Idris qui perdit patience.

— Où voulez-vous en venir ?

Les yeux orageux de Talek croisèrent un instant mon regard avant de retourner sur Idris. Je compris instantanément à qui il était loyal.

— L'influence de Dame Sélène s'étend bien au-delà des frontières de l'Everhold. Elle contrôle les eaux et la mer. Si vous ne parvenez pas à la convaincre de vous rejoindre, votre frère pourrait en profiter.

J'aurais préféré m'arracher le bras plutôt que de l'admettre à voix haute, mais il avait raison. De toutes les délégations que j'avais contactées, celle de Sélène était la seule qui avait manqué à l'appel. Et compte tenu de la puissance qu'elle avait accumulée au cours des derniers siècles, il était périlleux de se passer de son soutien.

L'Everhold n'était pas qu'une simple province, c'était le poumon du commerce du Crédour et de l'armement. Sélène contrôlait les voies maritimes, les flottes navales et les flux de marchandises entre les continents. Sans son aide, nous aurions plus vite fait de remettre les clés du royaume à Arden.

Dans le pire des cas, elle enfoncerait le dernier clou d'un cercueil qui attendait d'être fermé depuis deux cents ans.

— Je n'ai pas la prétention de vous dire comment faire votre travail, poursuivit Talek, mais Everhold joue un rôle majeur sur le continent. En tant que membre du conseil, je n'honorerais pas mes responsabilités si je ne vous le rappelais pas. Je vous suggère donc de restaurer cette relation dans la mesure du possible. Et vite.

Je devais le reconnaître, il prenait sa mission au sérieux. Et il donnait un sacré bon conseil ! Pourtant, je ne lui faisais pas confiance. Les Élémentaires étaient bien connus pour une chose : défendre leurs intérêts avant tout. Un voyage à Everhold pourrait nous faire tomber dans un piège.

— Nous prendrons votre conseil en considération, répondit Idris, qui avait une posture aussi raide que Xavier et moi. J'apprécie l'engagement dont vous faites preuve dans votre fonction.

Le sourire de Talek, qui semblait glacial, changea lorsqu'il posa les yeux sur notre sorcière.

— Ce fut un honneur de vous rencontrer, Vale. J'ai hâte de servir la Couronne, surtout si vous êtes en partie à la barre.

Il fit une révérence gracieuse, comme seul un Élémentaire était capable d'en faire, et quitta la salle du trône. À aucun moment ses pieds ne touchèrent les débris éparpillés sur son chemin.

Le temps que partent les membres du conseil qui étaient restés, je me retrouvai avec une boule au ventre et un animal déchaîné. Les pensées lointaines de Vale s'emmêlaient dans ma tête, mais notre connexion ne me permettait pas de connaître son opinion sur cette affaire.

— S'il vous plaît, ne me dites pas que vous envisagez un tel voyage, grommela Freya.

Les yeux braqués sur moi, elle était perchée sur l'accoudoir d'un fauteuil à moitié détruit.

Idris était peut-être roi, mais j'étais son général. Cela faisait deux cents ans que j'assurais ses arrières, ce qui faisait de moi le spécialiste de la détection des pièges. Everhold pouvait représenter la tête de pont de nos appuis politiques ou signer notre échec total. Nous n'avions aucun moyen de le savoir sans faire un sacrifice.

— Ne pas considérer cette possibilité pourrait

nous condamner à mort, rétorquai-je en luttant contre l'envie de m'arracher les cheveux.

Freya se pinça le front comme si mon idée lui donnait la migraine.

— On ne fait pas confiance aux Élémentaires pour une bonne raison, Kian. Regarde ce qui s'est passé avec Evrin. Si mes souvenirs sont bons, il a essayé de te planter une lance dans la jugulaire il y a quelques jours.

— On y va, déclara Idris d'une voix ferme.

À aucun moment son regard ne quitta celui de Vale.

De toutes nos connexions télépathiques, la leur était la plus forte. Même si je ne pouvais pas entendre leur conversation, je savais qu'il avait changé d'avis à cause de Vale.

— Mais t'es fou ? s'exclama Xavier en éloignant notre compagne d'Idris. Tu veux te rendre à Everhold ? Et maintenant, par-dessus le marché ? Au cas où tu l'aurais oublié, votre mariage est prévu dans quelques jours et ce royaume est à deux doigts d'être déchiré par la guerre. Vous voulez vraiment prendre des vacances dans des eaux infestées de requins ?

Xavier continua, la voix juste un peu brisée, alors qu'il se rapprochait encore de Vale.

— On a failli la perdre. Tellement de fois que je n'arrive plus à compter. Et maintenant, tu veux l'entraîner en territoire hostile ? T'espères qu'elle nous reviendra en un seul morceau ?

— À quoi servira ce mariage si le royaume s'écroule dans une semaine ? répondit Vale en posant une main apaisante sur le bras de Xavier. T'as entendu Talek ? Avoir Sélène est incontournable. On ne peut pas laisser Arden mettre le grappin sur la personne qui contrôle les océans.

— Elle a raison, murmurai-je, brutalement touché par la vérité que contenaient les mots de Vale. Si on n'obtient pas le soutien de Sélène, ça ne changera pas grand-chose de briser la malédiction. Même si elle ne se range pas du côté d'Arden, on aura trop de déserteurs qui craindront qu'on n'ait pas la capacité de les protéger.

— Et il se passera quoi si c'est un piège ? lui rétorqua Xavier, dont les épaules s'étaient affaissées comme s'il se sentait trahi.

Je n'avais aucune réponse pour le rassurer.

Nous devrions aviser au moment voulu.

— Tu reconsidères ta décision ?

Il se pouvait en effet que je sois en train de scruter les écailles de Rune comme si elles renfermaient tous les secrets de l'univers.

Oui, toute ma vie, j'avais remis en question les décisions que j'avais prises. Mais plus encore celle qui me conduirait bientôt à chevaucher un dragon pour traverser ce satané continent.

Allais-je l'avouer à Idris ?

Bien sûr que non.

J'avais ma fierté, hein ?

Curieusement, je n'avais pas pensé une seconde que je serais obligée d'y aller par les airs quand j'avais décidé de me rendre à Everhold. La dernière fois que j'étais montée sur le dos de Rune, j'avais failli mourir. En fait, sur les trois fois où j'avais chevauché un dragon, j'avais frôlé deux fois la mort, failli passer dans l'au-delà.

Cependant, si Talek disait la vérité – *et c'était un grand si* –, Sélène pourrait être la clé qui me *sauverait* d'un mariage avec un parfait inconnu. Quelques heures plus tôt, je me croyais prête à renouveler l'expérience. Mais à présent ?

Comment pourrais-je convaincre qui que ce soit de ma capacité à briser la malédiction si je ne croyais pas en moi ? Je m'étais surestimée et j'avais fini par me rappeler qui j'étais.

Je n'étais pas une reine.

Je n'étais qu'une pauvre mineuse de Direveil.

J'avais été l'esclave de la guilde, où j'avais passé mon temps à me cramponner à la dernière parcelle d'espoir qui me séparait de la mort. Parce que j'avais refusé de laisser Nyrah livrée à elle-même.

Il n'y avait pas si longtemps, j'étais affamée et j'avais frôlé la mort alors que j'essayais de garder ma sœur en vie coûte que coûte. Je n'étais pas prête à jouer le rôle d'ambassadrice pour une nation menacée de s'écrouler. Mais avec le chaos du royaume et la guerre à notre porte, j'espérais qu'Arden se calmerait si nous étions soutenus par un acteur majeur. Tout comme son fils, il était lâche. Il s'attaquait aux faibles, aux peureux et aux désespérés.

Sinon, pourquoi refuserait-il de distribuer de la nourriture en échange du *Lumentium* ?

Seulement, quelque chose m'avait toujours chiffonné à ce sujet. Enfant, j'avais demandé à ma mère pourquoi la guilde avait besoin de ce métal, ce qui m'avait valu une réprimande cinglante et une bonne claque. Maintenant que je m'étais libérée de leurs chaînes, toutes les questions de ma jeunesse remontaient à la surface.

À quoi leur servait-il à part à fabriquer des armes ? J'avais passé toute ma vie à travailler dans les mines. Avoir autant de *Lumentium* ne leur était d'aucune utilité, à moins qu'il n'ait l'intention d'armer le continent jusqu'aux dents.

Mes questions étaient restées sans réponse, et je n'avais plus personne à qui les poser.

Finalement, je cessai de rêvasser et regardai les yeux dorés d'Idris.

— Non. Je me demande juste si je dois vraiment t'accompagner.

J'avais réussi à énerver presque tous les membres du conseil, j'avais survécu à plusieurs tentatives d'assassinat et j'avais sauté d'une falaise. Est-ce que cela valait vraiment le coup de prendre le risque de tomber du dos de Rune pour plonger dans un abîme aqueux ? Cela me paraissait un peu insensé.

— *Franchement, ma Reine. Tu sais que je ne te laisserais pas tomber,* me promit Rune.

Mais sa promesse n'avait rien de réconfortant.

— *Il y a trop de monstres dans l'eau. Ils te goberaient et je me retrouverais coincé sous cette forme pour toujours.*

Fantastique. Je n'avais absolument pas réfléchi aux créatures qui vivaient dans l'eau.

— *Bizarrement, t'as réussi à aggraver mon stress. Comment tu te débrouilles ?*

Ce satané dragon se mit alors à glousser. Tel un gong, son rire me réveilla les neurones.

— *C'est un don que j'ai.*

Concentrée sur les taquineries de Rune, je manquai le moment où Idris perdit patience. Il était à un mètre de moi et souriait d'un air taquin, et l'instant d'après, il me collait et me faisait reculer contre le flanc de son dragon.

— *Tu crois vraiment que je traverserais le continent sans ma Reine ?*

Mais je n'étais pas sa Reine. Pas encore.

Il me restait à peine une semaine avant de me

retrouver liée à Idris. Une part de moi résistait. L'idée de me marier à quelqu'un m'était si étrangère que c'en était presque risible. Je ne savais absolument pas comment briser sa malédiction, et encore moins comment agir comme une reine. Je m'y étais essayé dans la salle du trône, mais à la sortie, j'avais la tête pleine de doutes.

À quoi ressemblerait une union avec Idris ? Je me posais aussi cette question sous un autre angle. Comment parviendrais-je à partager mon temps avec non pas un, mais trois hommes ? Mon cœur se serra quand je me souvins de sa voix dans ma tête, au moment où il avait demandé à me regarder jouir. Je me rappelais le plaisir qu'il pouvait me procurer sans même me toucher.

Mais si mon corps semblait le désirer, au fond de moi, ce mariage m'évoquait plus un piège mortel que l'extase conjugale.

Idris baissa la tête et me fixa d'un regard si intense que je réussis presque à le voir fouiller dans mon esprit.

— Si tu n'es pas digne d'être ma Reine, alors j'ai dû te confondre avec la Luxa qui était à mes côtés il y a quelques heures. Celle qui a juré sur sa vie qu'elle briserait la malédiction.

Il pencha la tête sur le côté alors que sa magie illuminait ses iris.

— Désolé.

Je plissai les yeux et résistai à l'envie de lui donner un coup de pied dans le tibia.

— Arrête de sonder mes pensées, espèce de fouineur. Je n'ai rien dit à voix haute.

— Où est passée la femme pleine de fougue qui a réduit en pièces, comme si c'était du papier, du bois imprégné de magie ? Où est la Luxa confiante, fière et déterminée que j'ai vue dans la salle du trône ? Celle qui m'a défié devant ce même royaume qu'elle rejette à présent ? Où est la sorcière qui n'a attendu personne pour se sauver ?

Je sentis l'émotion me piquer le nez et détournai les yeux. Était-ce là l'image qu'il avait de moi ? Une femme confiante, prête à se battre pour un royaume qu'elle connaissait à peine ? Ou bien étais-je toujours cette jeune fille frêle qui tenait à peine le coup sous la montagne ?

— On lui a dit qu'elle allait devoir voyager des heures sur le dos d'un dragon pour aller jusqu'à Everhold. Alors, ça l'a un peu fait perdre pied.

C'était un euphémisme, mais je ne savais pas comment mieux l'expliquer.

— Dis la fille qui a rugi contre un dragon comme

si elle en était un elle-même. Et si je te promettais de ne pas te laisser tomber pendant tout le trajet ? Pas une seule fois.

Nous avions prévu que je monte sur Xavier et qu'Idris monte sur Rune. Comme j'avais déjà chevauché Xavier, c'était logique d'organiser les choses ainsi. Toutefois, j'avais eu de grandes difficultés à me retenir de vomir et le retour ne s'était pas passé beaucoup mieux.

Cependant, je ne savais pas si Idris me proposait une telle solution pour être gentil ou pour me manipuler. Pour avoir un autre levier de négociation. Je détestais l'idée de pouvoir tomber dans le panneau. Mais s'il cherchait à me manipuler, malheureusement, cela fonctionnait.

— T'es sûr qu'on ne peut pas prendre un bateau ?

Je n'avais jamais pris non plus ce moyen de locomotion, mais au moins, nous voyagerions plus près du sol. Ceci dit, je ne savais pas nager.

— Sûr, répondit Idris en passant un bras dans mon dos et en m'éloignant de Rune, qui me conférait un sentiment de sécurité. Et par chance, moi, je sais nager. Je ne te laisserai pas tomber, ma petite téméraire. Je te le promets.

Ce serment faisait écho à celui de Rune. Si bien

que je me souvins qu'ils avaient partagé le même esprit autrefois.

— Arrête de fouiner.

— Tu ne peux pas m'accuser de fouiner si ce sont tes pensées qui font du tapage.

Il n'avait pas tort. Je trouvais moi-même que mes pensées étaient agitées.

— En plus, je t'ai juré que je ne te laisserais pas dormir seule. Je ne vais pas t'abandonner à tes rêves. Cette période de ta vie est révolue.

Je serrai les dents et ignorai l'élancement qu'avait provoqué cette déclaration. J'ignorai aussi les larmes qui s'accumulaient dans mes yeux et le sentiment de réconfort que sa chaleur m'apportait face au froid hivernal qui s'infiltrait dans mes os. Nous étions sur la terre ferme et j'étais déjà frigorifiée. Qu'est-ce que ce serait pendant le vol ?

— Je te tiendrai chaud, murmura-t-il alors qu'il détachait la cape qu'il portait pour la jeter sur mes épaules.

Merde.

J'avais de plus en plus de mal à détester Idris. Surtout quand il se montrait aussi galant. Comment étais-je censée garder la tête froide quand il usait de son charme ?

Nyrah.

Je ravalai mes larmes tandis que l'image de ma sœur me revenait en mémoire. C'était elle qui m'aidait à garder les pieds sur terre. Grâce à elle, je ne me ferais pas happer par mes sentiments pour Idris. Grâce à elle, je ne tomberais pas follement amoureuse d'eux trois au point de me détourner de mon but. Plus vite la malédiction serait brisée, plus vite je pourrais la retrouver. Et plus vite je pourrais la ramener à la maison.

Ou dans un endroit que je considérerais comme chez moi.

Idris attacha la cape autour de mon cou avec une expression songeuse qui m'indiquait qu'il avait entendu ce que je pensais. Des pas résonnèrent dans le large tunnel qui s'ouvrait à notre gauche, et Kian et Xavier émergèrent dans la cour gelée. Tout juste vêtus de capes, ils étaient pratiquement nus. Leurs vêtements et leurs armes étaient rangés dans les sacs qu'ils laissèrent tomber dans la neige à leurs pieds.

L'air contrarié, Xavier serra les dents tandis qu'il examinait la cape que j'avais autour des épaules. Depuis le début, ce plan lui déplaisait. Alors le modifier avant notre départ n'arrangeait pas les choses.

Mais l'idée de voyager seule sur un dragon me foutait la frousse.

Xavier hocha la tête et détacha la cape de son cou.

— Est-ce que la selle de Rune pourra vous accueillir tous les deux ?

— Oui, ne t'inquiète pas, murmura Idris. Je veillerai à sa sécurité, mon vieil ami.

— T'as intérêt ! répondit Xavier dont les yeux bleus brillaient d'une colère contenue.

Cette simple déclaration tenait plus de la menace que de l'acceptation, mais je devinais que nous n'obtiendrions pas mieux.

— Freya a donné les directives au conseil, intervint Kian, dont le regard ambré passa de moi à Idris puis à Xavier. Ils sont convoqués à nouveau dans trois jours. J'espère qu'on aura de bonnes nouvelles à leur annoncer.

Trois jours.

Nous n'avions pas plus de temps pour démontrer notre valeur à la dirigeante de l'Everhold. Trois jours pour la convaincre de nous soutenir. Nous, et non l'assassin de mes parents. Trois jours pour espérer changer la donne.

Je claquai des dents en espérant que les autres pensent que c'était dû au froid et pas au stress.

Ravie que personne ne fasse de commentaire, je regardai Kian et Xavier se transformer. Maintenant que ma stupeur était de l'histoire ancienne, je pouvais admirer le miroitement du soleil sur les écailles de Xavier, dont la couleur pâle et irisée s'accordait parfaitement à ses longues tresses.

Et si Xavier était lumière, Kian était pure obscurité. Son corps se fondait dans l'ombre. Il me scruta avec ses yeux ambrés alors qu'il approchait. Sa masse imposante était à présent si proche de moi que je pouvais sentir la chaleur qu'elle dégageait.

Je n'avais pas vu le dragon de Kian depuis que nous nous étions accouplés. Sa bête semblait particulièrement attirée par mon odeur. Ses narines géantes se dilatèrent tandis qu'il inspirait, soutenant mon regard et avançant un peu plus.

— *J'adore ton parfum,* oroum di vita. *La marque d'accouplement que j'ai apposée sur toi te va bien.*

Je ne comprenais pas comment il réussissait à la voir alors que j'étais couverte de tissu de la tête aux pieds. Mais résoudre ce mystère m'importait peu dans l'immédiat. Lentement, je me mis à reculer vers Rune pour trouver refuge. Le dragon se secoua et se leva. La lueur qui émanait de sa gorge ne présageait rien de bon. Idris se plaça devant moi, ce qui déplut au dragon noir.

— *Tu attires son animal, ma Reine,* murmura Rune, qui semblait se préparer à le combattre. *Tu vas*

*sûrement devoir t'éloigner de lui. Mais vas-y douce-
ment. Si tu cours, tu passeras pour une proie.*

Oui, je m'en étais doutée. J'étais plus intéressée de savoir s'il préparait un coup fourré. J'étais ouverte aux nouvelles idées pour nos ébats, mais coucher avec un vrai dragon n'était pas sur ma liste.

Xavier, frappant Kian de sa queue, le sortit de sa transe, et Kian cligna lentement des yeux tandis qu'il revenait à lui. Je profitai de son étourdissement pour grimper sur le dos de Rune, où je serais plus en sécurité selon moi. Mieux valait être sur le dos d'un dragon plutôt qu'être sa proie. La grande selle en cuir était équipée de deux poignées qui faisaient penser à une sorte de système de direction.

Quelques secondes plus tard, Idris se colla à mon dos et passa son bras puissant autour de ma taille pour m'attirer entre ses jambes. La bosse qui se pressait au creux de mes reins était impossible à rater. Et je ne pus pas ignorer non plus la façon dont il frotta son nez contre la peau exposée de mon cou pendant qu'il plaçait une lanière de cuir sur mes cuisses. Mon cœur s'emballa. Je ne savais pas si ces palpitations étaient dues au comportement de Kian, à notre voyage imminent ou à la présence du roi dans mon dos.

— Il a raison, tu sais, ronronna-t-il dans mon

oreille. Tu sens divinement bon. Je me demande à quoi ressemblera ton odeur une fois que j'aurai apposé ma marque sur toi.

J'ignorai la réaction de mes tétons qui s'étaient durcis et me retournai vers Idris. Trop concentré sur la boucle qui unissait nos hanches, il ne prit pas la peine de lever les yeux vers mon regard perçant.

— T'as pu l'entendre ?

Il leva un coin de sa bouche et plongea ses yeux dorés dans les miens.

— Je te l'ai déjà dit. Tes pensées sont plutôt bruyantes. Maintenant, accroche-toi aux poignées, ma petite téméraire. Rune est connu pour être le dragon le plus rapide du continent.

J'ouvris de grands yeux et me retournai vivement pour me cramponner aux poignées avec mes mains gantées. Malgré le froid, je sentis un voile de sueur se former sur mon front. Idris resserra sa prise sur ma taille et, moins d'une seconde plus tard, nous étions dans le ciel. Le sol s'éloigna de nous si rapidement que j'eus l'impression d'avoir oublié mon estomac en bas.

Je résistai à l'envie de crier. J'eus à peine le temps de voir Kian et Xavier qui nous suivaient avant de fermer les yeux, submergée par des tremblements de peur. Le vent glacial me fouettait le visage et le froid me tailladait la peau. Je tentai désespérément de conserver le peu de raison qu'il me restait. La fois où j'avais chevauché Xavier n'était rien comparée à celle-ci. La vitesse de Rune était fulgurante. Son corps fendait l'air plus vite que n'importe quelle flèche.

Idris me serra contre lui. Son souffle chaud peinait à changer les choses, car les rafales glaciales l'emportaient avant même qu'il touche ma peau.

— *Parle-moi de Nyrah*, réclama-t-il.

Sa voix était la seule chose qui me permettait de garder la raison alors que j'essayais de ne pas penser à la distance qui nous séparait du sol.

Je secouai la tête et ma tresse faillit me fouetter le visage alors que je tentais de me calmer. Rune ne me laisserait pas tomber. Il m'avait déjà rattrapée. En plus, j'étais attachée et je m'accrochais. J'étais en sécurité.

Lorsque Nyrah faisait des cauchemars, je lui caressais les cheveux et lui répétais que tout allait bien. Je lui rappelais que je serais toujours là pour la protéger.

Quelle menteuse je me révélais être ! Elle n'était pas en sécurité et moi non plus.

— *Allez. Tu peux y arriver. Parle-moi de ta petite sœur. C'est pour elle que tu fais tout ça, n'est-ce pas*

? Apprends-moi à connaître la personne pour laquelle tu te bats.

Je ne savais pas par où commencer. C'était une jeune fille tellement précieuse et spéciale à mes yeux ! Elle me faisait penser à une fleur fragile qui s'épanouirait au cœur de l'enfer. Comment pouvais-je lui décrire ma sœur de manière intelligible ?

— *Parle-moi de la naissance de Nyrah. T'avais dix ans, non ?*

Je parvins à hocher la tête, puis les détails surgirent dans ma tête. Depuis la première fois où ma mère l'avait mise dans mes bras jusqu'au jour où je l'avais sauvée d'une chute dans cet escalier en pierre qui en avait emporté tant d'autres avant elle. Elle avait détesté devoir me coller aux basques, mais je n'avais pas trouvé d'autre moyen de l'empêcher d'errer dans les grottes.

Je lui parlai de son esprit rebelle, de sa force et de son sens de la justice. Pendant tout ce temps, je gardai les yeux fermés, le dos collé contre son torse alors que je tentais d'oublier où nous étions. Je me concentrais sur sa chaleur, son bras sur mon ventre et la fermeté avec laquelle il me tenait.

Bien vite, Rune entama sa descente. L'air se réchauffa et l'odeur salée de la mer envahit mon nez. Je plissai les yeux et vis le soleil qui se couchait derrière un château monstrueux, dont les tours s'élançaient vers le ciel comme les doigts d'une main.

Rune survola l'eau d'un magnifique bleu et descendit encore un peu jusqu'à ce que ses serres effleurent la surface puis il reprit de l'altitude. Il s'éleva dans le ciel, passant au-dessus des arbres et des murs, puis fit le tour du château avant de cibler une grande cour dans laquelle atterrir.

Nous nous posâmes dans l'espace dégagé, planté de quelques grands arbres épars, en manquant de peu une fontaine géante dont la taille rivalisait avec celle de Rune. Au centre se trouvait une femme incroyablement belle, le visage tourné vers le soleil. Elle tenait près de sa poitrine un orbe irisé, d'où l'eau jaillissait avant de tomber sur sa robe. Les pieds gracieux de la statue dépassaient juste au-dessus de la surface.

J'étais tellement fascinée par cette vision que je ne remarquai pas le danger avant qu'il nous entoure. Dans mon dos, Idris se raidit et me serra plus fort, tandis que Rune poussa un rugissement. Le bruit fut si assourdissant que je dus lâcher les poignées pour me protéger les oreilles.

Ce fut à ce moment que je remarquai les silhouettes qui semblaient se fondre dans l'ombre des arbres. Leurs formes vacillaient comme les ondulations de l'eau à la surface d'un étang.

La lumière déclinante faisait scintiller les lances très aiguisées qu'ils tenaient. Kian et Xavier atterrirent de chaque côté de nous. Ils nous supplièrent télépathiquement de fuir et de nous échapper.

Car Xavier et Freya avaient raison depuis le début.

C'était un piège.

Et nous étions encerclés.

Ce n'était pas la première fois que je me retrouvais coincée entre le marteau et l'enclume. Bon sang, ce n'était même pas la première fois de la semaine que je tombais dans un piège. Mais lorsque les gardes quittèrent la cachette que leur offraient les arbres, je réalisai la précarité de notre situation.

— *On a peut-être une chance de partir*, dit Rune.

Il chuchota presque, comme s'il essayait de ne pas être entendu.

— *Comment ça ? Tu ne peux pas simplement t'élancer dans le ciel ? Parce que si c'est une possibilité, on devrait sauter dessus.*

Étais-je à ce point désespérée pour suggérer de voler ? Absolument.

Mais tout ça était de ma faute, j'avais convaincu Idris que c'était une décision judicieuse. Notre conversation télépathique avait fait pencher la balance. Si mes hommes se faisaient tuer à cause de mes paroles, je ne me le pardonnerais jamais. Mon cœur s'emballa à l'idée que l'un d'entre eux soit blessé parce que j'avais été trop stupide pour voir le piège évident qui nous avait été tendu.

— *La magie est omniprésente. Ils nous ont laissés atterrir. J'ai senti que quelque chose clochait dès que j'ai atteint le couvert des arbres. Quand je dis ça, je veux dire qu'on a une chance infime de s'en sortir.*

Merde.

Freya et Xavier avaient répété que ce plan était une mauvaise idée, que Talek nous avait tendu un piège soigneusement élaboré en évoquant Sélène. Et nous étions tombés dedans. Quelqu'un avait dû les prévenir de notre arrivée. Grâce aux illusions de Kian, ils n'auraient pas dû être en mesure de nous voir, même si nous étions devant eux.

Non, c'était pire que sur la falaise. Au moins, là-bas, si Rune ne s'était pas préoccupé de ma sécurité, il aurait pu sauver Kian, Xavier et Idris.

Ça n'avait pas été le cas, mais il aurait pu.

— *Mais notre présence ici est indispensable,* rappela

Rune à voix basse, et je fus ébranlée par sa conviction. *Si Arden se met le continent dans la poche, on n'aura plus aucune chance de l'emporter. Le continent tombera aux mains de la guilde. On doit rallier Sélène à notre cause.*

Les gardes brandirent leurs lances et se rapprochèrent. Kian et Xavier reculèrent pour défendre l'énorme dragon, et par conséquent, Idris et moi.

— *On dirait qu'elle a déjà choisi son camp, Rune. Sinon on ne se retrouverait pas dans ce guet-apens.*

— *Tu ne la connais pas comme nous. Toi, tu vois ça comme une embuscade, mais elle, elle veut juste faire la maligne en nous envoyant un comité d'accueil. Certes, on pourrait véritablement se retrouver piégés plus tard, mais les sirènes sont connues pour leur esprit taquin. Elle vient de nous informer qu'elle veut jouer, que ça nous plaise ou non.*

Fantastique. J'avais toujours rêvé de jouer ma survie grâce à des manœuvres psychologiques.

J'adorais ça.

Une silhouette élancée s'approcha. Elle traversait la cour d'un pas furtif comme si tout lui était permis. Et c'était sans doute le cas. Ses cheveux blancs étaient coiffés en une tresse raffinée qui se balançait dans son dos. Certaines mèches étaient ornées de perles irisées et d'étincelants bijoux sur lesquels se reflétait la lumière du soleil déclinant.

Tout le contraire de sa robe.

Le tissu était aussi fin que du tulle, mais parvenait à couvrir ses parties intimes. Elle semblait glisser sur l'eau à mesure qu'elle avançait, et ses épaules lui conféraient un air majestueux qui me donnait le sentiment d'être inférieure, même sur le dos d'un dragon. Sa peau était presque aussi pâle que ses cheveux, ce qui faisait ressortir les écailles bleues tapissant son cou et ses épaules. Sa magie faisait briller ses yeux d'un vert marin qui semblaient m'attirer dans leurs profondeurs tourbillonnantes.

Sélène était une force à ne pas négliger, c'était évident.

— C'est gentil de me rendre visite, fredonna-t-elle, mais son expression innocente détonnait avec le ton envoûtant de sa voix.

Celle-ci était mélodieuse et enivrante. Toutefois, j'y perçus un certain danger qui me poussa à m'agripper aux poignées par sécurité.

Elle était douée. Je devais le reconnaître. Cependant, je ne me laisserais pas influencer.

— *Elle utilise son pouvoir de sirène, n'est-ce pas*

? demandai-je à Rune, qui se contenta de grogner d'un air mécontent.

Je supposai qu'il confirmait mon hypothèse.

— C'est gentil d'avoir *renforcé* la sécurité pour nous accueillir, ronchonna Idris dans mon dos, sans desserrer sa prise sur moi. Et moi qui pensais que nous étions amis !

— Trois dragons débarquent à l'improviste chez moi, rétorqua Sélène avec un sourire qui dévoila, intentionnellement selon moi, ses crocs acérés. *Je* pensais que *nous* étions amis. Si je débarquais en Crédour avec une armée, vous vous sentiriez menacés. Et c'est moi la méchante ? Ce n'est pas juste.

La dame n'avait pas tort, me dis-je.

Mais je changeai d'avis lorsqu'elle claqua des doigts.

Un flot de magie couleur de mer jaillit de ses mains et captura Kian et Xavier avant qu'ils ne puissent bouger. Je tressaillis en entendant le craquement de leurs os, et mes doigts descendirent automatiquement vers les dagues fixées à ma ceinture. Leurs grognements se mêlèrent à des gémissements d'agonie tandis qu'ils commençaient à rétrécir. Leurs corps reprenaient lentement leur forme humaine.

Bouleversée par leur souffrance, je dégageai une lame de son fourreau.

Si elle pensait pouvoir tourmenter mes compagnons en claquant des doigts, je veillerais à ce qu'il ne lui en reste plus un seul pour le faire.

Un grognement s'échappa de ma gorge tandis que mon pouvoir irradiait de ma peau. La lueur dorée créa autour de moi un dôme de magie qui incita les gardes les plus proches à reculer. Je tranchai la ceinture qui me retenait et descendis de Rune. Presque figé, le dragon semblait lui aussi sous l'emprise de Sélène.

Oh, non ! Elle n'avait pas osé !

Sous mes pieds, l'herbe noircissait à chaque pas que je faisais. Mon pouvoir s'étendit pour englober Rune et Idris avant d'atteindre Xavier, puis Kian. Haletants, ils se recroquevillaient sur le sol calciné, les yeux hébétés par la magie de Sélène qui s'accrochait à leur esprit, même derrière mon bouclier.

— Libère-le ! ordonnai-je dans une colère noire.

J'étais furieuse, le sang me monta à la tête et me fit sortir de mes gonds. J'arrachai la cape d'Idris de mes épaules et dégainai une autre dague.

— On voulait venir en paix. Mais si vous n'arrêtez pas de jouer avec eux, vous verrez de quoi je suis capable quand j'en aurai marre d'être gentille.

Sélène plissa les yeux, ses pupilles s'illuminèrent tandis que sa magie déferlait sur mon bouclier. Je perçus de minuscules pointes de douleur dans ma tête, comme si elle essayait de pénétrer mon esprit.

Quelle garce !

— C'est mignon, mais t'as juste réussi à m'énerver.

Je rugis et croisai mes poignets pour projeter ma magie. Le bouclier doubla de taille et envoya les gardes s'écraser contre le mur de la cour tandis que les rochers, sous l'effet de la chaleur, se fissuraient sous moi. La jolie fontaine que j'avais admirée plus tôt chancela quand le sol s'inclina, et l'eau bouillonna au contact de mon pouvoir.

— Tant de puissance pour une si jeune petite chose. Vas-tu te consumer, toi aussi, petite Luxa ? Comme toutes les autres ? Ou bien tu vas me montrer de quoi t'es capable ?

Rune avait raison. Ce n'était qu'un jeu pour elle. Un jeu qui ne m'intéressait absolument pas, mais qui risquait fortement de me tuer, qu'importe les choix que je ferais.

Une présence bienvenue dans mon dos me fit presque m'écrouler de soulagement. Je ne saignais pas encore, mais il ne me restait plus beaucoup de temps avant de souffrir de ma démonstration de force. Idris passa son bras autour de moi pour mêler sa magie à la mienne et renforcer mon sort alors que mon corps commençait à fatiguer.

— *Arrête*, Sélène ! rugit-il d'une voix qui résonna dans la cour. Sinon, tu ne devras pas seulement affronter ma future Reine. Je ne suis peut-être plus le roi que j'étais, mais n'oublie pas d'où tu tires ton pouvoir.

— Elle n'a pas l'air si coriace, dit-elle.

Elle me fit un sourire mièvre, mais empreint d'une certaine déception.

— Je voulais juste la tester un peu. Je ne vois pas comment elle pourrait briser ta malédiction si elle est incapable d'encaisser la *pression* ?

Idris ricana d'un air sinistre, avec une voix si inquiétante qu'elle me rappela les histoires qui relataient le côté diabolique de la bête qu'il était censé être.

— Elle a déjà tué une personne aujourd'hui. N'augmentons pas le compte. *Ne recule pas, ma petite téméraire. Elle y verra un signe de faiblesse.*

Pour la première fois depuis que nous nous trouvions au milieu des arbres, Idris me parlait télépathiquement. Même si j'étais soulagée de l'entendre, il aurait honnêtement pu se passer de me donner un conseil aussi évident. Sélène n'avait toujours pas flanché. Je parvenais presque à sentir la douleur de Kian, l'agonie de Xavier, l'impuissance qu'ils éprouvaient, confrontés à sa magie.

Je n'étais plus seulement énervée, à présent, je bouillonnais d'une rage contenue.

Je fermai les yeux et imaginai mon bouclier se munir de piques afin de transpercer son pouvoir pour qu'elle m'écoute. En l'entendant siffler d'une voix gutturale, je rouvris les yeux et vis avec joie le sang noirci qui suintait d'une coupure sur sa joue.

D'accord, je n'avais peut-être pas été aussi prudente que prévu.

Oups ?

Son apparence se mit à s'altérer, la beauté qu'elle avait projetée fondait à mesure que ses traits devenaient plus durs, plus maigres. Sa magie avait adouci son visage, mais désormais, sa peau pâle était moins blanche et plus grisâtre, ses yeux n'avaient plus de pupille et ses lèvres étaient moins charnues. Elles révélaient deux rangées de crocs acérés et d'incisives en forme de rasoir.

— Je crois que mon partenaire t'a dit d'arrêter, crachai-je. Je te suggère de prendre son avertissement au sérieux.

Le vert de sa magie disparut presque instantanément et ses yeux s'écarquillèrent.

— Partenaire ? répéta-t-elle. Vous auriez dû le dire dès le début.

Elle baissa la tête et s'agenouilla brusquement sur le sentier de pierre en signe de respect.

— *Aevír ni thrystun ef vátta ek henne var skuld til þú.*

J'ignorais ce qu'elle avait dit, mais Idris sembla se détendre.

— *Vér eru ei skuld enn. Vér bíðum nótt vígs.Enn hvert hótun við hana er hótun við mik.*

— *J'aimerais bien que vous parliez dans une langue que je comprends,* grommelai-je tout en serrant la main d'Idris posée sur ma taille.

Il appuya doucement sur mon ventre, mais ce fut Xavier – mon tendre Xavier – qui se chargea de traduire pour moi.

— *Elle s'excuse d'avoir attaqué la compagne du roi. Il a expliqué que vous n'étiez pas encore mariés, mais qu'elle devait déjà te considérer comme sa reine.*

Je résistai à l'envie de m'affaisser de soulagement lorsque je vis Xavier et Kian revenir lentement à eux. Xavier resta à genoux, et j'eus un pincement au cœur en entendant ses respirations laborieuses. Kian réussit à se lever et se rapprocha de nous comme s'il se préparait au combat. Aussi nue que le jour de sa naissance, sa peau luisait de sueur et dégageait de la chaleur.

— *Elle ne sait pas que t'as plusieurs compagnons. Information que tu devrais garder pour toi. Les partenaires liés par le destin sont rares. Et ce qui l'est encore plus ? D'en avoir plus d'un.*

Je me retins de hocher la tête. Personnellement, j'aurais préféré qu'Idris s'abstienne de préciser que nous ne nous étions pas encore accouplés. Mais qui étais-je pour lui donner des conseils en matière de diplomatie ? Jusqu'à présent, j'avais été du genre à tout faire cramer, puis poser des questions après. Je n'avais aucune intention de semer davantage la pagaille.

Xavier et Kian semblaient être du même avis.

— Tu peux désactiver ton bouclier, petite sorcière, croassa Kian, sans se départir des fentes de son dragon au milieu de ses brillants iris ambrés. Sélène est plus intelligente qu'elle n'en a l'air. Attaquer la partenaire qu'a choisie la Destinée pour son roi est un acte de guerre.

Il tourna lentement la tête vers la reine des sirènes.

— N'est-ce pas, Sélène ? Tu te souviens combien j'aime la guerre, hein ?

Alors que je renonçai à mon bouclier, le charme

de Sélène sembla se remettre en place. Les lignes dures de son visage s'adoucirent pour revenir à ce qu'elle considérait sans doute comme ses propres critères de beauté.

— Je me souviens que tu t'en amusais plus que les autres, Général, concéda-t-elle d'une voix enjôleuse qui me hérissa le poil.

Bien que Kian ait été le premier homme avec qui j'avais fait l'amour, je savais que je ne pouvais pas en dire autant pour lui. Au fond de moi, mon cœur se déchira et j'eus la nausée. Mon visage blêmit instinctivement et prit la même teinte qu'un parchemin, et à l'intérieur, je criais.

— *Ne me dis pas que t'as couché avec cette femme, Kian. Je te l'interdis !*

Kia me regarda vivement, puis se tourna à nouveau vers Sélène.

— Ne te vante pas, sirène.

Il avait couché avec elle. Il avait baisé cette femme, et moi, j'étais censée la jouer cool quand elle me le balançait en pleine face.

— *Ne la laisse pas voir une quelconque faiblesse, ma petite téméraire. Elle l'exploitera.*

Encore une fois, Idris me faisait une remarque inutile. J'avais grandi au sein de la guilde. Je savais reconnaître un prédateur quand j'en avais un devant moi.

Je me forçai à ne pas réagir et remis mes dagues dans leurs fourreaux, puis repris ma place dans les bras d'Idris.

Quelque part, je doutais que nous ayons terminé de jouer.

Non, j'avais l'impression que cela ne faisait que commencer.

CHAPITRE 10

VALE

Mes mains demeurèrent sur les manches de mes dagues tandis que je franchissais l'entrée du grand château en compagnie d'Idris et de Sélène. À l'image des cheveux de cette dernière, la pierre était complètement blanche, et l'arche géante reflétait la lumière déclinante.

De chaque côté se tenaient des gardes, lances près du corps. Tous les deux étaient torse nu, leurs écailles multicolores se mêlaient à leur peau hâlée sous des plastrons faits d'os et ornés de coquillages à épines. Au lieu de pantalons, ils portaient des kilts à motifs dont le tissu ne leur arrivait qu'à mi-mollet. Tout comme Sélène, ils étaient pieds nus. Prêts à sauter dans les eaux chaudes pour aller combattre, ou peut-être pour faire sombrer un navire.

L'intérieur du château était tout aussi somptueux que l'extérieur. Les murs bleu nuit laissaient place à un plafond aquatique turquoise, où l'eau dansait grâce à la magie et où des bancs de poissons nageaient au milieu d'un récif multicolore. On avait l'impression d'avoir la tête à l'envers en observant l'océan s'illuminer de magnifiques créatures marines jouant à cache-cache.

Kian était derrière moi. Après m'avoir heurté le dos, il me rattrapa, puis il me tira pour éviter que je me fasse distancer. J'avais en partie envie de le gifler, mais d'un autre côté, je comprenais totalement. Si vous vous laissiez berner par le charme que Sélène utilisait, elle était ravissante. Et grâce à ses capacités de sirène, si elle le désirait, il devenait presque impossible de lui résister.

— *Viens, petite sorcière. Tu ne veux pas te faire distancer, hein ?*

L'option « gifle » devenait de plus en plus tentante.

Non, je ne voulais pas me faire distancer, mais je ne voulais pas non plus me sentir inférieure à une vilaine bête. Je lâchai sa main et avançai, refusant de me laisser hypnotiser par cet endroit. Vu la quantité de magie mobilisée là, je doutais que tout ça soit réel. Même le visage de Sélène n'était qu'une illusion.

— Compte tenu du voyage que vous avez fait, je suppose que je devrais vous trouver un endroit où dormir, dit-elle en regardant Kian et Xavier, toujours presque nus.

Elle *sembla* prise d'un frisson de plaisir tandis qu'elle fixait la bosse qui saillait entre les jambes de Kian, comme si elle se souvenait avec nostalgie de ce qu'il était capable de faire avec sa bite.

— *Ne la laisse pas t'atteindre,* me rappela Idris. *Ça te touchera uniquement si tu le permets.*

— *Sans déconner.*

Je n'étais pas idiote. Je savais très bien ce qu'elle faisait. Mais comment me retenir de l'étriper comme le poisson qu'elle était, alors que je n'arrivais à penser à rien d'autre ? Je me cramponnai à la poignée de la dague fixée au niveau de ma hanche, mais me forçai à la relâcher.

Cela ne résoudrait rien. En fait, nous étions venus pour l'exact opposé. Même si cela pouvait m'aider à me calmer, politiquement, nous serions foutus.

Après avoir péniblement monté un escalier, puis emprunté un couloir incroyablement long, nous suivîmes Sélène jusqu'à une suite de chambres dignes d'un roi. Ce qui laissait penser qu'elle savait depuis le début que nous venions. J'ajoutai Talek à ma liste noire, mais j'aurais presque désiré prendre un bain et faire une sieste avant d'endurer la torture qu'elle nous réservait.

— Nous avons préparé ces chambres spécialement pour toi, mon Roi. Ta suite pourra rester avec nous pendant que nous discuterons de mon éventuel soutien au cours du dîner.

Elle plaça sa main au niveau du coude d'Idris.

— Mais je suggère que ton *escorte* reste ici un petit moment pendant que toi et moi discutons de quelques affaires d'État.

Je ne fus pas surprise que mes deux mains trouvent les poignées de mes dagues. Qu'*y* avait-il de surprenant ? Mais Idris accepta sa demande.

— Bien sûr. Je dois également discuter de certaines choses avec toi avant le dîner.

Un sentiment de trahison enserra mon cœur dans ses affreuses griffes et refusa de le libérer.

— Va te laver, je serai là dans une minute, me dit-il.

Il plongea ses yeux dorés dans les miens, avant de les baisser vers les mains que j'avais posées sur mes armes.

— *Ne fais rien de stupide. Elle te teste. Reste calme.*

Calme ? Il me demandait de rester calme ? Comment voulait-il que je garde mon sang-froid alors qu'une ancienne amante d'un de mes partenaires faisait des sous-entendus à un autre de mes compagnons devant mes yeux ?

Cela ne semblait pas envisageable pour moi.

Xavier passa son bras dans le mien et desserra doucement mes doigts crispés sur le pommeau de mon arme. Il me fit ensuite avancer dans la pièce.

— Le dîner sera servi dans quelques heures, nous informa Sélène avec un sourire forcé qui devint joyeux. Lave-toi *vraiment*. Tu sens le dragon. Et je doute que tu aies quelque chose de convenable à porter dans ce sac que tu considères comme un bagage. Tu devrais pouvoir trouver quelques tenues à ta taille dans la garde-robe. *Enfin,* si tu arrives à les remplir, ajouta-t-elle en portant son regard sur ma maigre poitrine.

Sous la montagne, nous n'étions que peu de femmes puisqu'elles mouraient pour la plupart bien avant leurs homologues masculins. Je n'avais donc pas l'habitude de me mesurer à des garces désobligeantes et acerbes qui voulaient s'approprier quelque chose qui ne leur appartenait pas.

Mais je ferais de mon mieux pour la remettre à sa place.

— Je préfère sentir le dragon et porter une tenue de combat plutôt que de m'habiller comme une garce manipulatrice qui se languit d'hommes qui n'ont aucun désir pour elle. Cela dit, je suis sûre de pouvoir trouver quelque chose de convenable, même si je dois mettre du rembourrage.

Et comme j'étais plus absorbée par ma joute verbale que par la mission qui nous avait envoyés là, je lui envoyai un baiser et lui fis un doigt avant d'entrer tranquillement dans la suite comme si elle m'appartenait.

Je ne lui permettrais sûrement pas de m'atteindre.

— *C'est ça, ma petite téméraire. Frappe où ça fait mal. Je reviendrai dès que possible.*

Mais la voix d'Idris parlant dans ma tête ne m'aida absolument pas à interrompre les images qui défilaient de Kian et d'elle lovés l'un contre l'autre. Elle n'empêcha pas mon cerveau d'imaginer les bruits qu'il faisait quand son orgasme n'était pas loin de le submerger, quand ses gémissements devenaient pressants.

— J'avais hâte que tu me parles de tes problèmes, Idris, susurra Sélène, dont la voix lyrique me transperça les oreilles comme des épines. Je suis à ta disposition. Si je peux faire quoi que ce soit pour te soulager...

Je pivotai brusquement sur moi-même et surpris son sourire tandis qu'elle s'éloignait avec Idris en glissant dans le couloir, les chevilles enveloppées d'un tourbillon de sa magie verte. Et même si je pouvais pratiquement *sentir* dans mon esprit sa présence qui renforçait ma rage, je n'arrivais pas à l'en éjecter.

Comment avait-elle réussi à s'infiltrer ? Comment...

— Prends une profonde inspiration, Vale, suggéra Kian.

Toutefois, j'étais à un cheveu de péter les plombs. Si cette porte ne se refermait pas assez vite, je serais capable de traverser le couloir à toute allure et de planter mes lames dans sa jugulaire pour lui arracher sa putain de tête.

Le temps que la porte se referme, j'avais sorti mes lames de leurs fourreaux. Mais je repris un peu mes esprits quand Xavier se mit en travers de mon chemin afin de m'empêcher d'accomplir la tâche que je m'étais fixée.

— Ce n'est pas la peine. Tu ne vas tout de même pas péter un câble juste parce que t'as rencontré quelqu'un avec qui on a couché ? On a une mission, et ta jalousie n'aidera en rien.

Et là, ma raison s'envola.

— Avec qui *on* a couché ? beuglai-je, les dents serrées. Qui ça, *on* ?

Une lueur dorée illumina mes veines, prête à irradier de ma peau, mais je me forçai à rengainer mes lames.

— Bien joué, mec, se plaignit Kian en fusillant Xavier du regard. J'avais presque réussi à me sortir de ce trou, et tu viens de m'y rejoindre la tête la première.

Il leva les mains comme pour calmer une bête.

— C'était il y a des siècles, avant la malédiction. Avant tout. Tu n'étais même pas née à l'époque.

Quoi qu'il en soit, cet argument n'arrangeait rien.

Parce qu'à présent, je n'entendais plus seulement les gémissements et les supplications de Kian dans ma tête. Ceux de Xavier s'étaient ajoutés au vacarme. Je pouvais presque les imaginer emboîtés les uns dans les autres. Mais c'était tout à fait logique. Quand nous étions à l'auberge, Kian et Xavier s'étaient immédiatement montrés enthousiastes à l'idée de me partager et avaient bougé de concert. Ils avaient déjà vécu une expérience similaire. Ils avaient déjà partagé une femme.

J'eus la nausée.

— Vous l'avez partagée comme vous m'avez partagée ? chuchotai-je, les yeux embués de larmes.

Le tiraillement que je ressentais juste sous mes côtes, était-ce mon cœur qui se brisait ?

La dernière chose spéciale que je possédais venait-elle de disparaître ?

N'étais-je qu'un jouet de plus pour eux ? Une femme quelconque à mettre dans leur lit ?

Je n'avais jamais rien éprouvé de tel. Cette jalousie...

Xavier se rapprocha de moi et essaya de me prendre la main. Même si j'avais rangé mes dagues, le désir de le poignarder, de le lacérer et de le découper en petits morceaux ne m'avait pas quitté. La lueur dorée de ma magie redoublait d'intensité et s'étendait. Elle me faisait tellement mal que je pensai pouvoir en mourir.

Les mains toujours levées, Kian avança. Il avait de si grands yeux, un regard si sincère que j'étais obligée de fixer du regard leurs profondeurs ambrées.

— Elle s'est frayé un chemin dans ta tête.

Expulse-la, petite sorcière. Sélène déforme toutes tes pensées et tous tes sentiments.

Mon corps était en feu, englouti par la rage qui m'habitait.

— Tu sais ce qu'il y a dans ma tête ? lançai-je.

Plus ma magie gagnait du terrain, plus elle scintillait.

— Les sons que vous faites, les mots que vous me chuchotez à l'oreille, vos baisers... Sauf que je ne suis pas la femme concernée. C'est elle.

Ça ne cessait de s'amplifier et de prendre le pas sur mon être présent et futur. Je m'attrapai la tête et tentai d'y mettre un terme, de faire le vide dans mon esprit, mais je n'avais pas assez de force. Je l'imaginais avec eux, elle me les volait, me les arrachait.

Resteraient-ils à mes côtés ?

Il n'y aurait rien d'étonnant à ce qu'ils me laissent. Je les avais tous tenus à distance et leur avais donné l'impression que cette situation m'avait été imposée. Je continuais de chercher un moyen d'éviter ce mariage, de partir et de me cacher. Il était logique qu'ils la préfèrent à moi. Qu'est-ce que le lien entre nos esprits changeait ?

J'étais incapable de briser la malédiction.

Je ne pouvais pas contrôler mon pouvoir.

Je ne connaissais rien à l'administration d'un royaume.

Je n'étais pas en mesure de sauver ma sœur.

Je me trompais sur toute la ligne. Je n'étais pas celle qu'ils recherchaient. Ils ne voulaient pas de moi.

— Non, ma douce, chuchota Xavier, dont la voix me tapa cependant sur les nerfs. On est là. Toujours à tes côtés. Personne ne peut te remplacer. T'es notre compagne, Vale.

Tremblante, je reculai alors que les images remplissaient presque entièrement ma vision.

— Vous ne m'avez pas choisie. Vous êtes coincés avec moi, murmurai-je tandis que la chaleur de ma lumière dorée enflammait mon corps.

Ma peau, mes yeux, mon esprit même se consumaient, et je sentis mon nez se mettre à saigner.

— Vous...

Les mots restèrent bloqués dans ma gorge lorsque les flammes bleues de Xavier frappèrent mon bouclier et me firent reculer. Stupéfaite, je sentis ma magie vaciller et s'estomper. Mon emprise sur elle diminuait à mesure que les images devenaient plus fortes. Sans mon bouclier, elles s'amplifièrent et envahirent mes souvenirs en contaminant le lien que nous partagions.

La magie de Sélène écorcha notre connexion, la déchiqueta et me fit hurler tandis que ma magie agonisante s'éloignait de moi. Ma vision se teinta de rouge et du sang coula de mon nez. Mes poumons me brûlaient, et je priai pour qu'on m'achève. Quelqu'un passa son bras autour de moi, sans desserrer sa prise quand l'eau glacée mordit ma chair.

Deux paires de mains me libérèrent de ma tenue en cuir et découvrirent ma peau pour que l'eau refroidisse mon corps en surchauffe. Je gonflai mes poumons et respirai pour la première fois depuis des heures. Les images disparurent de ma tête petit à petit pendant que des doigts peignaient mes cheveux et caressaient ma peau. Pendant que des chuchotements emplissaient mes oreilles.

— C'est ça, petite sorcière. Respire profondément, me rappela Kian, dont le contact me fit oublier la souffrance que je vivais. Laisse-nous t'aider.

— Elle ne te contrôle pas, mon amour. Rappelle-toi que tu nous appartiens, chuchota Xavier, dont la voix, si différente à présent, me rassurait.

J'étais lovée contre un torse musclé, ma joue posée sur une épaule tandis que deux paires de mains sillonnaient ma peau. La douleur causée par le sort de Sélène s'atténuait un peu, mais elle était toujours présente.

— Qu'est-ce qui m'arrive ?

Les lèvres chaudes de Kian déposèrent un baiser sur la marque d'accouplement de mon épaule, ce qui réchauffa mon cœur.

— Le résultat d'un mauvais sort, *oroum di vita*. Je ne sais pas comment elle est entrée dans ta tête, mais ce n'est pas la première fois qu'on est témoins de ça. On peut t'aider si tu nous le permets.

Xavier me serra contre lui, et ses baisers ardents réveillèrent ce que j'avais cru perdre pour de bon quelques instants plus tôt.

— On veut arranger les choses. Laisse-nous faire, mon amour.

Il caressa mon corps de ses mains rugueuses tandis que l'eau bombardait ma peau, et comme un chat, je me cambrai à son contact parce que je brûlai d'envie d'aller plus loin.

— Comment ça ? Qu...

La bouche de Xavier recouvrit la marque d'accouplement, et je me mordis la lèvre pour ne pas gémir. Cet endroit sensible semblait être directement connecté à mon cœur et semblait décupler mon désir.

— Qu... qu'est-ce qui se passe ? répétai-je, mais je m'en moquais éperdument.

Je voulais qu'ils continuent. Je craignais de mourir s'ils s'arrêtaient.

— Sel... *elle* s'est infiltrée dans ton esprit d'une manière ou d'une autre et t'a manipulée pour que tu te sentes jalouse et inférieure. *Veythara*. Il s'agit d'une forme infecte de magie qui pousse la personne visée à se faire du mal jusqu'à ce que le sort soit levé.

Kian me mit à califourchon sur lui, et mon corps enflammé fut soudain très conscient de chaque millimètre de sa peau.

— Vu la quantité de pouvoir à ta disposition, t'aurais pu être consumée ou pire. Si tu survis, tu ne peux t'en sortir qu'avec l'aide de ton compagnon.

Xavier agrippa mes cheveux pour me tirer doucement la tête en arrière et exposer ma gorge à la bouche de Kian.

— Ce qu'elle ne sait pas, c'est que t'as trois compagnons qui feraient n'importe quoi pour te voir vivre, dit Xavier.

Son souffle chaud caressa mes lèvres et sa bouche effleura la mienne.

— Tu veux savoir comment on peut te soigner ?

L'effort que je dus déployer pour me concentrer sur les mots qu'il prononça fut considérable. Dans l'expectative de son baiser, je ne voulais penser qu'à la bouche de Kian dans mon cou et au brasier d'excitation qui grandissait en moi.

— O... oui.

— Pour briser l'enchantement, on doit te montrer ce que tu représentes pour nous, chuchota-t-il contre mes lèvres.

Sa main enveloppa ma gorge tandis que les baisers de Kian dérivaient vers mes seins.

— On doit te montrer à quel point on te vénère.

Avais-je envie qu'ils me témoignent leur adoration ?

Oui, certainement.

CHAPITRE II
VALE

La bouche de Kian se referma sur mon mamelon et sa langue effleura le bouton dur avant qu'il passe un croc sur la chair sensible.

— Et on veut t'adorer, petite sorcière. On veut te regarder jouir à l'infini.

Il agrippa mes hanches plus fermement et frotta mon sexe contre l'arête dure de sa bite.

— Ça te plairait ?

C'était peu dire. J'en avais besoin. Cela m'était plus vital que l'oxygène et la lumière.

J'avais besoin d'eux.

Lui répondant par un gémissement, je m'agitai brusquement pour joindre mes lèvres à celles de Xavier, et ma langue s'engouffra dans sa bouche. Il prit immédiatement le contrôle du baiser et me dévora pendant que Kian me faisait aller d'avant en arrière contre sa longueur. Mon excitation montait en flèche. Mais même s'il exerçait la pression parfaite sur mon clitoris, ce qui était divinement bon, je me sentais encore vide.

Le désespoir me poussa à gémir, car j'étais incapable de formuler ce que je désirais.

— Il lui en faut plus, déclara Xavier d'une voix rauque.

Il me souleva de Kian et m'attira dans ses bras.

— Elle ne veut pas seulement être adorée, hein ? Tu veux qu'on baise tous tes trous et qu'on te remplisse tellement que tu ne puisses plus respirer. C'est ça ?

Mon dos entra en contact avec un matelas moelleux avant que je puisse répondre, mais Xavier n'avait pas besoin de m'entendre. Vu l'intensité de mon désir, je n'avais aucun doute sur le fait que mon esprit criait l'excitation qu'ils suscitaient en moi. Après m'avoir écarté les cuisses, Xavier maintint mes genoux pour se glisser entre eux. Son regard me donnait presque l'impression qu'il me touchait.

— *Putain*, ton odeur, grommela-t-il, en même temps que ses yeux cristallins passaient de leur aspect humain à celui de dragon. Chaque fois que je te sens, j'ai envie d'enfouir mon visage entre tes jambes et de boire tes jus.

Il me tira jusqu'au bord du lit et, un instant plus tard, son souffle chaud effleura ma peau sensible.

— Tu dégoulines déjà, mon amour ? Dis-moi à quel point t'as envie de sentir ma bouche sur toi.

— Vraiment besoin, murmurai-je, la langue déliée par son ordre. *S'il te plaît...*

— Mon Dieu ! J'adore quand tu nous supplies, petite sorcière, déclara Kian d'une voix rauque alors qu'il saisissait mes poignets et les plaçait au-dessus de ma tête.

Je fixai ses iris ambrés et arquai mon dos. Ses paupières s'alourdirent, et je laissai échapper un gémissement désespéré lorsque Xavier mit un premier coup de langue sur mon sexe. La bouche de Kian rencontra la mienne et m'étourdit de baisers jusqu'à l'overdose. Pendant ce temps, Xavier taquinait ma chatte avec sa langue si douce, en cherchant à me stimuler.

Ivre de plaisir, je gémis et me tortillai, malgré le fait qu'ils me retenaient tous les deux.

—T'entends ça ? dit Xavier d'une voix grave, à la fois doucereuse comme du miel et éraillée comme du verre brisé. On dirait qu'elle veut qu'on aille plus loin. Qu'est-ce que tu désires, mon amour ?

Je repensai à la dernière fois qu'ils m'avaient partagée. Mon désir me consuma presque quand je me souvins de leurs gémissements au moment où j'avais leurs bites en bouche. Ce pouvoir ? J'avais autant besoin de le retrouver que de jouir.

— Je sais de quoi elle a besoin, affirma Kian d'un ton bourru.

Il lâcha mes poignets et me retourna pour me mettre à quatre pattes.

— Elle veut avoir une bite dans sa bouche pendant que tu la baises avec ta langue. C'est ça, petite sorcière ?

Kian empoigna sa bite et poussa un gémissement presque inaudible. Une goutte de sperme perlait au bout du gland rose foncé, que je ne pus m'empêcher de lécher. Kian enroula ma tresse autour de son poing, ce qui me causa une douleur en complète opposition avec le plaisir qui traversait notre lien.

Je sentais à nouveau sa présence : dans mon être et dans mon esprit. Tout en gémissant, je le pris dans ma bouche et fus presque consumée par le désir quand j'engloutis son sexe. Mes cris s'intensifièrent lorsque Xavier plongea deux doigts en moi et ne cessa de les faire bouger, au point de me faire perdre la tête. Mais ses doigts et sa langue n'étaient pas suffisants.

J'avais besoin de lui.

— *Encore plus*, haleta Kian d'une voix rauque qui me fit fondre. Elle en veut encore plus. Elle a besoin d'avoir nos deux bites en elle. Tu n'entends pas ses supplications ?

Ma chatte se contracta à l'idée de dévorer sa bite et de sentir Xavier me pénétrer.

— Putain, elle serre mes doigts comme un étau. Mon Dieu, bébé. T'en as vraiment besoin, hein ?

Je pressai ses doigts plus fort encore avec mon sexe, qui les aspirait comme ma bouche le faisait sur la bite de Kian.

Une seconde plus tard, je gémis lorsque ces doigts se retirèrent, mais Xavier eut tôt fait de les remplacer par son épaisse bite. Avec la longueur de Kian en bouche, je criai quand Xavier s'introduisit en moi. Les parois de mon sexe palpitaient tandis qu'elles essayaient vainement de se contracter autour de lui.

— Détends ta gorge, bébé, ordonna Kian d'une voix plus rauque et autoritaire en agrippant mes cheveux. Je vais baiser ta jolie bouche pendant que Xavier s'occupe de ta chatte dégoulinante. Et tu vas être une bonne fille et nous prendre tous les deux. T'es d'accord ?

Je ne pouvais ni hocher la tête ni bouger, mais je pouvais utiliser mon esprit. Les yeux de Kian se révulsèrent au moment où je projetai mentalement les images de nous trois emboîtés.

— Putain, t'as de bonnes idées. Mais d'abord...

Il s'interrompit avant de plonger dans ma bouche impatiente.

Au même instant, Xavier se retira, puis me remplit à nouveau complètement. Je ne pus m'empêcher de gémir et de m'accrocher de toutes mes forces aux draps.

Le désir de Xavier submergea mon esprit en se mêlant à celui de Kian et au mien. La sensation était accablante et m'écrasait, me noyait de sa masse.

— Voilà une bonne fille, m'encouragea Kian d'une voix grave.

Instinctivement, je l'avalais et contractais ma gorge autour de lui avant qu'il recule et plonge à nouveau.

— Refais-le. Avale-moi en entier. Putain, tu prends si bien nos bites !

Comme si mon corps vivait pour lui obéir, je l'avalai une nouvelle fois, et sa prise se resserra.

— Tu suces vachement bien, putain. Mon Dieu, c'est le paradis dans ta bouche.

J'avais le souffle coupé avec sa bite en bouche, mon orgasme se préparait et leur plaisir bombardait mes sens. Mais je n'étais pas prête.

Ce qui me guettait serait trop massif, trop conséquent. Ce raz-de-marée menaçait de m'assaillir et de me noyer.

Je sentis alors les mains de Xavier parcourir mes hanches, et ses pouces détendirent mon trou. Il massa cet orifice vierge, et l'anneau froncé de muscles accepta ces stimulations. Mon désir menaça de me consumer.

Mon Dieu, je ne pouvais pas y résister.

— Pas encore, me chuchota Xavier à l'oreille.

Il replia son large corps sur le mien et ralentit ses mouvements de bassin.

— Tu n'as pas le droit de jouir tant que je ne te l'ai pas dit. Tu te souviens ?

Mes yeux se révulsèrent tandis que son pouce continuait à me tourmenter. Le plaisir relâcha son emprise sur moi et repartit de zéro.

— Tu veux qu'on te remplisse, petite sorcière ? demanda Kian.

Sa voix rauque se mêla à l'essence de son désir présent dans mon esprit.

Il avait compris ce que je souhaitais. Un désir que j'étais incapable de formuler, car je ne savais pas si je pourrais encaisser. Ils étaient si grands, et moi si petite.

— Ne t'inquiète pas, bébé, me rassura Kian en se retirant de ma bouche et en passant son pouce sur mes lèvres gonflées. Tu peux y arriver.

Il quitta le lit pour revenir quelques instants plus tard avec une fiole. Il la décapsula avec les dents et fit couler le liquide chaud et visqueux sur mes fesses. Xavier commença à glisser son pouce en moi, et l'anneau de muscles se détendit, le laissant ainsi me pénétrer davantage.

— Putain, regarde à quel point ton trou est gourmand, murmura Kian à mon oreille.

Il frottait mon clitoris pendant que Xavier accélérait le rythme de ses poussées.

— Je parie que t'y as pensé, hein ? Xavier, dans ton cul, et moi, dans ta chatte. Qu'on te baise en même temps jusqu'à ce que tu ne voies plus clair. C'est ce que tu veux, n'est-ce pas ?

Mes bras cédèrent sous moi quand Xavier enleva son pouce pour le remplacer par deux doigts. Il baisait ma chatte et mon cul, allant de plus en plus vite avec ses coups de reins, mais avec des mouvements toujours souples et doux. Mon cœur pouvait-il lâcher sous l'effet d'une telle excitation ?

Incapable de parler, je transpirais à grosses gouttes.

— *Oui. S'il vous plaît, oui.*

Kian et Xavier exaucèrent mon vœu. Avant même de m'en rendre compte, je me retrouvai au-dessus de Kian, qui était assis au bord du lit. Je descendis sur sa bite centimètre par centimètre et les parois de mon sexe se mirent à palpiter, signalant l'imminence de mon orgasme. Puis je sentis le bout chaud de la bite de Xavier se presser contre l'anneau tendu de muscles. Le liquide dont il l'avait enduit l'aida à s'enfoncer progressivement.

Je croyais ne pas pouvoir en prendre davantage, mais Xavier continua et occupa tout l'espace que je lui offrais. Je m'accrochai à Kian et laissai ma tête reposer sur l'épaule de Xavier. Mes halètements se transformèrent en gémissements tandis que mon corps se détendait. L'envie de bouger devint presque irrésistible.

— C'est ça, petite sorcière, grogna Xavier à mon oreille quand je commençai à me déhancher. Putain, tu prends si bien nos bites !

Cet éloge me fit gémir alors que mon orgasme menaçait de me faire perdre conscience. Il allait me consumer, mais je ne m'en souciais plus. Je l'attendais désespérément, car il me procurerait une proximité sans pareille et une connexion indescriptible avec mes compagnons.

— Putain, elle est si serrée, gémit Kian.

Il caressait mon clitoris avec ses doigts rugueux pendant que Xavier plantait ses crocs dans mon cou.

— Si chaude ! Mon Dieu, t'es parfaite. Tellement parfaite, putain !

— *Je vous en prie. Laissez-moi jouir*, les implorai-je, incapable de parler. *J'en ai besoin.*

Ils bougeaient à l'unisson, l'un me remplissant tandis que l'autre se retirait. Le plaisir qu'ils engendraient était si extrême que j'avais peur de m'asphyxier.

Voilà ce qu'était l'adoration.

Voilà à quoi ressemblait la connexion que nous partagions.

Voilà à quoi ressemblait l'amour.

Leurs esprits fusionnèrent avec le mien, ce qui me permit de voir la vérité : je n'étais pas leur fardeau. Je leur apportais une paix intérieure. Une liberté. Un foyer.

Et à ce moment-là, je réalisai qu'ils représentaient la même chose pour moi.

Un foyer. Une paix intérieure. La liberté. L'amour.

Les derniers effets de la magie de la sirène se dissipèrent, et une présence remplit mon esprit, bienvenue et chaleureuse, dont le désir me fit gémir.

— *Te voilà, ma petite téméraire*, dit Idris.

Entendre sa voix dans ma tête déclencha une vague de contractions dans ma chatte, et mon esprit s'emballa.

— *Je croyais t'avoir dit que je voulais te voir jouir. Ne me dis pas que j'ai raté ton orgasme.*

— *Je t'en prie, dis-leur de me laisser jouir. Je serai sage, s'il te plaît.*

— *Oh, non, ma petite téméraire*, ricana-t-il d'une voix grave qui me fit frissonner. *Pas avant que je puisse te voir basculer. Je t'ai déjà sentie avoir un orgasme, mais je sais que regarder la scène sera sublime. Tu me le permets ?*

Voulais-je le laisser me regarder jouir ? Je n'eus besoin que d'une seconde pour réfléchir à la question.

— *Oui.*

Le plaisir d'Idris m'atteignit, s'imposant à moi au fil des secondes, comme s'il se rapprochait. Je me cambrai plus fort et répondis aux coups de reins de

Kian et de Xavier. J'entendis à peine la porte s'ouvrir. Toutefois, je savais que j'avais réussi à appeler Idris.

Moi aussi, j'avais besoin de lui. Tellement que je n'arrivais pas à respirer. Je voulais arrêter de respirer.

J'ouvris les yeux et croisai ses iris dorés. Toujours vêtu de ses chausses, il se dirigeait vers nous. L'odeur de son excitation assaillit mon nez. Ou peut-être que je pouvais la sentir parce que j'étais dans les profondeurs de ses pensées. Quoi qu'il en soit, là où j'aurais pu découvrir de la jalousie, je ne vis que du désir, de l'envie et un besoin de me toucher.

Ce n'était pas censé être différent entre nous.

— Dieux ! murmura-t-il, les poings serrés le long du corps. J'avais raison. T'es magnifique.

Je tendis la main vers lui alors que Kian et Xavier prenaient un rythme agréablement brutal, mais il n'accepta pas ma main.

— Pas cette fois. Cette fois est pour toi. Pas pour moi. Je peux attendre.

— Embrasse-moi ! l'implorai-je.

Je voulais réussir à le toucher d'une manière ou d'une autre, c'était un besoin si intense qu'il me consumait tout entière.

Il s'approcha et nous domina de son grand

corps. Ses yeux brillaient de son pouvoir et de son désir inassouvi.

— Si je t'embrasse maintenant, je finirai par apposer ma marque, m'informa-t-il en passant doucement le bout d'un doigt rude sur ma joue. C'est ce que tu veux ?

Mon sexe se contracta de toutes ses forces, autant qu'il le pouvait vu l'espace occupé, alors que je m'imaginais marquée par Idris. Xavier gémit et prit mes seins dans ses mains. Il les releva comme pour les offrir à Kian qui pencha la tête et prit un mamelon dans sa bouche. Ses crocs transpercèrent presque ma chair tandis que ceux de Xavier s'enfonçaient dans ma gorge.

— *Oui, je t'en prie. J'en ai besoin. Embrasse-moi.*

Idris joignit ses lèvres aux miennes et sa langue envahit ma cavité buccale pendant que Kian et Xavier me pilonnaient. Leurs crocs percèrent ma peau quand mon orgasme nous percuta tous. Leurs libérations me submergèrent et prolongèrent tellement mon état extatique que j'espérais presque ne jamais le quitter. Je gémis contre la bouche d'Idris et savourai son frémissement alors que mon désir menaçait de l'entraîner dans notre chute.

Avant que je puisse reprendre mon souffle, je sentis les incisives d'Idris, semblables à des rasoirs, se fermer sur mon épaule, à l'endroit même de la marque faite par mes autres compagnons lors de notre premier accouplement.

Un deuxième orgasme m'assaillit et me noya d'un plaisir si intense que j'eus l'impression d'avoir été frappée par la foudre. Je lâchai un cri, étouffé seulement par le baiser éprouvant d'Idris. Son pouvoir doré se mêla au mien, à celui de Xavier, à celui de Kian, en nous inondant tous de magie.

Pour la première fois, je sentais une connexion spéciale nous relier tous les trois, une connexion qui devenait totalement évidente alors qu'elle n'avait été qu'un filament auparavant.

Un semblant de sécurité.

De la tendresse.

Un foyer.

Ils représentent mon foyer.

Et je ferais n'importe quoi pour le protéger. Même rester agréable avec une sirène qui voulait tout me voler.

Il fallait juste que j'évite de merder en la tuant en premier.

Fastoche.

CHAPITRE 12

KIAN

Tout en passant le bout de mes doigts sur les cicatrices blanches qui rayaient la peau parfaite de Vale, je complotais la mort de Sélène. Je savais que je n'étais pas le seul à envisager la chute de la reine des sirènes, mais ma vengeance serait la plus définitive.

Elle durerait des décennies jusqu'à ce que la femme m'implore de l'achever.

Et quand je lui aurais enfin accordé cette grâce, elle hurlerait jusqu'à sa rencontre avec Orrus.

Peu de gens méritaient de subir l'acharnement d'un maléfice tel que *Veythara*, et certainement pas Vale. J'avais mal à la poitrine rien qu'à me rappeler sa douleur, ses larmes et sa peur. Chaque goutte de sang et chaque marque qu'elle avait laissées sur sa peau étaient gravées dans mon âme.

Trop de fois quelqu'un avait essayé de nous la prendre.

Trop de fois quelqu'un avait menacé de me dérober mon monde, ma vie et mon cœur.

Je jurai sur le nom d'Orrus que je prendrais la tête du prochain qui ferait souffrir ma femme.

Ainsi que celle de l'homme qui était à l'origine de ces cicatrices.

Lui aussi rendrait son dernier souffle en criant.

Je m'en assurerais.

Mon regard quitta le dos de Vale pour se tourner vers les pupilles fendues de Xavier. Il était concentré sur la chair boursouflée que je touchais et, à intervalle régulier, il serrait la mâchoire. De nous tous, c'était celui qui avait été à ses côtés chaque fois qu'elle avait frôlé la mort. Son esprit et son âme s'étaient mêlés aux siens chaque fois qu'il l'avait guérie.

À présent, il en savait probablement plus sur Vale qu'elle n'en savait sur elle-même.

Et chaque coup porté à son âme était gravé dans le cœur de mon ami.

Vale somnolait sur le torse d'Idris tandis que notre roi entortillait les mèches de ses cheveux trempés autour de son index. Je devais admirer la retenue de cet homme. Si Vale avait été allongée nue sur moi, aucun protocole au monde ne m'aurait empêché de la pénétrer sans m'arrêter. À part son refus.

Je ne comprenais pas pourquoi il voulait attendre leur union avant de s'accoupler avec elle. Mais encore une fois, elle et moi ne serions probablement jamais liés par un mariage officiel.

Aucune cérémonie.

Aucune fanfare.

Je n'étais pas roi, et il n'était pas répandu d'avoir plusieurs partenaires. Seuls quelques privilégiés sauraient ce que Vale représentait pour moi – pour nous.

Elle tendit la main derrière elle, puis plia et déplia plusieurs fois ses doigts, comme si elle me demandait de lui donner la main. J'obéis sans hésiter, et elle me rapprocha d'elle tout en se blottissant dans les bras d'Idris.

— Pourquoi t'es triste ? murmura-t-elle alors qu'elle frottait sa joue sur le torse d'Idris.

Vale était à moitié assoupie, et je ne pouvais pas lui en vouloir. Après la torture infligée par Sélène et le moyen que nous avions employé pour briser le sort de la sirène, Vale flottait sur un nuage. Xavier et moi l'avions aidée à se laver parce que ses jambes avaient refusé de la soutenir dans la somptueuse douche. Elle était aux anges et méritait de l'être.

— Je ne suis pas triste. C'est juste que je réfléchis, répondis-je, puis je déposai un baiser sur son épaule.

— De mauvaises pensées. Vous en avez tous les trois.

Elle releva la tête et repoussa les mèches humides de ses yeux.

— Vous m'avez tous aidée à me débarrasser des miennes. Pourquoi vous ne me laissez pas vous aider à surmonter les vôtres ?

Parce qu'elle avait eu son quota pour la journée. Plus que ça, même. Elle n'avait pas besoin d'entendre nos explications ou nos supplications pour obtenir son pardon. Elle n'avait pas non plus besoin de savoir comment nous comptions nous venger.

— Ce n'est rien, petite sorcière. Repose-toi. On va avoir suffisamment à faire ce soir, pas besoin que j'en rajoute une couche.

Elle se dégagea des bras d'Idris et se tourna vers moi. Les boucles de ses cheveux noirs lâchés encadraient ses seins, vision qui me donna désespérément envie d'oublier la raison de notre présence à cet endroit. J'avais envie de la tenir, de l'embrasser et de lui faire l'amour sans relâche jusqu'à ce qu'elle soit incapable d'oublier nos caresses et notre amour.

Mais une pointe de désolation s'empara aussi de moi. J'avais couché avec quelqu'un qui avait essayé de la tuer. Oui, ma vengeance serait ambitieuse, mais elle devait savoir que ce que j'avais... ce que nous avions vécu avec Sélène n'était en aucun cas comparable à ce que nous partagions avec elle.

— De la culpabil té ? chuchota notre sorcière, les sourcils froncés. C'est de la culpabilité que je perç is ? Parce que t'as couché avec une femme il y a des ann es ? Tu sais que c'était le sort qui parlait, h in ?

Veythara ne fonctionnait pas de cette manière.

— Pas complètement. Ce sort exacerbe seulement les émotions qui existent déjà en nous. Les insécurités, les peurs, l'autodénigrement, les regrets... Tout ce que tu ressens envers toi-même, ce sort s'en sert et le déforme.

Je croisai le regard doré d'Idris et, même s'il demeurait complètement immobile, je sentis les flammes de sa rage qui auraient presque pu faire fondre mon visage. Il n'avait pas eu conscience que Vale avait été proche de la mort. Il n'avait pas su à quel point nous avions frôlé une éternité de souffrance et de douleur.

À quel point sa lumière avait été près de s'éteindre.

Tout ça parce que Sélène était une garce rancunière qui ne pouvait pas la battre par ses propres moyens.

Vale baissa la tête, laissant ainsi tomber ses cheveux devant son visage pour cacher ses yeux.

— C'est vrai que je n'étais pas très sûre de moi.

Devant le haussement d'épaules pitoyable qui accompagna cette déclaration, je sentis mon cœur se serrer.

— Je sais que ce n'est pas rationnel de ma part d'être contrariée par le fait que vous ayez couché avec une autre femme. Elle est belle et puissante. C'est logique d'éprouver du désir pour elle. Vous avez dit que ça s'est passé il y a longtemps, non ? Alors je ne peux pas vous en vouloir, à aucun de vous. Je ne peux même pas vous reprocher de l'avoir partagée.

— Si, tu peux, intervint Xavier, qui lui serra la cheville. T'as le droit de ressentir tout ça.

Bien sûr, c'était lui qui avait toujours le mot juste.

— Oui, c'était il y a longtemps, et oui, on l'a partagée, confirmai-je en jetant un coup d'œil à Xavier.

Je serrai les dents au souvenir de la rencontre. Raconter la vérité à Vale ne ferait qu'aggraver la situation, mais il était hors de question de lui mentir. Nous l'avions déjà assez fait.

— Je ne qualifierais pas l'expérience de particulièrement mémorable. Ça s'est passé lors d'une fête où tout le monde avait consommé beaucoup trop de vin faë. Je ne me souviens pas de grand-chose.

Théoriquement, ce n'était pas un mensonge. Je passais juste sous silence le fait que le vin avait été drogué et que nous avions été séduits par une femme trop puissante pour se rendre compte que tous ses partenaires n'étaient pas consentants. Pour quelle autre raison aurait-elle pris la peine de nous droguer ? Peut-être qu'elle avait encore soif de pouvoir et que c'était pour ça qu'elle faisait souffrir Vale.

Juste parce qu'elle en avait la possibilité.

Xavier se rapprocha d'elle. Des flammes bleues dansaient au bout de ses doigts qu'il faisait courir le long du mollet de Vale. C'était le signe qui le trahissait. S'il utilisait sa magie et avait le regard dans le vague, il bluffait. Il usait de cette astuce pour distraire, détourner l'attention sans mentir ouvertement.

— Je ne me souviens que de très peu de choses

de cette nuit-là. L'évolution de notre amitié est le seul point positif qui en est ressorti. Ça nous a aidés à comprendre, Kian et moi, que lorsque nous trouverions une compagne – si nous avions la chance d'en trouver une –, si le destin se montrait clément, nous serions en mesure de la partager.

De son regard affûté, Vale nous observa tour à tour. Ses yeux verts s'illuminèrent de sa magie, car elle sentait que nous lui mentions. Elle percevait les vérités déguisées et les horreurs voilées.

Elle méritait mieux.

— Quand on était enfants, on était orphelins, expliquai-je.

Je voulais m'assurer qu'elle comprenait notre histoire.

— Enfin, je suppose que ce n'est pas le bon terme. « Abandonnés » est plus proche de la vérité. Je me suis retrouvé dans un orphelinat atroce à l'âge de huit ans environ. Xavier est arrivé quelques années plus tard. On n'a pu compter que l'un sur l'autre toutes ces années.

Les parents de Vale ne l'avaient pas quittée de leur plein gré. Malgré la pauvreté, la faim, le surmenage, ses parents l'avaient désirée. Je me demandais à quoi la vie ressemblait au sein d'une famille de ce genre.

Pour empêcher mes lèvres de trembler, je serrai les dents le plus fort possible. C'était une vieille blessure. Une parmi tant d'autres. Mais elle avait besoin de savoir d'où venaient ses compagnons.

— Dans notre espèce, les mères arrivent à déterminer si leur progéniture est trop faible. Quand j'étais bébé, elle m'a jugée indigne de mon animal. La première mutation d'un dragon se produit généralement entre cinq et sept ans. Lorsque j'ai eu huit ans, elle a décidé que j'étais trop faible et que je serais incapable de me transformer. Je suis retourné là-bas après avoir rejoint la Garde du Roi, après avoir enfin pu me transformer et avoir acquis mes capacités. Mais quand je suis arrivé, ils avaient tous disparu.

La main de Xavier se figea sur le mollet de Vale, car son histoire était pire que la mienne. J'avais toujours su que ma famille ne me désirait pas. Mais pour lui, la nouvelle avait été un coup de massue.

— Mes facultés de guérison sont apparues bien avant que je parvienne à me transformer. Mais dans une famille de dragons, ce n'est pas vraiment une aptitude nécessaire. Mon clan a considéré que mes dons ne valaient rien. Et comme je ne m'étais toujours pas métamorphosé à l'âge de douze ans, ils ont voulu se débarrasser de moi. Ils ont changé du tout au tout. On aurait dit qu'ils m'aimaient, et tout à coup, ils ne m'aimaient plus. Contrairement à la famille de Kian, la mienne n'a pas déménagé. Lorsque la malédiction a frappé Idris, certains des plus vieux dragons n'ont pas toléré la diminution de leur pouvoir. Certains sont morts sans leur magie, beaucoup sont volontairement allés à la rencontre d'Orrus. Mais ceux d'entre nous qui étaient considérés comme trop faibles sont restés et ont continué à vivre.

Je me souvenais de cette époque. Le chagrin avait failli rendre Xavier fou. Ses parents, ses frères et sœurs, presque tous avaient choisi la mort. J'avais toujours eu le sentiment que les miens avaient peut-être choisi le même sort, mais je ne pouvais pas en être sûr. Notre faiblesse s'était transformée en force et nous avait permis de respirer un jour de plus.

Avant l'arrivée de Vale, je considérais que nous étions tous maudits.

Avant elle, je pensais que nous étions les infortunés survivants qui devaient regarder le monde brûler autour de nous. Qu'au moins, la famille de Xavier avait compris à quel moment tirer sa révérence.

Le sourire de mon ami devint amer pendant un instant mais il finit par se reprendre.

— Quand j'ai cru que Kian et Idris étaient tes compagnons, j'ai souffert parce que j'ai cru que non seulement je ne t'aurais jamais, mais aussi que j'allais perdre la vie que je m'étais imaginée. Perdre mon meilleur ami, mon partenaire, la seule vraie famille que j'aie connue et la seule qu'il me reste.

Les doigts de Xavier produisirent à nouveau des étincelles, ce qui m'indiqua qu'il voulait éviter d'aborder le vrai sujet.

Il ne pouvait pas me tromper. Xavier ressentait toujours la même chose. Cela me paraissait évident parce que je le connaissais depuis très longtemps. Il avait peur de se réveiller un jour et d'avoir imaginé tout ce qui s'était passé. Peur de finir exclu alors qu'il souhaitait participer. Peur, toujours, d'être abandonné.

Tout comme moi.

— Mais je t'appartiens, murmura-t-elle en couvrant les flammes bleues qui dansaient au bout de ses doigts. Je t'ai promis que tu ne me perdrais pas.

Nous savions que nous ne devions pas nous faire des idées.

Les gens pouvaient faire toutes sortes de promesses. Ils pouvaient se vouer cœur et âme. Ils pouvaient engager leur loyauté, mais les personnes comme nous ne faisaient jamais vraiment confiance à de tels serments.

Voilà pourquoi nous ne faisions jamais de promesses que nous ne pensions pas pouvoir tenir.

— Alors, jure-nous qu'on ne te perdra pas à cause de ce point noir, insistai-je avec un doigt sous son menton pour la regarder dans les yeux. Crois-moi, si on avait eu entre les mains les informations qu'on a maintenant, on n'aurait jamais mis un pied dans cet endroit. Et on aurait encore moins...

— Vous l'auriez encore moins baisée ? me coupa Vale, dont le sourire se teinta d'ironie. Ouais, j'avais deviné. Je ne peux pas garantir de me sentir sûre de moi face à elle, mais...

Elle tapota son sternum.

— Je ne suis plus aussi dupe. Là-dedans. Je ne la laisserai pas revenir dans ma tête.

— Je doute que tu lui aies permis d'entrer la première fois, répondit Idris en serrant la hanche de Vale. Elle a utilisé notre connexion, grommela-t-il.

Sa fureur transperça mon esprit comme si j'étais lié à lui, et non Vale.

— Elle a utilisé notre lien pour te blesser.

Ce n'était pas la première fois que cela arrivait et je doutais que ce soit la dernière. À moins que...

— S'il te plaît, dis-moi qu'on a le droit de lui

enseigner comment il convient de traiter notre future Reine, dis-je.

La liste des punitions que j'envisageais pour Sélène s'allongeait de seconde en seconde.

— Non, me réprimanda Vale. On doit la garder en vie. Elle doit nous apporter son soutien. Sinon, toute cette souffrance et toutes ces conneries n'auront servi à rien. Je vais enfiler une putain de robe et sourire, comme si elle n'avait pas essayé de me tuer, et on réglera les sujets en suspens. On n'a pas fait tout ce chemin pour qu'elle se défile et refuse de nous aider maintenant. Vous devez vous calmer tous les trois.

Je savais que ma compagne faisait preuve de maturité et d'un bon sens incroyables.

Je savais aussi que je n'en avais rien à foutre.

Apparemment, Idris était du même avis. Il se redressa et saisit son menton pour l'obliger à le regarder.

— Sélène ne peut pas t'attaquer et s'en sortir indemne. Je lui ai dit ce que tu représentais pour moi. Elle t'a jeté un sort, consciente que tu étais ma compagne et sa future Reine. Elle savait ce que ta mort me ferait et connaissait les conséquences que ça aurait pour le continent. En aucun cas on ne peut rester calmes quand des gens te font souffrir.

— Jusqu'à présent, elle nous a tous malmenés, fit remarquer Xavier. Si t'es encore en vie, c'est uniquement parce qu'on était présents. Notre Roi a raison. Elle ne va pas s'en sortir comme ça, pas après ce qu'elle a fait.

J'étais heureux de ne pas être le seul de cet avis.

— Personne ne vit après avoir touché à un de tes cheveux, petite sorcière. Personne. Qu'elle profite de l'air qu'elle respire, car son temps est compté. Je veux que tu le saches.

Les yeux de Vale se remplirent de larmes, mais elle les fit disparaître en battant des paupières. Elle baissa la tête pour masquer à nouveau son visage derrière son rideau de cheveux noirs. Mais cela ne m'empêcha pas de percevoir le plaisir qui parcourut son corps à l'idée que nous soyons tous les trois prêts à la protéger et la défendre, quoi qu'il en coûte.

Nous étions venus en ces lieux pour trouver une alliée, mais Sélène s'était faite ennemie.

Elle allait découvrir à quoi elle pouvait *précisément* s'attendre.

CHAPITRE 13
IDRIS

Vale me regarda de ses magnifiques yeux verts pendant que Xavier laçait soigneusement son corset. Elle se cramponnait au montant du lit, et lui, il déposait des baisers sur son épaule chaque fois qu'il tirait. J'étais électrisé chaque fois que je l'entendais soupirer ou la voyais me faire un sourire complice qui envoyait une décharge directement dans ma queue.

J'avais cru que la partager me tuerait. Le premier jour, quand j'avais senti leurs odeurs sur sa peau, j'avais cru être prêt à assassiner mes amis les plus proches et à peindre mes mains de leur sang, ce qui aurait fait fuir Vale pour toujours. En fait, non seulement cela ne me dérangeait pas de la partager, mais je commençais à en avoir envie.

En la voyant jouir entre eux deux, j'avais été tenté de la prendre sur-le-champ. Ma détermination s'était presque envolée quand nous nous étions embrassés, mais j'avais tenu bon avec grande difficulté. Et lorsqu'elle avait tendu la main vers moi, j'avais failli tout oublier.

J'observai sa gorge jusqu'à la manche bleu pâle qui cachait à moitié la marque d'accouplement imprimée au sommet de son épaule. La magie avait estompé les traces de dents, qui n'étaient plus qu'une subtile arabesque dorée incrustée dans sa peau comme nos tatouages. Elle était raffinée tout comme elle. Et elle allait s'assombrir et prendre une forme permanente une fois que nous nous serions accouplés.

Le simple fait de le regarder me faisait bander.

— Je ne peux pas me concentrer quand tu me regardes comme ça, murmura Vale, qui sembla prise d'un frisson. Comment tu veux que je garde l'esprit clair si tu me regardes avec des yeux affamés ?

Je me dérobai à ses questions avec un sourire en coin.

— Mais t'as l'air d'être succulente à déguster. T'es sûre de ne pas vouloir nous servir de repas ?

— *Plus vite on en finira, plus vite on pourra rentrer à la maison*, me rappela-t-elle.

Les images qui défilaient dans son esprit auraient suffi à me faire éjaculer dans mes chausses si je m'y étais abandonné.

— *Oh, j'ai bien l'intention d'en finir le plus rapidement possible, juste pour pouvoir te regarder jouir à l'infini. J'ai des projets pour toi, Vale. Un tas de projets.*

J'ignorais à quel moment les protections dont elle s'était entourée s'étaient effondrées, mais ça me plaisait de les avoir franchies. Son cœur était chaud et farouche, et je ne voulais pas perdre un instant de plus sans lui.

Mais l'odeur de son excitation naissante ne titillait pas seulement mon nez. Elle rendait fou Xavier aussi. Il avait arrêté de lacer son corset et semblait à deux doigts de la pencher sur le lit pour s'enfouir dans sa chaleur serrée et humide.

Si nous voulions parvenir à sortir de cette pièce, nous devions nous concentrer. Je ne savais pas comment j'en serais capable vu la rougeur qui remontait le long de sa gorge.

Lorsque Kian pénétra dans la chambre, ce fut presque un soulagement. Il s'était assuré que nous traverserions le château en toute sécurité, sans piège apparent. Nous étions en retard, mais cela n'avait pas d'importance.

Notre objectif était de prendre Sélène au dépourvu.

— Bon sang, grommela-t-il, tandis que ses yeux prenaient les pupilles fendues de son dragon. T'es sûr de vouloir aller à ce truc ?

Ses mots équivalaient presque à une supplication, mais nous devions passer par là.

— Tu parles du fait d'exhiber notre compagne devant la salope qui a essayé de la tuer ? Est-ce qu'on est obligés d'informer Sélène de l'échec spectaculaire de sa tentative ? De lui montrer que son temps est compté ? J'en ai bien peur.

— Ouais, acquiesça Kian, dont les iris étincelèrent tandis qu'il serrait la mâchoire.

— Elle ne te touchera pas, mon amour, affirma Xavier en passant un bras autour de la taille de Vale et en la collant à lui.

— Oh, je ne m'inquiète pas pour moi, ricana Vale, ce qui renforça l'emprise de la sorcière sur mon cœur. Ce qui me préoccupe, c'est ce qui passera après qu'on aura tué la reine des sirènes sur son propre territoire. Rune déconseille ce plan, mais il aimerait bien avoir l'occasion de manger quelques gardes. Il pense qu'ils ont un goût de calamar.

J'étais du même avis que mon dragon. Ce plan

était pour le moins bancal, mais nous n'avions aucune autre idée.

— Comme toujours, Rune est le plus sage d'entre nous, déclarai-je, quittant le lit et offrant ma main à Vale.

Je la rapprochai de moi et posai sa main sur mon avant-bras. Ce soir-là, je ne la lâcherais pas.

Kian ouvrit la marche en sortant avant nous de la pièce, Xavier était sur nos talons. Nous marchions environnés d'illusions dans le couloir que nous avions emprunté pour nous rendre aux salles à manger privées de Sélène. Je savais que j'avais pris une décision stupide en venant là, mais je ne pouvais pas me permettre de *ne pas* venir. Le continent en était à un stade critique. Une seule mauvaise décision pouvait tout faire basculer.

Nous avions échappé de peu au dernier coup d'État. Nous n'avions absolument pas besoin d'en vivre un autre. Si j'avais réalisé que Sélène essaierait de blesser Vale – de la tuer –, je serais venu avec plus d'hommes, plus d'armes.

Plus de tout.

Comme toutes les autres pièces de ce foutu château, la salle à manger privée de Sélène était faite de magie et d'apparences. Les sirènes sont douées pour manipuler la magie. Peu de gens réussissent à voir au travers de leurs illusions. À ma connaissance, Kian était le seul illusionniste capable de percevoir chaque sort, chaque mensonge et chaque imposture.

Ce qui expliquait pourquoi Sélène avait une dent contre lui. Elle détestait ne pas pouvoir le tromper. C'était pour cette raison qu'elle avait à plusieurs reprises choisi d'autres méthodes pour l'assujettir. Vale, cependant, était un tout autre animal. Après l'échec du *Veythara*, elle essaierait sans relâche de la faire souffrir.

La reine des sirènes n'aimait pas que ses plans capotent, j'en étais certain.

Nous entrâmes à grands pas dans la pièce, et je me réjouis de voir Sélène blêmir lorsqu'elle s'aperçut que ma compagne était non seulement vivante et en bonne santé, mais aussi qu'elle exhibait ma marque sur son épaule dénudée.

Le héraut se mit au garde-à-vous et regarda l'arabesque marbrant l'épaule de Vale, puis il se tourna vers sa maîtresse. Personne ne s'était attendu à ce que Vale survive au petit maléfice de Sélène, pas même l'homme qui était chargé d'annoncer notre arrivée.

— Voici Sa Majesté, le Roi Idris Ashbourne du

Crédour, et Sa Grâce, la Duchesse Isolde Vale Ténébris.

La salle se leva pour s'incliner, mais je ne fus pas surpris par la réticence de Sélène. J'étais conscient de ne pas avoir été un très bon roi. La longue liste de mes échecs aurait pu tapisser le continent, j'en étais absolument certain.

J'avais refusé d'admettre ce qu'était Zamarra. Je n'avais pas su me rendre compte que mon frère était tombé amoureux d'une folle. Je n'avais pas été assez courageux pour le tuer au moment crucial. Mes sujets souffraient pendant que j'essayais, en vain, de trouver un remède à la malédiction qui affaiblissait leur pouvoir, les faisait dépérir et empoisonnait mon royaume.

La seule qu'on ne pouvait pas me reprocher, c'est de m'être épris de la beauté qui se trouvait à mes côtés.

Et je la protégerais.

Vale avait à peine paru tressaillir en entendant son nom souverain, mais son esprit s'agitait comme une ruche remplie d'abeilles.

— *Une raison de plus de la détester*, songea-t-elle, sans que son attention faiblisse tandis qu'elle défiait du regard la reine des sirènes. *Je suis déjà enragée par ce qu'elle a fait avec les gars, même si je ne sais toujours pas ce que c'est. Est-ce qu'il fallait vraiment qu'elle utilise mon nom complet ? Garce !*

Vale avait une faculté que j'adorais et que je détestais en même temps. Elle savait quand on lui mentait. Même si Kian et Xavier n'avaient fait qu'omettre la vérité, ils avaient divulgué suffisamment d'informations sur cette nuit-là pour ne pas mentir à Vale.

Ceci dit, s'ils lui avaient tout révélé, Sélène aurait fini en charpie à la seconde où Vale aurait posé les yeux sur elle. Une partie de moi voulait voir ça. L'autre partie souhaitait faire durer autant que possible cette soirée avant de s'assurer que Sélène ne respirerait plus.

Si Kian et Xavier ne m'avaient pas fait jurer de ne parler de leur agression à personne, j'aurais tué Sélène des décennies auparavant. Mais depuis qu'elle avait fait souffrir Vale, rien ne pourrait m'arrêter.

— *Et le fait qu'elle ait essayé de te tuer ne fait aucune différence pour toi.*

Je guidai lentement Vale dans les escaliers qui descendaient jusqu'à cette pièce trompeuse. Sa robe bleu pâle scintillait comme des diamants et tournait autour de ses jambes magnifiques. Elle n'utilisait pas une once de magie et n'employait aucun sort, et pourtant, elle était la plus belle femme de ma connaissance.

— *Ce n'est pas la première personne à essayer. Et elle a échoué, tu te souviens ? De façon spectaculaire. Ce n'est pas ma faute si ses tentatives sont médiocres.*

Raide comme un piquet, Sélène se tenait à droite de la table. Le charme qui modifiait son apparence faiblit quand elle fixa son regard sur la subtile marque d'accouplement dorée qu'exhibait Vale.

— C'est si aimable de vous joindre à nous, mon Roi !

Cela ressemblait fort à un reproche. Vu ce qu'elle avait fait, elle pouvait s'estimer heureuse de respirer encore. J'ouvris la bouche pour répondre, mais Vale me devança.

Elle bouscula presque la reine des sirènes et se campa à droite de la place d'honneur, exactement là où elle devait être.

Après quoi elle adressa un sourire naïf à Sélène.

— Nous sommes en retard ? chuchota-t-elle en souriant de plus belle. C'est ma faute. Tu sais ce que c'est quand quelqu'un essaie de te tuer, on a parfois besoin de quelques minutes supplémentaires pour remettre de l'ordre dans sa tenue.

Vale arrêta brusquement de sourire et défia

Sélène du regard. Je me délectai de voir la sirène pâlir encore plus lorsque je tirai la chaise de ma femme pour la faire asseoir devant toute l'assemblée. Je déposai ensuite un baiser sur la marque d'accouplement avant de prendre place sur la chaise qui m'était destinée, permettant ainsi à cette mascarade de continuer.

Sélène sembla désemparée lorsque Kian grogna. Les yeux de mon ami étincelèrent et son dragon se manifesta lorsqu'il prit place à côté de Vale. Intimidée, Sélène se dirigea vers le bout de la table où elle se laissa tomber sur son siège.

L'air embarrassé, le reste de son entourage s'installa, mais le manquement au protocole avait jeté une ombre sur la soirée. Je me moquais bien d'avoir donné la priorité à ma promise. Au contraire, cela montrait à Sélène, sans prononcer un mot, à quel point elle était foutue.

— Merci de m'avoir invité, grommelai-je.

J'employai un ton des plus désagréables et regardai cette femme ignoble placarder un sourire mielleux sur son visage complètement truqué.

— Depuis notre arrivée, nous avons été menacés par tes gardes, tu as enfreint le protocole en tentant de contester le statut de ma fiancée, et je n'aborderai même pas le reste. Est-ce qu'on a un problème, Sélène ?

— B.. bien sûr que non, Votre Majesté, assura-t-elle en parcourant la salle des yeux tandis que ses remords ternissaient son éclat. Nous n'étions pas au courant de votre venue...

— Mensonge, la coupai-je. Tu savais avec précision quand et comment nous arriverions. Tu savais aussi pourquoi. Même si l'information ne provenait *pas* d'un membre de mon conseil, tu savais parfaitement qu'en ignorant notre demande d'envoyer un émissaire, tu nous conduirais à venir chez toi. Cette cour n'aurait en aucun cas dû être occupée par des gardes, et pourtant, il y en avait. Tu as attaqué la Main du Roi et mon plus grand général, mais aussi ma fiancée. Rappelle-moi, Sélène, quel royaume tu sers ?

La reine des sirènes but une longue gorgée de vin.

— L... le vôtre, Votre Majesté.

Je m'adossai à ma chaise et étudiai la sirène. Les épaules voûtées, elle semblait avoir perdu son assurance et son attitude aguicheuse. Elle jouait le numéro de la pauvre demoiselle opprimée. Mais je n'étais pas dupe.

— Je ne pense pas, non. Je pense que tu sers

quelqu'un d'autre. Si tu étais loyale comme tu le prétends, tu n'aurais pas essayé de tuer ma femme. Est-ce que quelqu'un a déjà survécu après une telle tentative ?

Je me rendis compte de mon lapsus aussitôt que je prononçai le mot, mais cela ne me semblait pas correct de désigner Vale autrement. Elle serait mon épouse dans quelques jours, puis serait liée à moi pour toujours. Je considérais déjà qu'elle m'appartenait, et cette femme devait le comprendre avant que je m'assure qu'elle n'apprendrait plus aucune nouvelle information.

— Je... je ne crois pas.

Sélène remua les doigts au-dessus de la table et saisit un couteau chromé avant de le reposer. Cette arme dérisoire ne ferait que m'énerver.

— Je te le confirme. *Personne* n'a survécu après avoir levé la main sur la compagne que la Destinée m'a choisie. Tu sais pourquoi ?

— Parce qu'elle est capable de briser la malédiction ? suggéra-t-elle alors que de pitoyables larmes emplissaient ses yeux.

— Bien essayé, mais tu te trompes. Bien qu'elle soit très importante pour briser ma malédiction, ce n'est pas pour ça qu'ils rendent leur dernier souffle. Ceux qui menacent mon épouse, la partenaire que le destin a mise sur mon chemin, ma femme, ta Reine, meurent parce qu'ils s'attaquent à moi en s'attaquant à elle.

Je me levai brusquement, et la chaise s'écrasa sur le sol derrière moi, ce qui fit sursauter la sirène.

— Tu vois cette marque sur son épaule ? Non seulement elle prouve notre lien, mais elle annonce aussi la fin des jours sombres de ce royaume. Si les partenaires liés par le destin réapparaissent, ça signifie que la malédiction arrive à son terme. Le pouvoir auquel tu aspires est si proche que tu peux le sentir. Pourquoi tu voudrais mettre tout ça en péril ?

—Je...

Elle secoua la tête et regarda les portes ouvertes du balcon par lesquelles arrivaient les bruits de l'océan. Les peintures murales vacillèrent et laissèrent place à de nouvelles images.

D'un geste de la main, elle leva l'illusion qui faisait croire qu'elle était entourée de ses plus proches conseillers. Le charme de son apparence se dissipa tandis que les personnes qui se trouvaient à ses côtés disparaissaient. Nous étions seuls avec Sélène dans la pièce, et la reine des sirènes se leva, aussi grande que moi.

— Je l'ai fait pour nous sauver tous, cracha-t-elle, les yeux rivés sur la fresque murale. T'aurais dû te lier à elle. Je t'en ai donné l'occasion. Pourquoi tu retardes notre délivrance ?

La rage me fit voir rouge. Kian souleva Vale de sa chaise et se plaça derrière moi alors que je renversais la table gigantesque pour l'écarter de mon chemin. Une seconde plus tard, j'étouffai Sélène en agrippant sa gorge recouverte d'écailles. Des liens dorés s'enroulèrent autour de son corps.

— Premièrement, je n'ai pas de comptes à te rendre. Je t'ai dit à quel moment je finaliserais notre lien. Et je n'ai en aucun cas l'intention d'avancer cette date. Je n'ai qu'une seule chance de tenir la promesse que je lui ai faite et je ne la briserai pas. Ni pour ce royaume, ni pour toi, ni pour qui que ce soit.

Elle avait les yeux exorbités et m'écorchait la peau avec ses grosses griffes, mais je m'en moquais.

—Alors, comment peut-elle être en vie ?

— Prise par tes machinations et tes intrigues, tu as manqué quelque chose. Vale n'a pas qu'un seul compagnon. Elle en a trois. Ton petit sort n'a pas fonctionné parce qu'on est trois à s'assurer de sa survie.

—Mais...

Elle tourna les yeux vers la peinture murale

située derrière moi, et je sentis instantanément le changement d'atmosphère.

Il y avait un mage dans cette pièce.

Un Girovien, pour être exact.

Sélène n'était pas seulement une garce, c'était aussi une traîtresse.

Pas réglo du tout.

Des morceaux de table jonchaient le sol à nos pieds. Une magie dorée irradiait d'Idris et enveloppait Sélène d'une chaleur ardente que je percevais depuis l'autre bout de la pièce.

Je sentis une odeur de viande grillée qui me retourna l'estomac et me fit réaliser ce qui se passait. Elle avait trahi son royaume et son Roi. Elle avait monté ce stratagème. Et dans quel but ? Pour acquérir du pouvoir ? Pourquoi ces gens-là étaient-ils toujours en quête de pouvoir ? Au vu des illusions qu'elle venait de lever, elle en avait largement à revendre. Pourquoi avait-elle besoin d'en avoir plus ?

Pendant que la magie d'Idris crépitait sur sa peau, les murs de la pièce changèrent. Les images des fresques laissèrent place à d'autres scènes. Plus sinistres.

Rune se manifesta dans mon esprit, sa présence plus forte que jamais. Il pressentait ce que nous anticipions tous : le danger qui nous guettait.

— *Tu dois sortir de cette pièce, ma Reine.*

J'aurais aimé suivre son conseil, mais il était déjà trop tard.

La silhouette d'un homme se profilait dans les ombres les plus sombres du tableau le plus éloigné. Sa forme encapuchonnée se matérialisait au fur et à mesure qu'il franchissait le mur, se détachait de la toile et nous rejoignait dans la pièce elle-même. Kian me plaça derrière lui tandis que Xavier s'interposait entre le dos exposé d'Idris et le grand homme, dont la silhouette svelte détonait avec la puissance qu'il dégageait.

Fenwick avait été un mage puissant, mais cet homme était d'un autre niveau.

Les flammes bleues de Xavier tapissèrent le sol, et Kian attrapa l'épée qu'il portait à sa hanche. Je fis jaillir ma magie au bout de mes doigts et projetai une lueur aveuglante en formant une flèche de lumière dans ma main.

L'homme leva les mains pour montrer qu'il ne représentait pas une menace, mais je n'y crus pas une seconde. Sous sa cape, j'aperçus d'étranges iris d'un violet brillant, qui m'indiquèrent à quoi nous avions affaire. J'avais déjà vu ces yeux violets lorsqu'un groupe de mages giroviens avait tenté de m'assassiner, simplement parce que je portais un emblème festien à ce moment-là.

La rage fit bouillonner mon sang quand je me rappelai les flèches plantées dans le dos de Xavier, son sang sur mes mains, les atroces souffrances qu'il avait subies pour me protéger de leurs coups mortels. Xavier sembla se souvenir aussi de cet épisode. Le grognement qui lui échappa fut accompagné de l'apparition sur ses bras d'écailles d'un blanc irisé, alors même qu'il essayait de contenir sa métamorphose.

Son esprit s'était emballé à l'idée d'avoir été trahi, mais je n'étais pas dupe. À la seconde où Sélène avait laissé tomber les apparences qu'elle créait magiquement, j'avais compris. Elle n'était que la marionnette, et nous étions sur le point de rencontrer le marionnettiste.

— Je ne te veux aucun mal, dragon, murmura la voix suave. J'aimerais simplement parler à ton Roi.

Parler à notre Roi ?

— Plutôt crever ! aboyai-je en sortant de la cachette que m'offrait Kian tandis que je choisissais de former une épée à la place de ma flèche magique.

— Qu'est-ce que tu fais ? grogna Kian en passant un bras autour de ma taille.

— *Arrête*, lui ordonnai-je télépathiquement tandis que je regardais les sinistres volutes de magie noire entourer la tête et les épaules du sorcier.

Il ne maniait pas la même magie que ceux qui avaient tenté de nous assassiner dans les bois. Non, celui-ci faisait partie du cercle fermé d'un dictateur maléfique. Tout comme Fenwick, ce mage faisait appel à la magie noire. Mais il était bien plus puissant.

Une main toujours fermée sur la gorge de Sélène, Idris se tourna vers le sorcier qui s'approchait de nous.

— Je savais que Sélène était une traîtresse, mais j'ignorais qu'elle était tombée aussi bas. Tu lui as promis quoi en échange du meurtre de ma fiancée, mage ? De l'argent ? Du pouvoir ? La gloire ?

— Rien de tout ça, intervins-je, sans quitter la silhouette des yeux. Sélène n'est qu'une autre des marionnettes d'Arden, n'est-ce pas ?

Je me tournai vers la reine des sirènes qui griffait la main qu'Idris maintenait sur sa gorge. Tout comme celle des assassins envoyés pour me tuer dans mon sommeil, la magie noire souillait son corps et enveloppait sa tête, ce qui embrouillait son esprit. Si je ne l'avais pas autant haïe, je l'aurais certainement plainte.

Je comprenais à présent toutes les vérités que Kian et Xavier avaient passées sous silence. Sélène était une prédatrice au même titre que le mage, sauf qu'il l'avait emporté sur elle.

Lentement, l'inconnu retira le capuchon recouvrant son crâne chauve. Sa peau blafarde mettait en relief la magie noire qui tourbillonnait autour de sa tête tandis qu'il contemplait froidement le corps de Sélène qui se tortillait. Les extrémités de ses oreilles étaient pointues et ornées de petits anneaux d'or. Son nez était saillant et dardait vers une bouche aux lèvres minces et grisâtres qui dégageait une odeur de pourriture.

En débarrassant ses épaules de sa cape, il révéla ses mains et ses avant-bras, dont la noirceur causée par la magie était entrecoupée d'anneaux en or et de manchettes ouvragées. Il ressemblait à un Fenwick plus jeune, sans la barbe, et incapable de cacher la magie noire qui tourbillonnait sous sa peau.

— Ce n'est pas une marionnette. C'est un outil. Une arme. Ou du moins, elle l'était. Aujourd'hui, elle est superflue. Tue-la s'il le faut, elle ne m'est plus utile. Elle n'est même pas capable de tuer une petite Luxa aussi faible que celle-ci.

Il me désigna du menton avant de poser son regard froid sur moi. Inclinant la tête sur le côté, il m'étudia un instant avant de reporter son attention sur Idris. Il semblait ne pas me considérer comme une menace. Il ne savait pas que j'avais déjà ôté la vie à des mages dans son genre.

Et que je n'hésiterais pas à réitérer l'expérience.

— J'ai fait tout ce que tu m'as demandé, Malvor, croassa Sélène en cherchant du bout de ses orteils un point d'appui sur le sol jonché de débris. Je les ai fait venir ici. J'ai jeté un sort à la Luxa. Relâche mon peuple.

— T'étais censée la tuer, rétorqua le mage en plissant ses yeux d'un violet flamboyant qui montraient sa déception. Elle respire toujours. Tu n'as pas rempli ta part du marché.

— Mais pourquoi ? Pourquoi comploter avec Arden ? Pourquoi tuer des innocents ? Pourquoi me prendre pour cible ?

C'était le premier allié d'Arden qui me semblait un tant soit peu rationnel. Il n'avait pas l'air d'être sous l'emprise d'un sort ou d'avoir perdu la tête. S'il savait quelque chose, je voulais lui soutirer cette information.

Il haussa un sourcil, manifestement étonné que la fragile petite Luxa lui donne du fil à retordre.

— Ça n'a rien de personnel. Je suis sûr que t'es une femme bien. C'est juste... *du business.*

J'essayai de faire un pas en avant, mais Kian me força à reculer.

— Du business ? Ma vie, c'est du business, pour vous ? Le royaume – toute la magie – c'est du business ?

— Exactement, confirma-t-il avec un sourire sinistre qui me glaça le sang. La malédiction ne peut être levée. En aucun cas. Encore une fois, ça n'a rien de personnel.

— *Rune ?*

— *Je suis déjà en route,* ricana-t-il d'une voix menaçante. *Occupe-le.*

— Vous préférez voir la magie disparaître pour toujours plutôt que de briser une malédiction ? J'aimerais bien savoir pourquoi, dis-je.

Je tentai à nouveau de faire un pas, mais fus repoussée une fois de plus.

— Si t'as vraiment l'intention de me tuer, sache que je me défendrai. Tu pourrais t'épargner une bonne dose de souffrance si tu m'aidais à comprendre. Pourquoi on ne peut pas briser la malédiction ?

— *Qu'est-ce que tu fais ?* grommela Xavier.

Ses pensées manquèrent de me fendre le crâne tant sa rage dévorait mon corps.

— *Je cherche à gagner du temps pour que Rune puisse prendre son quatre-heures,* répondis-je en me retenant de lever les yeux au ciel. *Maintenant, tu vas m'aider ou non ?*

Le mage semblait retenir un sourire et son expression condescendante me fit grincer des dents tandis que je mettais en œuvre ma première tactique pour gagner du temps.

— Ce n'est pas si compliqué. Tu me donnes ta raison, et peut-être que je renoncerai à l'aider. Ce n'est pas comme s'il m'appréciait, de toute façon. S'il a ajouté Sélène sur sa liste noire, c'est uniquement parce qu'elle a déconné avec l'un de ses jouets.

C'était un énorme mensonge, mais le mage n'avait pas besoin de le savoir.

— Est-ce que c'est le moment où t'essaies de me pousser à révéler mon plan diabolique, petite Luxa ? demanda-t-il, le sourire déformé en un large rictus. Je crains de ne pas tomber dans ton jeu. Je sais à quel point tu tiens à lui. C'est écrit sur ton visage. Je crois que je préférerais...

Je ne le vis pas manipuler sa magie avant qu'il soit presque trop tard.

Une mélasse opaque jaillit du bout de ses doigts et frappa suffisamment fort Sélène pour l'arracher à l'emprise d'Idris. La sirène fut projetée en arrière et heurta le mur tandis que ses yeux d'un bleu glacial s'obscurcissaient. De la magie vert d'eau irradia de son corps et tourbillonna autour de ses jambes quand elle leva les bras. Des mots gutturaux s'échappèrent de ses lèvres, et son pouvoir envahit la pièce.

J'eus à peine le temps de souffler que Kian me dégageait du chemin. Une masse de magie noire putride traversa la pièce et s'écrasa contre le mur derrière l'endroit où je m'étais trouvée juste avant. Idris cria des mots inintelligibles alors qu'il fonçait sur Sélène, mais elle n'était pas ce qu'il y avait de plus inquiétant.

Malvor brandit ses mains vers le ciel et son immonde magie serpenta entre ses doigts. Ses yeux violets s'illuminèrent, des morceaux de la table volèrent dans les airs. Je connaissais la chanson. D'instinct, je déployai mon bouclier pour protéger mes hommes avant que le mage catapulte les débris sur nous.

La plupart des fragments en bois brûlèrent au contact de mon bouclier, mais l'un des couteaux réussit à passer au travers et à s'enfoncer dans mon épaule. Je sentis à peine la douleur lorsque je l'arrachai et le relançai vers le mage avec toute la fureur qui faisait bouillonner mon sang. Je visai un peu bas, mais fis tout de même mouche, car je le touchai à la cuisse. Je formai ensuite un éclair de lumière dans ma main.

Kian me souleva et se plaça entre Malvor et moi tandis que la magie de Xavier clouait le mage au pilier le plus proche. Les flammes bleues de mon compagnon devinrent tranchantes et entaillèrent sa chair en la réduisant en lambeaux. Du sang noirci éclaboussa le sol de pierre, et pendant ce temps, l'homme riait d'une joie sombre et lugubre tandis que les chants de Sélène s'intensifiaient.

Peu importait qu'elle essaie de rendre coup pour coup à Idris ou que la masse noire torde son corps. La bataille était loin d'être terminée.

L'odeur de la mer assaillit mon nez quand le vent s'engouffra dans la pièce. Au loin, l'océan rugissait, mais c'est le fracas assourdissant qui jaillit soudain de l'eau qui me glaça jusqu'aux os. Le sol du château trembla, et je fus submergée par un sentiment de pure terreur.

L'air environnant se remplit de flammes bleues, et un mugissement enragé laissa place au rugissement d'un dragon.

Le mur à côté duquel nous nous trouvions s'écroula. Des pierres tombèrent sur le sol quand l'enceinte du château sembla se volatiliser. Je fus au bord de la syncope lorsque le sol se déroba sous mes pieds. Mon bouclier ne faisait pas le poids face à la chose qui ébranlait le bâtiment. Je sentis le bras épais d'une bête énorme m'entourer, et malgré ma magie qui grillait sa chair, elle persévéra.

Des bras puissants m'attrapèrent avant que mes pieds touchent à nouveau le sol et m'arrachent à la bête pour éviter que je sois à nouveau propulsée dans les airs. Un cri quitta ma gorge, mais je croisai le regard doré d'Idris. Puis une main recouverte d'écailles blanches se referma sur moi, m'arrachant à sa prise tandis que la bête s'emparait de lui à la place.

— *Non* ! criai-je.

Je lançai une flèche de mon pouvoir sur la chose qui le retenait. Mais la blessure fut négligeable comparée à la taille de la créature, bien que j'aie visé juste.

Les ailes de Xavier tirèrent parti de l'air raréfié pour m'emporter loin du bâtiment qui s'effondrait. Un éclair rouge venait dans notre direction.

— *Retournes-y* ! hurlai-je dans l'esprit de Xavier. *Retourne le chercher.*

— *Je ne peux pas, mon amour. C'est trop dange-reux. Idris peut se débrouiller tout seul. Je dois t'éloigner de la bête que Sélène a libérée.*

— *C'est un putain de kraken ?* demanda Kian d'une voix éraillée.

Je vis ses écailles noircies passer devant nous et se diriger vers Idris.

— *Sors-la de là avant que la créature s'aperçoive qu'elle a attrapé la mauvaise personne.*

Plusieurs bras émergèrent de la surface de l'eau agitée en créant de grandes vagues qui submer-gèrent les quais et assaillirent la pauvre plage. À aucun moment Sélène ne s'arrêta de chanter. Le mage hurlait pratiquement de joie.

Rune n'avait pas exagéré quand il m'avait prévenue que l'océan renfermait des créatures capables de m'engloutir tout entière, mais jamais je n'aurais pensé qu'elles seraient aussi grosses. Un halo de magie dorée martela les tentacules, mais Idris était toujours prisonnier.

— *Rune, je t'en prie. Sauve-le, s'il te plaît,* l'implo-rai-je, espérant désespérément ne pas le perdre.

Une semaine plus tôt, je l'avais détesté.

Un jour plus tôt, j'avais méprisé Idris.

Une heure plus tôt, j'étais tombée amoureuse de lui.

Une minute plus tôt, j'avais réalisé que je ferais tout pour le garder à mes côtés.

Je ne pouvais pas le perdre maintenant.

— *Reste en vie, ma Reine*, grogna Rune en virant à droite. *C'est un ordre.*

Xavier, lui, changea de cap pour nous éloigner du combat.

— *Je t'interdis de faire ça. Si je ne peux pas combattre ce gros monstre, laisse-moi affronter Sélène.*

Je n'avais pas réussi à protéger Nyrah de sa bête, mais je pouvais très bien affronter celle-là.

Je ne perdrais pas Idris ni aucun d'entre eux.

Jamais.

CHAPITRE 15
XAVIER

Il était hors de question que je laisse Vale approcher de ce monstre. Après l'avoir vue se faire presque broyer, j'étais tenté de fuir le continent avec elle. Au diable les conséquences !

Mon cœur refusait de ralentir. L'organe sortait presque ma poitrine alors que je visualisais à nouveau la scène où Idris avait écarté notre femme du chemin et l'avait poussée vers moi avant d'être capturé par cette créature. J'avais eu du mal à me métamorphoser à temps –j'avais bien failli louper Vale –, et le danger était encore trop proche à mon goût.

J'entendais la foudre bien trop près de nous et voyais une tempête agiter le ciel. Il n'y avait donc pas que le monstre, c'était toute la puissance de la reine des sirènes qui chargeait l'atmosphère. Si Idris ne s'en sortait pas, je savais qu'il souhaiterait que Vale survive.

Je ne pouvais pas la laisser mourir au milieu de tout ça. Jamais.

— *S'il te plaît. Si je ne peux pas combattre cette créature, je peux le sauver d'une autre façon. Sélène la contrôle d'une certaine manière. Laisse-moi l'aider. Je dois l'arrêter.*

J'aurais cédé à tous ses caprices – je serais même mort pour elle si elle me l'avait demandé –, mais je ne pouvais pas accepter une telle demande.

— *Je t'en prie, Xavier. Ne me force pas à le regarder mourir alors que je pourrais agir et changer la donne.*

Autrefois, il n'y avait pas si longtemps, je l'aurais extraite de ce combat et l'aurais cachée. J'aurais ignoré ses souhaits et aurais pris la décision qui me semblait la meilleure.

Malheureusement, cette époque était révolue. Désormais, j'étais tellement en phase avec elle que ses paroles me brisaient le cœur.

— *Je jure devant tous les dieux que si t'es blessée, je ne te le pardonnerai jamais.*

Elle s'affaissa dans mes bras et je perçus par notre lien son soulagement. Je changeai de cap. Je trouvais marrant de voir à quel point elle avait eu peur de voler le matin même, alors qu'à présent, avec la rage qui la consumait, elle remarquait à peine la hauteur.

Pourtant, nous étions extrêmement haut, suffisamment pour la faire hurler à pleins poumons. Mais c'était ma femme, ma compagne. Elle était concentrée sur la garce qui avait mis notre Roi en danger.

— Je me fiche de savoir que le mage la contrôle. Si je dois la tuer, je n'hésiterai pas.

Cette phrase me surprit, mais je continuai ma descente vers la reine des sirènes.

— Comment ça, le mage la contrôle ?

— Tu ne vois pas ? demanda-t-elle alors qu'une flèche lumineuse, qui se transforma rapidement en épée, apparaissait dans sa main. *Le mage est imprégné de magie noire. Ça forme un halo autour de lui et d'elle. Il manipule Sélène et retient probablement son peuple en otage.*

Je n'avais ni le temps ni l'envie de m'apitoyer sur le sort de la sirène. Et je ne me souciais pas plus du sort que subissait son peuple. Ces gens n'avaient pas bougé pendant que Kian et moi avions été drogués et manipulés. Ils avaient été témoins de ses agissements et avaient fermé les yeux. Ils nous avaient livrés à elle comme de vulgaires offrandes sans poser la moindre question.

En ce qui me concernait, l'île pouvait brûler.

Sélène pouvait se faire dévorer par les flammes.

En fait, l'idée me plaisait plutôt bien.

Mes mâchoires craquèrent quand j'ouvris la bouche, et le feu mordant de mes flammes était impatient de se libérer. Sélène était suffisamment puissante pour me faire rater mon coup, mais je devais essayer. Même si cela contrariait Vale. Je serrai ma compagne contre ma poitrine et libérai mes flammes en les soufflant sur les décombres fumants où s'était trouvée la sirène quelques instants auparavant.

Son chant continua de résonner dans mes oreilles, mais sa voix se fit plus faible et plus distante.

Au moins, j'avais visé juste, même si mon attaque ne l'avait pas arrêtée.

Je virai à gauche, fis demi-tour et noyai les débris dans un jet de feu avant d'atterrir sur la plage ravagée. Sélène était piégée par les flammes qui léchaient les restes de tapisseries, mais nous devions en profiter, car elle se libérerait bientôt.

Sans artifice magique et la peau marbrée de brûlures, Sélène, les bras en l'air, psalmodiait dans cette langue gutturale qui me retournait l'estomac. Je cherchai instinctivement Idris et Kian dans le ciel, mais ne vis que Rune fendre l'air pour cracher son feu sur la bête des profondeurs. Puis une explosion de magie dorée envahit le ciel, et l'onde de choc faillit me déstabiliser.

Vale profita de ma distraction pour se dégager de ma prise et fonça à toute vitesse vers la sorcière des mers. Elle tenait dans sa main l'épée faite de sa magie, sa lame brillante prête à frapper.

— *Vale, non* ! rugis-je.

Je me lançai à sa poursuite, mais un raz-de-marée de magie me calcina les écailles. La puanteur putride de la mort planta ses griffes en moi.

Je mugis et déchaînai mes flammes sur le mage pour me débarrasser de cette odeur de pourriture et de décomposition. En même temps, je cherchai Vale des yeux. Déjà en plein combat, elle essayait de taillader Sélène, mais ne parvenait pas à franchir sa barrière magique. Cependant, la sirène était sur la défensive et arrivait à peine à retenir Vale pendant qu'elle continuait de chanter et que l'énorme monstre des profondeurs rugissait son mécontentement.

Je devais donc me charger du mage. Titubant au milieu des décombres, Malvor tentait de parer mes flammes avec son pouvoir. À l'aide de sa magie, il avait formé un piètre bouclier, mais avait déjà du mal à rester debout. Du sang noirci coulait des plaies dont avait souffert son ventre et imprégnait sa tunique sombre.

Si j'avais pu sourire à cet instant précis, je ne me serais pas gêné.

Alors que j'admirais mon travail, je sentis mes flammes se régénérer. Il ne pouvait pas passer sa vie à temporiser. Mais Malvor frappa au moment où j'allais cracher mon feu. Il profita de mon excès de confiance pour m'attaquer. Il transperça mon poitrail avec sa magie fétide, me broya la gorge et me déchira les ailes. La panique s'empara de moi lorsque sa magie noire m'empêcha de respirer et de voir.

Une lumière éclatante m'entoura et consuma les ténèbres, tandis qu'un cri de guerre résonnait dans mes pensées.

—*Je ne les perdrai pas. Tu m'entends, Orrus ?* hurla Vale.

Elle transperça la magie noire comme si elle incarnait le soleil, la lune et les étoiles à elle toute seule. Comme si elle était en fait une déesse qui avait pris forme humaine. Sa peau brillait et ses cheveux de jais volaient autour de sa tête. Le tissu fin de sa robe était déchiré au niveau de ses genoux, ses tibias étaient sacrément éraflés et son épaule saignait toujours. Toutefois, je ne l'avais jamais trouvée aussi magnifique.

Son épée, tranchant les chaînes qui entouraient ma gorge, libéra mes poumons de leur prise mortelle.

— Je ne les perdrai pas. Je ne te laisserai pas un seul d'entre eux, tu comprends ? Si tu les veux, tu ferais mieux de venir les chercher toi-même, car je n'abandonnerai pas mes compagnons.

Je me relevai et vacillai, puis ripostai à l'aide de mes ailes abîmées en faisant tomber le mage au sol alors qu'il tentait de stopper le sang bruni qui s'écoulait d'une nouvelle entaille à sa poitrine. Vale leva à nouveau son épée pour trancher le flux de magie noire qui reliait le mage et Sélène.

Elle le trancha net, et une nouvelle plaie déchira le corps du mage. Le choc lui enleva ce qui lui restait de son sourire narquois, et il recula précipitamment. Au même moment, la sirène poussa un cri. Et ses chants gutturaux s'interrompirent quand la magie noire qui obscurcissait ses yeux se dissipa.

Sélène s'effondra sur le sable et prit une grande inspiration avant de tendre la main vers la mer. Mais

Vale ne lui laissa aucune chance d'utiliser un autre sort.

Elle plaqua sa lame contre la gorge de la sirène avant que celle-ci ne puisse prononcer un quelconque mot.

— Rappelle ton chien, sinon je te jure que je te trancherai la tête.

Sélène, qui avait retrouvé ses yeux pâles, regarda Vale comme si notre sorcière n'était pour elle qu'une simple gêne et non une personne qui s'apprêtait très probablement à l'exécuter.

— Volontiers, dit-elle d'une voix éraillée. Mais j'aurai besoin de ma tête pour le faire.

L'épée de Vale grésilla contre le cou de Sélène pour bien lui faire comprendre sa promesse de mort.

Intimidée de la sorte, la sirène baissa la tête et commença à fredonner un air apaisant. La mélodie fit taire la tempête qui agitait le ciel et calma la bête déchaînée. Kian et Rune tournoyaient dans les airs quand les tentacules géants retournèrent sous la surface. L'eau retrouva son immobilité comme s'il n'y avait jamais eu d'affrontements.

Il ne restait plus que le mage, dont je voulais me charger. La douleur me transperça le ventre lorsque j'essayai de me lever. Ma vision se brouilla, mais je quittai le sable. J'appelai mes flammes et repérai l'enfoiré qui se traînait dans les décombres. J'étais diminué, mais pas hors-jeu. Le feu envahit ma gorge au moment où il atteignit la fresque endommagée, le paysage sombre d'où il s'était extirpé. L'image ondula sous l'effet de sa magie.

Je n'attendis pas, car le temps était compté.

Je crachai mon feu, dont je couvris les ruines du château. Mais j'arrivais trop tard. Avant que mes flammes ne le touchent, il s'était fondu dans la fresque et avait disparu. Épuisé, je m'effondrai dans le sable. Un sentiment de défaite affaiblit mes membres : notre seule piste menant à Arden venait de se volatiliser.

La métamorphose martela mon corps et brisa mes os dans une nouvelle vague d'atroces souffrances causées par le sort du mage qui s'attardait dans ma chair. Je haletai et serrai les poings dans le sable granuleux, priant pour que ça s'arrête.

Mais je n'en voyais pas le bout.

Jusqu'à ce que Vale pose sa main froide sur ma peau brûlante.

— Xavier ? Regarde-moi. S'il te plaît, regarde-moi.

Elle semblait si bouleversée que je me forçai à ouvrir les yeux pour contempler ses traits parfaits. Ses yeux verts brillaient d'une puissance contenue quand elle prit ma tête entre ses mains, le visage marqué par l'inquiétude.

— Ç... ça va, affirmai-je d'une voix rauque.

Je m'obligeai à me lever, à me redresser et à prendre une inspiration. Mes poumons étaient en feu, mes os en bouillie, mais je parvins à rester debout.

Je fus dépité lorsque je réalisai l'ampleur de mes échecs. Je n'avais pas réussi à tuer le mage ni à les protéger, Idris et elle. Je ne méritais pas qu'elle se préoccupe de ma santé.

— Tu saignes, murmura-t-elle.

Sa douce caresse sembla me transpercer la poitrine.

Je pris ses joues dans mes mains et déposai un baiser sur son front, tout en inspirant son parfum à pleins poumons.

— Toi aussi, mon amour.

Une seconde plus tard, Idris l'éloignait de moi pour l'examiner comme s'il craignait d'avoir une illusion devant lui. Kian et Rune nous encerclèrent, mais Vale les laissa pour venir se blottir contre moi, comme si elle était prête à me soutenir si nécessaire.

— Il va revenir, vous savez, lança Sélène, attirant ainsi notre attention sur la reine déchue.

Elle était couverte de sang et salement amochée,

du fait que la brûlure qu'avait causée la magie de Vale refusait de guérir.

— Et Dieu sait s'il amènera des amis. Vous devez partir. Sauvez votre peau avant qu'il ne soit trop tard.

Vale quitta mes bras et traversa la plage. Sa rage se manifestait en étincelles de lumière qui jaillissaient du bout de ses doigts.

— Donne-moi une raison de ne pas t'éventrer ici même.

Idris rattrapa notre femme. Pas pour la tirer en arrière, mais pour lui apporter son soutien. Elle avait pleinement assumé son rôle de Reine et s'en était superbement bien sortie.

Le sourire de Sélène fit pousser à Vale un grognement qui rivalisait même avec le rugissement de Kian.

— Parce que je possède une information dont vous avez besoin.

Vale saisit la reine des sirènes par la gorge et la souleva comme si elle ne pesait rien. Autrefois frêle, notre compagne était plus forte que jamais grâce au pouvoir qu'elle détenait.

— Et comment tu saurais ce dont j'ai besoin ?

Les yeux grands ouverts, la peau blême, Sélène tenta d'échapper à Vale.

— L... la malédiction. Je sais comment la briser. Je sais où se trouvent les réponses.

Vale libéra la sirène, mais sembla se retenir de lui asséner un coup de pied.

— Je t'écoute, même si je ne vais pas croire à un seul mot qui sortira de ta bouche. Pas après ce que t'as fait.

Haletante, Sélène sembla se replier sur elle-même.

— J'ai fait ce qu'il fallait pour protéger mon peuple. Vous auriez fait de même, ma Reine. Quoi qu'il en soit, mes informations sont fiables. Vous devez vous rendre dans le berceau des Luxas. À Bonefell. Là-bas, il y a des parchemins. Ou du moins, il est censé y en avoir. Les Giroviens les cherchent depuis des semaines et pensent avoir mis la main dessus.

— Voilà une quête vaine, ricana Vale d'une voix sinistre qui me glaça le sang. Il y a des *parchemins* qui sortent de nulle part et attendent qu'on les trouve. Bien sûr. On te laissera la vie sauve si tu nous révèles l'emplacement de ces parchemins légendaires qui détiennent soi-disant les clés de l'univers.

Même moi, je trouvais que les « informations » que détenait Sélène étaient pour le moins minces.

— On dit que ces parchemins ont été cachés il y a des décennies par une famille malhonnête. Personne n'a pu les retrouver depuis. Curieux que tu dises ne rien savoir à leur sujet quand on sait que tu partages le même nom que ceux qui sont supposés les avoir cachés. Est-ce que tu connais une Rowena ou un Eldric Ténébris ?

Vale aurait eu l'air moins surprise si Sélène l'avait giflée.

— *Qu'est-ce qu'il y a, mon amour ?* demandai-je, mais Vale secoua la tête.

— T'as tout inventé, chuchota-t-elle, les larmes aux yeux, alors qu'elle s'éloignait de la reine des sirènes. Tu mens.

— Vraiment ? répondit Sélène en penchant la tête, comme si elle étudiait sa proie. Ou bien t'as du mal à reconnaître la vérité juste parce qu'elle est difficile à avaler. Tes parents ont pris les parchemins et les ont cachés. Point. Deux plus deux, ça fait toujours quatre, Vale. Ce n'est pas ma faute si tu ne veux pas te rendre à l'évidence.

L'esprit de Vale était agité, mais une seule pensée paraissait se détacher.

Le livre. Je dois trouver le livre.

Sélène semblait savoir qu'elle avait visé juste, car elle se leva et inclina la tête en signe de respect.

— Maintenant, on est quittes. Je ne vous aime peut-être pas, mais je n'ai jamais eu l'intention de laisser la guilde l'emporter. Si Malvor n'avait pas emprisonné mon peuple, je vous aurais prévenus.

— On est quittes ? répéta Idris, les yeux rivés sur la sirène. Tu penses qu'on est quittes ? Après ce que t'as fait ?

— Elle a raison, intervint Vale en posant une main apaisante sur le torse de notre Roi avant de tendre l'autre vers Sélène. Je te remercie pour ces informations. Est-ce qu'on peut espérer ton soutien et l'envoi d'un émissaire une fois que ton problème sera réglé ?

La sirène regarda notre compagne avec méfiance avant de prendre la main qu'elle lui offrait.

— Bien sûr. Everhold soutiendra toujours le véritable chef du Crédour. Idris est la source de toute magie, alors qu'Arden est juste un enfant gâté dont on a cassé le jouet. Aucune personne saine d'esprit ne le soutiendrait.

Ma partenaire acquiesça, lâcha Sélène, puis enfonça son poing de toutes ses forces dans la mâchoire de la reine des sirènes. Le craquement des os résonna dans l'air nocturne, et Sélène s'effondra. Vale lui tira sur les cheveux pour faire basculer sa tête en arrière et ainsi obliger la sirène à la regarder dans les yeux.

— On ne sera jamais quittes, et tu sais pourquoi ? Je sais ce que t'as fait à mes compagnons. Je ne connais peut-être pas tous les détails sordides, mais j'en sais assez.

Le visage de Sélène perdit le peu de couleur qui lui restaient et ses yeux pâles s'écarquillèrent.

— Je...

Mais Vale n'avait pas fini.

— Si jamais j'entends encore raconter que des conneries de ce genre se déroulent dans ton domaine, j'éventrerai le poisson avarié que t'es devant tout ton peuple et laisserai ta carcasse aux oiseaux. Ne l'oublie *jamais*.

Vale la lâcha et cracha au pied de la sirène avec un dégoût manifeste dans toute son attitude.

Je ne pouvais pas lui en vouloir, même si le monde me paraissait complètement dingue.

— J'attends ton émissaire dans deux jours, déclara Idris.

Son ton montrait qu'il ne tolérerait aucune discussion.

— S'il est en retard au mariage, je prendrai ça comme une insulte. Veille donc à ce qu'il soit ponctuel.

— Oui, mon Roi, répondit Sélène qui baissa intelligemment la tête et s'agenouilla au pied d'Idris.

Kian passa un de mes bras par-dessus son épaule lorsque je me mis à tituber. Toutefois, le mouvement me fit l'effet d'un coup de poignard. Je touchai ma chair brûlante et ma main me revint couverte d'un liquide rouge et visqueux.

Le cri de Vale fut la dernière chose que j'entendis, puis le monde s'écroula et les ténèbres m'engloutirent tout entier.

CHAPITRE 16

VALE

Son sang avait séché depuis longtemps sur mes mains, mais je n'arrivais pas à lâcher Xavier.

Idris et moi avions déversé énormément de magie en lui lorsqu'il était tombé, et pourtant, il demeurait entre la vie et la mort. Contrairement à Sélène, la magie noire demeurait dans son corps et l'empoisonnait. J'étais impuissante.

Aucun de nous ne pouvait faire quoi que ce soit.

Je frissonnais et m'accrochais à Xavier tandis que le vent me fouettait le visage. Idris avait mis sa veste sur mes épaules, ce qui constituait une maigre protection contre l'air glacial. Les premières lueurs de l'aube se profilaient à l'horizon, mais mon âme était aussi noire que les ténèbres.

— *On y est presque, ma Reine*, murmura Rune. *Il va s'en sortir. Tes compagnons sont forts. Il survivra.*

L'assurance du dragon semblait forcée, mais je ne l'avais jamais vu voler aussi vite. Il y avait donc peut-être un espoir.

D'un autre côté, j'avais l'impression qu'Orrus en personne était à nos trousses, menaçant de me l'enlever. Le monastère apparut au loin alors que nous survolions la dernière montagne. L'Ordre du Voile Cendré rassemblait d'anciens mestres réputés pour soigner les cas les plus désespérés du continent. Du moins, c'était ce qu'Idris m'avait platement sorti quand il m'avait demandé de grimper sur Rune pour foncer vers Bonefell au cœur de la nuit.

À ce stade, pour moi, rien ne semblait plus réel.

Surtout pas le corps flasque de Xavier dans mes bras. Ni les somptueuses couleurs de l'aube qui nous baignaient de leur lumière alors que nous approchions du monastère, et surtout pas les mots de réconfort d'Idris qui jurait que Xavier survivrait.

Bien trop lentement, Rune entama sa descente en décrivant des cercles prudents pour ne pas perdre notre précieuse cargaison. Cela faisait des heures que nous voyagions, et pas une seule fois Xavier n'avait bougé les paupières. Pas une seule fois il n'avait gémi de douleur. Rien. Je gardais une once d'espoir uniquement parce que je l'entendais respirer difficilement à un rythme irrégulier, mais ces occasions se faisaient de plus en plus rares.

Xavier était en train de mourir, et je ne pouvais rien y faire.

Arrête. Tu ne peux pas l'avoir, tu m'entends ? Tu ne peux pas l'emmener.

Le temps que le dragon rouge atterrisse, Xavier, jusque-là si calme et immobile, se mit à haleter. Son corps fut agité de soubresauts comme s'il avait du mal à gonfler ses poumons.

— *Non, non, non !* criai-je en le serrant contre moi. Reste avec moi. Je t'en prie, reste avec moi. Je t'aime, s'il te plaît.

J'étais comme un animal qui agonisait. Ma plainte recouvrit le hurlement du vent et interrompit mes prières alors que mon monde s'écroulait sous mes pieds.

S'il te plaît, Orrus. Je t'en prie, laisse-le-moi. Je ferai n'importe quoi. S'il te plaît.

Outre mon gémissement, les rugissements de Rune et Kian qui demandaient à entrer étaient les seules choses qui venaient perturber la tranquillité de l'endroit. Les monstrueuses portes du sanctuaire représentaient un obstacle considérable, même pour les dragons. Aussitôt qu'Idris détacha la ceinture de cuir qui nous retenait à la selle de Rune, il m'arracha Xavier des bras, le hissa sur son épaule et sprinta jusqu'à la porte qui s'ouvrait.

Je descendis maladroitement de Rune et essayai de le suivre sur mes jambes récalcitrantes. Sous mes pieds nus, le sable me soutenait à peine dans ma hâte. Chaque pas semblait m'engloutir, m'avaler tout entière et me voler le peu d'énergie à laquelle je m'étais accrochée, sans rien me donner en retour.

Au moment où je pensais ne plus pouvoir avancer, Kian arriva à mon niveau et me hissa dans ses bras pour m'emporter et me faire franchir les portes. J'aurais aimé pouvoir dire que j'avais admiré la magnifique architecture ou les impressionnantes statues qui bordaient les grands couloirs, mais non. Je me focalisai sur le groupe de mestres en robe qui entourait mon Xavier complètement immobile.

Son corps gigantesque était étendu sur un lit de camp précaire, et ses membres pendaient des deux côtés. De nombreuses mains s'affairaient sur lui pour découper ses vêtements et évaluer ses blessures. Je voulais espérer, mais c'était trop dur. Kian me reposa, mais c'est à peine si mes jambes me soutenaient. Je lui avais énormément transmis d'énergie et de pouvoir, mais ça n'avait pas suffi.

Idris s'éloigna du groupe de guérisseurs, et je vis

du sang frais qui tachait sa tunique. Il porta une main tremblante à sa bouche et macula sa peau hâlée du sang écarlate de Xavier. Il nous rejoignit et me serra contre la chaleur de son torse.

— T'es gelée, murmura-t-il.

Il frictionna mes bras, mais je ne sentis rien. Je me moquais de mourir de froid si cela permettait à Xavier de guérir.

Une petite femme s'avança vers nous, les cheveux recouverts d'un foulard blanc. Dans ses mains, elle tenait un paquet de tissu bleu : une cape. Sans un mot, elle me l'offrit tout en évitant de croiser mon regard, mais ses yeux s'attardèrent sur les taches séchées de ma robe. Travaillant avec des guérisseurs, elle aurait dû être habituée à la vue du sang, mais cette pauvre fille semblait ébranlée.

— V... vous êtes blessée, mademoiselle ? demanda-t-elle d'une voix si douce que je l'entendis à peine par-dessus le brouhaha des guérisseurs.

Étais-je blessée ? Je baissai les yeux vers mon ventre, où se trouvait la majeure partie du sang. Mais ce n'était pas le mien. C'était le sien. Vu ma robe déchirée et trempée, je devais être dans un sale état, mais c'était le dernier de mes soucis. Je n'avais pas réussi à le protéger. Je l'avais forcé à me ramener au cœur de la bataille, et voilà où ça l'avait mené.

Une fois de plus, il s'était mis en danger à cause de moi.

Une fois de plus, il avait encaissé des coups qui m'étaient destinés.

Et une fois de plus, son sang coulait à cause de moi.

Je n'avais pas besoin d'une cape. J'avais seulement besoin de voir Xavier ouvrir ses yeux d'un bleu polaire et de l'entendre m'assurer qu'il allait s'en sortir.

Kian lui prit le tissu, mais lui non plus ne quitta pas Xavier des yeux.

L'un des mestres se détacha du groupe, son expression était lugubre. Il s'approcha de nous et inclina la tête à l'attention d'Idris, puis posa son regard sur moi.

— Il porte l'odeur d'une marque d'accouplement. Vous êtes sa compagne, n'est-ce pas ?

Ses yeux bleus, impassibles et froids, semblaient me transpercer, comme s'il pouvait voir mon âme.

— Oui, murmurai-je, incapable de gonfler suffisamment mes poumons pour parler normalement.

— Vous êtes une Luxa, hein ? Pas un dragon. Votre espèce est si rare que j'avais oublié à quoi ressemblait votre odeur. Le lien que vous partagez, même si vous l'avez finalisé, n'est pas aussi fort que si vous étiez une métamorphe. Vous avez essayé de le sauver, je me trompe ?

J'acquiesçai, mais c'est Idris qui répondit.

— On a essayé tous les deux. Son corps a accepté une partie de notre pouvoir, mais...

La voix d'Idris se cassa, l'empêchant de continuer.

Le corps de Xavier n'avait pas voulu tout absorber. Il m'avait fallu presque toutes mes forces pour ralentir l'hémorragie, et ça n'avait pas suffi.

— Comme vous le savez, les blessures créées par magie noire sont difficiles à guérir. Nous ferons tout ce qui est en notre pouvoir, mais l'état de votre compagnon est grave.

La fureur me consuma et dévora mon corps de ses flammes. L'épée de lumière qui m'était devenue familière se forma dans ma main et je la portai à sa gorge.

Cette réponse me déplaisait.

Son impassibilité me déplaisait.

Son manque de conviction me déplaisait.

Nous n'avions pas volé pendant des heures jusqu'à ce monastère perdu pour entendre une réponse négative. Nous n'avions pas risqué sa vie – tout risqué –, pour venir là et les voir baisser les bras. Je me crispai alors que le monde continuait de

tourner autour de moi, mais nous étions parfaitement immobiles.

— Est-ce que vous tenez à la vie ? chuchotai-je.

Mes yeux se remplirent de larmes chaudes
tandis que j'essayais de faire comprendre au mestre
jusqu'où j'irais pour garder Xavier en vie.

Je vis l'inquiétude transparaître sur son visage
avant qu'il la masque.

— Oui, j'y tiens. Je..

— Parfait. C'est très bien. Je veux que vous
accordiez autant d'importance à *sa* vie qu'à la vôtre,
dis-je, les dents serrées, les joues baignées de
larmes. Parce que, s'il quitte cette terre sans moi, tu
le suivras. Peu importe les moyens employés, vous
réussirez à le sauver, compris ?

Idris attrapa mon poignet et éloigna doucement
la lame de la gorge du mestre.

— Je comprends, murmura ce dernier. Mais je
veux que vous soyez préparés à cette éventualité.
Notre magie... elle est en train de mourir. *Nous*
sommes en train de mourir. Nous ferons tout ce que
nous pourrons, mais il serait bien pire de vous
donner de faux espoirs que de vous dire simplement
la vérité.

Ma lumière vacilla et s'estompa quand je sentis
mon cœur se déchirer.

— Je vous suggère de vous reposer dans les quartiers royaux. Nous...

— Je ne le quitterai pas, répondis-je en secouant violemment la tête. J'ai juré de ne pas le laisser.

Kian passa un bras autour de ma taille, ce qui faillit me faire perdre le peu de raison qui me restait.

— Doucement, petite sorcière...

Sa voix se brisa au milieu de sa phrase, son chagrin s'ajouta au mien et m'écrasa de son poids.

— Allons te faire un brin de toilette.

J'essayai de planter mes pieds dans le sol, mais il me prit à nouveau dans ses bras pour m'emporter lorsque je refusai de bouger. J'aurais pu lui résister, mais je savais que Kian ne me lâcherait pas.

— Je reste ici, murmura Idris, qui croisa mon regard de ses yeux inquiets. Je ne le quitterai pas.

Aussi rassurants que soient ces mots, je craignais que Xavier ne quitte ce monde sans que je sois présente à son chevet. Sans qu'il sache à quel point je l'aimais. Sans savoir à quel point j'aurais aimé échanger ma place contre la sienne.

Je serrai les dents et retins un sanglot tout en m'accrochant aux épaules de Kian. Lorsque nous arrivâmes dans une suite grandiose que je détestai aussitôt que je la vis, le goût du sang inonda mes papilles. Je voulais être forte. Aussi forte qu'un roc.

Je ne voulais pas qu'on m'aide. Mais l'un de mes compagnons était mourant, étendu sur la couchette d'un guérisseur, et j'étais trop loin de lui pour changer quoi que ce soit à sa situation.

Aussitôt que les portes se refermèrent, je craquai et fondis en larmes. Mes sanglots m'empêchèrent de respirer et me brisèrent en milliers de morceaux. Lorsque Kian s'accroupit sur le sol de la salle de bain, je le remarquai à peine. Je ne percevais que son étreinte chaleureuse et le chagrin qui rongeait mon cœur. Nous restâmes accrochés ainsi, essayant ensemble de surmonter la tempête d'émotions qui menaçait de nous noyer.

Car mon cœur n'était pas le seul à souffrir. Ceux de Kian, d'Idris et de Rune saignaient. Leurs émotions résonnaient en moi. Ils m'inondaient de leur peur, de leurs regrets et de leur tristesse. Cette masse m'écrasait les poumons. Mais le pire dans tout ça ? Mes propres pensées, ma peur et mon atroce souffrance, telles un boulet à ma cheville, m'entraînaient vers le fond.

— Est-ce que Xavier va mourir parce que je ne suis pas une métamorphe ? demandai-je, sans réfléchir. Il est ici par ma faute ?

Mon cerveau repassait les mots du mestre en boucle. Je n'étais pas une métamorphe, ni même une

Luxa assez puissante pour le sauver. Je ne pouvais pas lui donner ce dont il avait besoin. Je ne le méritais pas.

Kian me saisit le menton et me tourna vers lui. Dans ses yeux, je vis de la tristesse, certes, mais surtout une colère brute.

— Ne dis plus jamais ça. Xavier est ici parce qu'il préfère mille fois encaisser les coups pour toi plutôt que de te voir les subir à sa place. Parce qu'il préfère te sauver – ou sauver n'importe lequel d'entre nous –, plutôt que de rester les bras croisés quand il peut faire la différence. Si les rôles étaient inversés, est-ce que tu voudrais qu'il se reproche ton état ?

Non, mais ce n'était pas vraiment la situation actuelle, hein ?

— Il a été blessé parce que j'ai refusé de quitter le champ de bataille. Il est ici en ce moment parce que je n'ai pas voulu partir et vous laisser seuls, Idris et toi. Il souffre une nouvelle fois parce que je ne suis pas assez puissante pour le sauver. Parce que ma magie n'est pas suffisante. Parce que je ne sais pas comment l'utiliser et parce que j'ai passé toute ma vie à nier ce que j'étais.

J'inspirai et frémis.

— Xavier est au bord de la mort parce que j'ai eu

trop peur de lire un stupide livre qui m'aurait révélé tout ce que j'avais besoin de savoir.

Les iris ambrés de Kian brillèrent de fureur, ce qui me parut logique. J'avais merdé. S'il devait en vouloir à quelqu'un, j'étais bien la fautive.

— Tu sais que ce n'est pas vrai. Cette guerre a été déclenchée bien avant que tu naisses. Rien de tout cela n'est de ta faute. Rien. Je ne veux pas t'entendre dire que t'es responsable de la moindre chose liée à cette guerre, tu m'entends ? T'es peut-être le remède à la malédiction, mais tu n'en as jamais été la cause.

J'avais beau vouloir y croire, j'en étais incapable. Et peu importait à quel point je voulais changer ma situation, c'était impossible.

À ce stade, je ne pouvais faire qu'une chose : me relever, me laver et rejoindre Xavier coûte que coûte. Ce n'était pas grand-chose, mais...

— Arrête, gronda Kian en resserrant sa prise sur ma taille alors qu'il me nichait contre son torse. Arrête d'emmurer tes émotions et de nier la vérité. Il faut juste que t'arrêtes.

Je vis sa lèvre trembler avant qu'il crispe sa mâchoire.

— J'ai besoin de ton soutien. Que tu sois à nos côtés. Je ne peux pas...

Il prit une profonde inspiration qui me donna envie de me remettre à sangloter.

— Je ne peux pas faire ça sans toi. J'ai besoin de toi. De percevoir tes émotions, tes pensées et ta présence. Je dois te sentir. S'il te plaît, je...

Je joignis mes lèvres aux siennes avant qu'il puisse prononcer un mot de plus. Je ne pouvais pas le réconforter autrement, mais je pouvais l'embrasser. Je pouvais lui transmettre tout l'amour que j'éprouvais et l'espoir que j'avais. Il ne me restait rien d'autre. La langue de Kian rivalisa avec la mienne, et il me serra plus fort contre lui et me priva de mon souffle. Après quoi, il arracha la veste qui me recouvrait.

Avec ses serres, il découpa ce qui restait de ma robe dépenaillée et déchira le tissu comme il l'avait fait la veille. Seulement, cette fois, il ne cherchait pas à se débarrasser de mon sang, mais de celui de Xavier. Je lui arrachai ses chausses et libérai de son pantalon sa bite dure pour la positionner devant mon entrée.

Les dents de Kian éraflèrent la peau de mon cou. Il n'avait jamais été si brutal avec moi, mais j'avais besoin de cette rudesse. Il agrippa mes cheveux et tira ma tête en arrière tandis qu'il me pénétrait d'un grand coup de rein. J'en eus le souffle coupé, et le plaisir me priva de toute raison, de tout sentiment de culpabilité, de toute pensée et de toute inquiétude. Je savais que toutes ces émotions reviendraient. Toutefois, il n'y eut aucune douleur pendant ce moment extatique, seulement de l'amour.

En d'autres occasions, j'aurais eu besoin d'un temps pour m'habituer à sa taille, mais là, je me réjouissais de la douleur cinglante qui se mêlait à mon excitation grandissante.

— Tu me fais tellement de bien, putain ! grogna-t-il contre ma peau.

Il enfonça ses crocs en moi, puis ponctua ce moment d'un nouveau coup de reins.

Je criais chaque fois qu'il me pénétrait, car je ne contrôlais plus mon corps sous l'effet d'un plaisir incroyablement intense. D'un mouvement, Kian se tourna et pressa mon dos contre le sol froid tandis qu'il continuait à me pilonner. Mes dents trouvèrent la peau de son épaule, mes ongles celle de son dos, et je déchirai ainsi sa chair tout en l'enveloppant de mes jambes et en m'accrochant à lui.

Il gémit contre ma peau et la perça de ses dents, mais je ne me sentis pas pour autant rassasiée.

C'était brutal. C'était sauvage. Nous étions deux animaux blessés qui nous disputions la position dominante, mais mon orgasme me prit au dépourvu.

— C'est ça, petite sorcière. Jouis pour moi. Donne-moi tout.

Mon pouvoir engourdit mes membres et inonda la pièce de sa lumière. Du verre se brisa. Les pierres émirent un son aigu, puis se fissurèrent. Cependant, j'étais incapable de m'arrêter, obligée de laisser l'extase faire son œuvre. Le plaisir me coupa le souffle, et lorsque l'orgasme de Kian parcourut son corps, le secoua de la tête aux pieds et l'entraîna avec moi, j'eus le sentiment de le vivre avec lui.

Chaque caresse de sa peau, chaque contraction de ses muscles, chaque souffle rauque quittant ses poumons, me donnait l'impression que nos corps avaient fusionné. Il n'existait plus de « lui », il n'existait plus de « moi ».

Nous n'étions plus qu'un.

Mais l'extase ne dura pas aussi longtemps que je l'aurais voulu. À la seconde où son esprit se rappela les ténèbres qui nous accablaient, je sentis le changement en lui. Kian quitta ma chatte avant de m'arracher au sol froid.

J'évitai de regarder autour de moi, mais ce que j'avais détruit sautait aux yeux. Le miroir et les fenêtres avaient explosé, le sol en pierre était fissuré, la baignoire en fonte avait pris une forme méconnaissable.

Kian ne fit aucun commentaire et se contenta d'ouvrir l'eau. Nous nous douchâmes ensemble, mais je m'efforçai d'ignorer l'eau rose qui s'écoulait et évitai de m'attarder sur la raison pour laquelle mes pouvoirs avaient détruit tous les objets fragiles de la pièce.

Je n'avais pas réalisé à quel point Kian était épuisé avant qu'il se mette à me sécher le corps. Après des gardes successives, des heures de vol et une bataille, il était aussi fatigué et dévasté que moi.

Il avait besoin de manger et de se reposer.

Mais nous n'allions pas nous le permettre.

Une fois qu'il m'eut déniché une robe et qu'il eut enfilé des chausses, nous retournâmes auprès de Xavier. Idris faisait les cent pas dans la petite alcôve ; Kian me confia à ses bons soins. Notre Roi me serra contre lui et enfouit son visage dans mes cheveux mouillés, tandis que nous nous installions pour attendre.

Une éternité plus tard, le mestre que j'avais menacé nous convoqua au chevet de mon compagnon. Ils avaient mobilisé tous leurs efforts, et à présent, il ne restait plus qu'à patienter.

On nous apporta des chaises, et Idris me prit sur

ses genoux. Il refusait de me lâcher. Je ne pouvais pas lui en vouloir, mais si je n'avais pas craint de le faire davantage souffrir, je me serais réfugiée dans le lit de Xavier.

L'épuisement eut raison de moi et m'accabla tout entière. Je ne me rappelais même pas m'être endormie.

Mais quand j'ouvris les yeux, je sus immédiatement que le monde n'était que souffrance.

Car je me trouvais à nouveau dans cet endroit sombre et désolé.

Où il n'y avait ni lumière.

Ni chaleur.

Ni air.

Et cette fois, je ne savais pas si j'aurais un moyen de m'en sortir.

CHAPITRE 17

VALE

J e n'aurais pas dû être là.

Les ténèbres semblaient m'engloutir tout entière. Je tâtonnai autour de moi, à la recherche de pierres qui, je le savais, m'entailleraient les mains. Sans surprise, la surface humide et rugueuse me coupa, et la douleur engendrée par ces blessures m'indiqua tout ce que je devais savoir sur cette prison.

Mais même si je savais exactement où je me trouvais, cela ne m'avançait en rien.

— Nyrah ! appelai-je, sur le point de succomber à la douleur qui enflait dans ma poitrine.

Une partie de moi voulait vraiment que ma sœur soit au bout de ce tunnel, pour avoir quelque chose de positif dans cette journée, mais je me voilais la face. Si je l'appelais par son prénom, il n'y avait aucune chance, sur cette terre ou une autre, que ma petite sœur m'ignore.

Cet endroit était hostile, depuis le début. J'avais juste été trop aveugle pour m'en rendre compte. J'avais beau vouloir retrouver ma sœur, je ne sentais pas sa présence. Pas même un peu.

Pas de lumière.

Pas de chaleur.

Pas d'air.

Idris était trop fatigué pour venir me sauver. Je devais trouver un moyen de quitter cet enfer. Je devais me débrouiller toute seule.

Je fermai les yeux et imaginai le temple incendié où Idris m'avait emmenée la dernière fois que je m'étais retrouvée piégée dans ce satané endroit. Je visualisai l'ossature de l'édifice qui s'élevait vers le ciel comme la main d'un géant, les bancs renversés et éparpillés, le sanctuaire en désordre.

Je m'arrachai aux ténèbres, m'éloignant des choses terrifiantes qui m'appelaient, et le monde autour de moi s'estompa. Dans la lumière déclinante, l'église apparut, resplendissante. Elle était exactement comme je l'avais imaginée.

Elle était tout aussi dégradée et calcinée que dans mes souvenirs, mais cette fois-ci, j'eus un sentiment différent en la regardant. Quand j'étais venue avec

Idris, elle ne m'avait pas semblé aussi sinistre. Peut-être parce que j'étais furieuse contre lui à ce moment-là. Ou peut-être parce que sa présence imposante m'avait rassurée. Mais désormais, j'avais l'impression d'être la petite peureuse que j'avais toujours été sous la montagne.

En fait, j'étais redevenue lâche et faible. La fille qui croyait ne rien maîtriser.

Le plus drôle, c'est que je n'aurais pas dû me trouver dans cet endroit non plus. J'effectuais un voyage onirique toute seule. Une chose qui m'avait été déconseillée, et qui avait aussi failli me tuer peu de temps auparavant. Je ne savais pas pourquoi j'étais là ni pourquoi mes rêves m'entraînaient toujours dans les endroits les plus obscurs. Cependant, mes compagnons avaient déjà assez de choses sur les épaules sans que j'y ajoute mes conneries.

Un petit rire aigu de femme résonna autour de moi, me donnant l'impression que la propriétaire de la voix était juste à côté de moi et partout à la fois. Je tournai la tête dans tous les sens pour chercher la source du son, mais ne vis personne. Je n'avais pas réalisé à quel point j'étais dans la merde avant d'apercevoir des cheveux blonds du coin de l'œil.

J'aurais dû être seule. Dans ce rêve, dans cet endroit, personne n'aurait dû se trouver avec moi, à moins qu'Idris vienne me sauver. L'inconnue était donc une intruse.

Je me retins de la chercher et ignorai cet instinct qui persistait à me dire qu'il s'agissait de Nyrah. Celui qui me hurlait que ma petite sœur jouait simplement à cache-cache avec moi.

Que m'avait dit Idris ? Tout ce que tu vois en rêve n'est pas ce qu'il paraît.

J'avais assez fréquenté de menteurs et de tricheurs pour savoir que si quelqu'un me proposait de réaliser mon plus grand souhait, ce serait toujours, toujours un piège. Il s'agissait d'une ruse.

— Si tu n'es pas ma sœur, s'il te plaît, laisse-moi tranquille, suppliai-je, incapable d'étouffer la dernière lueur d'espoir qui brillait dans mon cœur. Je ne veux pas de tes tours, et je ne vais pas me faire avoir par tes mensonges. S'il te plaît, je t'en supplie, laisse-moi tranquille.

Mais mes pieds me désobéirent et avancèrent mollement vers la mélodie séduisante de mon plus grand souhait. Dans mes rêves les plus fous, je retrouvais Nyrah en sécurité et au chaud dans un lit.

Elle n'était pas habillée de haillons, n'était pas affamée et n'était pas la proie de qui que ce soit.

Dans mes fantasmes, elle n'était ni une propriété de

la guide ni une monnaie d'échange. Elle était libre, elle était choyée et en sécurité.

Mon côté rationnel savait qu'il ne découvrirait aucune vérité en ce lieu. Ce n'était pas comme si j'étais venue de moi-même dans cet endroit maudit. Les résidents de cette dimension avaient pour but de me blesser, de me paralyser, de drainer mon pouvoir – du moins, le peu qu'il en restait. Mais même si mon esprit savait que je devais sortir de là, petit à petit, je continuais à suivre cette voix.

Une main ferme et chaude se referma sur mon biceps, et je poussai aussitôt un soupir de soulagement.

Idris.

Pivotant sur moi-même, je croisai des yeux d'un doré étincelant recelant une rage contenue qui m'était familière. Mais derrière toute cette colère se cachait sa souffrance. Un chagrin que je connaissais trop bien. Mon soulagement l'emporta, et je sautai dans ses bras pour le serrer contre moi, tandis que mon angoisse relâchait son étreinte.

Tout ce que tu vois dans tes rêves n'est pas ce qu'il y paraît.

C'est ce qu'il m'avait lui-même dit, n'est-ce pas ?

Comment pouvais-je être sûre que c'était vraiment lui ?

Comment le confirmer ?

Lentement, je le lâchai et reculai alors qu'une nouvelle peur germait au fond de moi.

— Comment je peux savoir que c'est toi ? Comment je peux vérifier que quelqu'un est bien ce qu'il prétend être ?

Son expression s'adoucit, la rage s'atténua légèrement dans ses yeux, à mesure que la bienveillance y remplaçait la colère.

— Au moins, t'as retenu une partie de nos leçons. Tu ne peux pas, ma petite téméraire. Tu ne peux jamais être sûre, mais que te dit ton cœur ?

Ma lèvre trembla, et pour la première fois, je m'autorisai à être vulnérable. Juste pour cette fois.

— Que c'est toi. Que t'es à mes côtés. Que tu ne m'as pas laissée errer seule dans cette dimension.

— Alors pourquoi tu ne te fais pas confiance ? demanda-t-il, la tête penchée sur le côté.

Comment le lui expliquer sans passer pour une folle ?

— Parce que j'ai entendu son petit rire. Nyrah... La voix ressemblait à la sienne.

Je levai une main pour l'interrompre avant qu'il ne me dise quelque chose que je savais déjà.

— Je sais que ce n'est pas elle. Elle ne me laisserait pas errer toute seule. Elle viendrait me voir, tout comme j'irais à sa rencontre. Et si ce n'était qu'un souhait illusoire ? Et si, à force d'avoir peur de l'abandon, je t'avais fait apparaître à sa place ?

— Pour une novice, t'es bien plus douée pour les voyages oniriques que je ne l'aurais cru, mais je doute que tu sois capable de créer quelque chose à partir de rien. Même dans cet endroit. Ce temple ? Il existe dans l'un de mes souvenirs. Je pense que le bâtiment est toujours debout, non loin du lieu où on s'est endormis. Cet endroit existe vraiment.

— Alors, t'es en train de dire que la femme que j'ai aperçue du coin de l'œil, celle qui riait, est réelle, elle aussi ? Que toi aussi, tu es réel ?

Cela n'augurait rien de bon.

— Dans un endroit comme celui-ci, tout n'est pas forcément ce qu'il semble être. Mais oui. Tout comme tu peux finir blessée dans tes rêves et comme tu peux rapporter des objets dans la réalité, ce qui existe ici existe aussi dans la réalité. D'une certaine manière.

L'effroi s'empara de moi et me priva du soulagement que j'avais ressenti juste avant.

— Ce n'est pas elle, hein ? chuchotai-je.

L'écho d'un ricanement me fit froid dans le dos.

— Non, confirma-t-il en secouant doucement la tête. Il y a peut-être quelqu'un dans les environs, mais ce n'est probablement pas ta sœur.

Cela ne me permettait toujours pas de confirmer si oui ou non il s'agissait bien de lui.

— Dis-moi quelque chose que seul mon Idris saurait. Dis-moi un secret que nous sommes les seuls à connaître.

L'ombre d'un sourire se dessina aux coins de ses lèvres, ce qui changea toute l'expression de son visage. Soudainement, je ne le voyais plus noyé par le même chagrin qui m'affligeait ou inquiet pour ma sécurité. J'avais juste devant moi un homme qui s'apprêtait à partager un secret croustillant.

— Parfois, quand tu ne me caches pas tes pensées, tu imagines la nuit de notre accouplement, dit-il en passant ses bras autour de moi pour m'attirer contre lui. Parfois, on n'est que tous les deux, et tu imagines ce que je te ferais pour que tu cries pendant ton orgasme. D'autres fois, on est tous les quatre, et on vénère ton corps et on te fait jouir à l'infini.

Mon ventre se noua. J'étais sous le choc. Je m'étais laissée aller peu de fois à envisager ce à quoi pourrait ressembler notre nuit de noces. Lorsque nous discutions de la cérémonie, tout semblait très officiel, très assujetti aux règles et au protocole de la couronne. Je pouvais compter sur les doigts d'une main le nombre de fois où Idris et moi, nous nous étions retrouvés seuls, sans que la colère ou la peur nous divise.

— *T'es encore allé fouiner.*

— *Comme je te l'ai dit à maintes reprises, je ne fouine pas si ton esprit crie ce qu'il pense. Mais je vais te confier un petit secret. Lorsqu'on s'accouplera, on ne sera que tous les deux. Toutes les nuits suivantes, je suis prêt à réaliser tous tes fantasmes, mais cette nuit-là ? Tu m'es réservée, Vale. Je te veux rien que pour moi.*

Sa voix douce et suave m'électrisait. Elle me rappelait le premier voyage onirique que j'avais fait à ses côtés. Je m'étais retrouvée, je ne sais comment, dans sa chambre, blottie contre lui, ses crocs sur ma gorge. Et je m'étais réveillée de ce rêve dans les bras de Kian et de Xavier, si excitée que j'avais commencé à les embrasser dans mon sommeil.

Ce rêve avait été le catalyseur et j'avais l'impression de revivre cette expérience. J'avais le sentiment qu'il me séduisait, m'ôtait mes préoccupations, mes soucis, mes...

Je me rendis compte presque trop tard qu'il tenait mon bras d'une poigne de fer alors qu'il m'éloignait du temple. Nous nous déplacions dans l'espace et quittions cet endroit. Brutalement, je me dégageai de sa prise.

— *Qu'est-ce que tu crois faire ?* crachai-je alors que j'essayais de me repérer.

— *J'essaie de te faire sortir de là tant que j'en ai encore la possibilité. Tu ne t'es pas encore trop éloignée de ton corps, mais on doit le retrouver.*

Et là, une ampoule s'alluma dans mon cerveau.

— On est plus proches de Direveil que du château, n'est-ce pas ? On n'a jamais été aussi proches. Ça veut dire qu'on n'a pas besoin de rentrer. Pas encore.

Idris planta fermement ses pieds dans le sol, et dans cet exercice, il était, compte tenu de sa force, bien plus efficace que moi.

— De quoi tu parles ?

Comment pouvait-il avoir oublié ce détail crucial ?

— Le livre. Celui qui appartient à ma famille. Il contient toutes les informations sur les Luxas.

Un sentiment de culpabilité menaça de m'engloutir quand je repensai à toutes les connaissances que j'aurais pu avoir si apprendre la vérité ne m'avait pas autant effrayé. Si j'avais fini de le lire, peut-être que Xavier ne serait pas au bord de la mort, peut-être que Nyrah serait toujours à mes côtés, peut-être...

— Si Sélène a dit la vérité, alors mes parents ont volé les parchemins sur les Luxas et les ont cachés. Et si ce livre renfermait ces fameuses informations ? Et si on pouvait y trouver la solution qui résoudrait tout, celle qui aiderait à briser ta malédiction ? Je peux emporter des objets du Royaume des Rêves, n'est-ce pas ? Je l'ai déjà fait sans même essayer. Qu'est-ce qui m'empêche-rait d'aller à Direveil pour le récupérer ?

— T'es loin d'être certaine de ça, Vale, répondit Idris

en frottant la barbe naissante qui recouvrait sa mâchoire. On ne sait pas si Sélène essayait simplement de sauver ses fesses ou pas. Sans oublier que les informations qu'elle possédait peuvent être justes ou déformées par des traîtres. Si les partisans de mon frère cherchent ce livre, il ne sera pas là où tu l'as laissé.

Quelque chose au fond de moi me disait qu'il avait tort.

— Mais t'as dit que le temple où on était existe réellement quelque part, non ? Même si c'est juste dans ta mémoire. Je connais ce livre. Je sais très bien où je l'ai rangé, je me souviens précisément où je l'ai caché. S'il contient les réponses dont on a besoin, est-ce qu'on ne devrait pas tenter notre chance ? Si on peut briser la malédiction et sauver Xavier, si on peut restituer la magie à tout le royaume, est-ce qu'on ne devrait pas essayer ?

J'étais prête à le supplier s'il le fallait. J'aurais fait n'importe quoi pour que mon compagnon survive.

— Et le lien d'accouplement ? Beaucoup ont dit qu'il...

— Si tu croyais qu'il briserait ta malédiction, on se serait accouplés il y a des jours. Tu ne crois pas plus que moi que c'est la solution. Tu persistes avec ce mariage parce que tu crois qu'il me conférera un minimum de protection. Fenwick a réduit les parchemins en cendres, donc on ne sait pas si les informations qu'il avait en sa possession se rapprochaient un tant soit peu de la vérité. Voilà pour nous un moyen d'agir. Voilà pour nous un truc à essayer.

Idris serra les dents tandis que la couleur de ses yeux oscillait entre l'or et le rouge.

— C'est trop risqué.

Mais je ne pouvais pas accepter une telle réponse. Je refusais de l'écouter.

— À quoi bon rester en sécurité si Xavier meurt parce qu'on n'a rien fait ? Qui se soucie d'un tel risque si on le perd ?

Idris agrippa mes cheveux, comme si le stress menaçait de le faire craquer.

— Et à quoi tout cela servira si on finit par te perdre ? Je sais que tu tiens à nous, mais on t'aime. Tous les trois. Même Rune t'aime. Si tu te sacrifies pour nous, en quoi tout ça en vaudra la peine ? À quoi nous servira la magie ou le pouvoir dont nous disposons si tu n'es plus là ?

Même si ses mots me touchaient, je ne pouvais pas me démonter. Pas sur ce sujet.

— Tu ne peux pas m'arrêter. Je pars en direction de la montagne. Je trouverai ce livre. Tu peux m'accompagner ou simplement me laisser partir, mais tu ne peux certainement pas m'en empêcher.

Pour la première fois, ses yeux s'embuèrent de larmes et le désespoir marqua les traits de son visage.

— Ne fais pas ça.

— J'y suis obligée. Et si ce livre ne renfermait pas uniquement des informations sur ta malédiction ? Et s'il nous expliquait comment avoir un remède contre la magie noire ? Comment arrêter sa propagation ? Comment aider Xavier au lieu de rester assis à son chevet et de le regarder mourir ? Je dois faire quelque chose. Je t'en prie.

— Je ne veux pas vous perdre tous les deux, déclara-t-il, les dents serrées, alors qu'une larme coulait sur sa joue. Tu comprends ? Je refuse.

— Alors aide-moi. Parce que je récupérerai ce satané livre, qu'importe le prix.

Avec un hochement de tête solennel, Idris se détendit et me prit dans ses bras.

— Comme tu le souhaites, ma petite téméraire, céda-t-il d'une voix rauque avant de prendre une inspiration tremblante. Il semble que je sois incapable de te refuser quoi que ce soit.

CHAPITRE 18

IDRIS

C'était sans doute la pire idée de l'histoire des mauvaises idées. Mais Vale avait eu ce même regard que quand elle avait sauté d'un dragon et s'était lancée tête baissée dans la bataille. Je ne parviendrais pas à la faire changer d'avis et une partie de moi adorait cet aspect de sa personnalité.

Je me demandais à quel moment j'étais tombé amoureux de Vale. Était-ce en voyant son air de défi inébranlable quand elle avait défendu mes meilleurs amis dans les cavernes ? Était-ce en constatant à quel point elle était dévouée envers sa sœur ou en constatant son sens du sacrifice ? Ou était-ce simplement quand j'avais entrevu le grand cœur qu'elle s'efforçait de cacher ?

Était-ce quand je m'étais rendu compte de sa vulnérabilité et de sa sensibilité dont elle se protégeait à tout prix ? Si on y ajoute son rire, son sourire et sa détermination, j'étais fichu dès le premier jour.

Mais depuis qu'elle était consciente que perdre Xavier était une possibilité, je savais qu'elle sacrifierait n'importe quoi pour le garder en vie. Je devais juste m'assurer qu'elle n'irait pas jusqu'à se sacrifier.

— Si on se lance là-dedans, vraiment, je vais devoir te donner un cours accéléré sur les voyages oniriques.

— Je connais déjà les deux premières règles, rappela-t-elle, les yeux plissés. Qu'est-ce que je dois savoir d'autre ?

Je me retins de l'étrangler.

— Je n'ai pas le temps d'entrer dans les détails, mais je te répète la première règle : si t'es blessée ici, tu le seras aussi dans la réalité.

Je levai sa main pour lui montrer les coupures superficielles qui parsemaient sa paume.

— Comme ça.

— Je sais, dit-elle d'un ton agacé. J'ai compris.

— Règle numéro deux : ici, tout, et j'insiste sur ce point, n'est qu'illusion. On se déplace tous les deux ensemble, mais qu'est-ce qui se passera quand on se faufilera sous une montagne composée entièrement de Lumentium ? Qui sait ? Tout peut partir en vrille.

— Sauf que j'ai vécu toute ma vie entourée de Lumentium. Je devrais m'en sortir.

C'était juste, elle n'allait probablement ressentir aucun changement, mais ce ne serait pas mon cas. Toutefois, il était hors de question que je la laisse pour cette simple raison.

— Troisième règle : le temps passe différemment ici. Ce qui peut sembler prendre des heures ne dure en réalité que quelques secondes dans certains cas, et dans d'autres, des secondes ici peuvent correspondre à des heures dans la réalité. Tout dépend de toi et de l'endroit où tu te trouves. Aucune structure temporelle logique ne régit cette dimension, donc, la meilleure manière de procéder, c'est d'entrer et de sortir tant que tu te souviens encore que tu rêves.

Cette troisième règle sembla la prendre un peu au dépourvu. Elle se tordit les mains, mais finit par reprendre de l'aplomb pour m'adresser un signe de tête hésitant.

— D'accord, je crois que j'ai compris. Est-ce que t'as oublié quelque chose ?

Il existait une centaine d'autres règles, mais nous n'avions pas le temps de les passer en revue. Je sentais déjà mon pouvoir s'épuiser, alors que nous n'avions même pas commencé.

— Quatrième règle : c'est toi qui commandes. T'es

sur ton territoire. C'est ton rêve. T'as le pouvoir. Mais utilise-le sagement. Plus tu vagabondes dans le Royaume des Rêves et t'éloignes de ton corps, plus tu puises dans ta magie. La dernière fois que tu t'es trouvée à une grande distance de ton corps, t'as arrêté de respirer. Ça veut dire qu'on a peu de temps. T'as utilisé beaucoup d'énergie pour maintenir Xavier en vie, alors il t'en reste une quantité assez limitée.

L'inquiétude envahit son visage, mais elle se reprit rapidement.

— Toi aussi.

— Exactement, c'est pour ça qu'on va y aller et se tirer aussi vite que possible, en priant tous les dieux et déesses qu'on connaît de ne pas nous faire prendre.

— Prendre ? Qui pourrait bien nous arrêter dans un rêve ?

Je ris jaune lorsque je réalisai le peu qu'elle savait sur ce monde, alors que c'était de lui qu'étaient nées les Luxas.

— La guilde prétend qu'elle ne manie pas la magie, que les porteurs de magie représentent un fléau pour ce monde, et pourtant, cette montagne entière tire son énergie des morts. La magie noire a plutôt tendance à être imprévisible. Je ne sais pas quelles protections ils ont mises en place. Pourquoi tu crois que la mort des gens leur importe peu ? Parce que cela ne fait qu'accroître leur source d'énergie.

Vale me donna une bourrade dans la poitrine, le feu qui brûlait dans ses yeux était à un cheveu de se transformer en incendie.

— Tu te moques de moi ? T'as attendu jusqu'à maintenant pour me dire un truc pareil ?

Nous n'avions pas de temps à perdre avec ses mouvements d'humeur. Nos vies étaient en jeu.

— Qu'est-ce que ça aurait changé de te le dire ? T'étais déjà bouleversée par la mort de tes parents. Si je t'avais expliqué qu'ils servent probablement à alimenter toute la magie de cette montagne, la pilule serait certainement mal passée.

— Alors, comment on fait ? rétorqua Vale, les dents serrées et le regard noir. Comment je nous emmène là-bas ?

— Comment t'as quitté les ténèbres pour te rendre au temple ? demandai-je, persuadé qu'elle connaissait déjà la réponse.

— Comment est-ce que tu sais que j'étais dans les ténèbres ? m'interrogea-t-elle, les bras croisés sur sa poitrine.

— C'est là-bas que t'as vu ta sœur pour la dernière fois.

Je choisis de ne pas lui rappeler qu'il était très peu probable que cette petite blonde soit sa sœur, mais nous avions déjà abordé ce sujet.

— C'est logique que tu sois retournée au seul endroit qui t'a apporté un peu de réconfort. Trouver Nyrah a toujours été ton objectif, c'est ce qui te motive depuis le début. Tu devais forcément être là-bas pour commencer.

— Pour être honnête, je n'aime pas que t'en saches autant sur moi. J'aimerais en savoir plus sur toi. En apprendre plus sur ta jeunesse, sur la vie que t'as menée, sur les choses que t'as vues. Ça devait être plus sympa que mon enfance.

Je ne pouvais pas la contredire sur ce point, mais il y avait toujours du bon et du mauvais.

— J'ai vu un tas de choses sur ce continent. Mais le seul endroit que je n'aie jamais visité, c'est celui où nous nous rendons, alors il va falloir qu'on se fie entièrement à tes souvenirs. Tu penses en être capable ?

Ravalant sa salive, elle hocha la tête, tremblante.

— Je pense que oui.

— Digne de la petite téméraire que t'es, murmurai-je en l'attirant dans mes bras et en déposant un baiser sur sa tempe. Pour aller là-bas, tu dois répéter le même processus que t'as employé pour quitter les ténèbres. Ferme les yeux et imagine exactement où tu

veux te rendre. À quoi ressemble l'intérieur de la montagne ? Est-ce qu'il y a des tunnels ? Des torches ?

Elle pâlit légèrement et ferma les yeux tandis qu'elle s'accrochait à moi de toutes ses forces.

— Il fait noir sous la montagne, toujours. Sauf à midi, lorsque le soleil brille au-dessus de la crevasse. Ce n'est qu'à ce moment-là qu'on peut vraiment profiter de la lumière. Il y a des escaliers en pierre partout, mais presque aucun n'a de rampe, car la plupart sont ouverts sur le gouffre qui s'ouvre en dessous.

Au fur et à mesure de sa description, le temple et la forêt sombre disparurent. Nous traversâmes l'espace et le temps à l'aide de sa magie, que je sentais sur ma peau. Elle nous emmenait vers le seul endroit où je n'avais jamais été. Direveil n'existait pas deux cents ans plus tôt. La chaîne de montagnes, oui, mais pas la montagne sombre de la guilde. Du jour au lendemain, celle-ci était sortie de terre, comme le doigt d'un dieu dressé vers le ciel.

Quelques instants plus tard, nous nous retrouvâmes plongés dans l'obscurité, la faible lueur projetée par les torches éclairant à peine l'étroite passerelle qui s'étendait sous nos pieds. Je ne pouvais m'empêcher de fixer les entrailles du repaire de la guilde.

De la maison de mon frère.

Je ne savais pas ce que je pensais voir en arrivant là, mais ce n'était pas l'idée que je m'étais faite.

Des passerelles délabrées menaient à des escaliers périlleux, dont les pierres semblaient à deux doigts de se désagréger. Dans le vaste espace noir, où Vale ne pouvait probablement pas voir, il y avait un grand précipice qui semblait sans fin. Il donnait l'impression de mener jusqu'au centre de la terre.

Elle tremblait dans mes bras alors qu'elle tâtonnait à la recherche de la paroi rugueuse.

Voilà pourquoi elle avait le vertige. Pourquoi elle s'accrochait si fort aux rampes et détestait tous les escaliers qu'elle croisait. Cet endroit était terrifiant en soi, même si on oubliait le risque d'être exécuté pour le simple fait d'être une Luxa.

La mort semblait attendre à tous les tournants et suivre les habitants comme leur ombre.

Et elle m'attendait aussi. Je l'avais prévenue de l'effet que le Lumentium avait sur moi, et j'avais présenté ça comme une chose banale, mais dans le Royaume des Rêves, le minéral empoisonné semblait me transpercer de toutes parts. Je respirais comme si des lames de rasoir sillonnaient mes poumons.

En étouffant la douleur, je la serrai contre moi d'une poigne ferme.

— Je ne te laisserai pas tomber, Vale. Je te le promets. Tu contrôles cette dimension.

Elle détacha son regard du bord du gouffre, son pouvoir étincelait dans ses grands yeux effrayés. Même en ce lieu, où le poison prédominait, elle était l'image même de la force. Seule une personne qui affrontait bravement ses peurs pouvait se jeter dans la gueule du loup de la sorte.

— Je suis aux commandes. C'est mon domaine. Mon rêve. C'est moi qui ai le pouvoir ici, murmura-t-elle pour elle-même en se redressant. *Par ici.*

Elle me prit la main pour me conduire vers un escalier plus large, taillé dans le flanc d'une stalactite proche de l'effritement. Deux cents ans d'humidité avaient érodé le calcaire pour n'en laisser presque rien. Heureusement, le trajet fut court et nous amena à un grand couloir en pierre éclairé par des torches faiblissantes. Sur les côtés du passage se trouvaient des cavités obscures du fond desquelles s'élevaient des ronflements, comme si leurs occupants étaient assoupis depuis toujours.

Au bout du couloir, nous tournâmes à gauche et suivîmes un labyrinthe de corridors jusqu'à un trou caché dans le mur. Heureusement, il était désert, mais les vestiges de quelques affaires jonchaient le sol. Dans un coin, un tas de chiffons faisant office de couchette me fit réaliser le peu qu'elle possédait avant qu'elle arrive au château.

Avant qu'elle m'appartienne.

Avant qu'elle accepte d'être ma Reine.

— Ce n'est pas grand-chose, mais c'était mon foyer.

Il n'y avait aucune chaise ni aucune table. À peine un coussin sous des couvertures élimées, elles-mêmes aussi minces que du papier.

— Vous avez habité ici tous les quatre ? demandai-je, stupéfait que quelqu'un, sans parler d'une famille, puisse vivre dans ces conditions.

Je me baissai pour pénétrer dans l'alcôve basse de plafond guère plus grande qu'une masure.

Elle secoua la tête avant de se diriger vers le coin le plus éloigné de l'entrée pour palper une pierre comme si elle cherchait quelque chose.

— Quand mes parents étaient en vie, on avait des quartiers plus grands, mais on a été déplacés à leur mort.

J'étais certain que mon frère – dont je connaissais plutôt bien la perversion –, les avait mises dans ce trou dans le but de les punir pour les crimes supposés de leurs parents.

— J'avais l'habitude de dormir dans un hamac suspendu, et c'était presque agréable. Rien à voir avec le confort du château, mais on faisait avec les moyens du bord. À l'époque, la guilde entretenait encore des cultures et on disposait d'une cuisine. Ma mère faisait ce qu'elle pouvait, et la vie n'était pas si terrible avant qu'ils meurent.

Elle plongea la main dans un trou presque invisible dans le mur et en extirpa un paquet enveloppé de tissu. Les mains tremblantes, elle le déballa et poussa un soupir de soulagement. La reliure en cuir semblait ancienne, vieille d'au moins cinq cents ans, et lorsqu'elle ouvrit délicatement le livre, elle passa affectueusement son doigt sur une liste de noms.

— Le voici, murmura-t-elle, avant de refermer le recueil et de l'envelopper à nouveau dans le tissu.

Elle cligna des yeux et s'essuya le nez avec le dos de sa main qui en devint rouge.

Notre temps était officiellement écoulé.

— Eh bien, regardez qui va là. Ma Luxa depuis longtemps égarée et le frère que je n'ai pas eu l'occasion de tuer, le tout servi sur un plateau. Je ne savais pas que c'était mon anniversaire.

Je fus pris de frissons. Je n'avais pas vu Arden depuis deux siècles, et pourtant, j'aurais reconnu sa voix n'importe où. Je pivotai sur mes talons pour faire face à mon frère en essayant de cacher Vale derrière moi.

— Je vais prendre plaisir à te brûler vive, petite Luxa. Et cette fois, tu ne pourras pas te défiler.

Arden avait bien changé pendant tous ces

siècles. Des symboles noirs marquaient ses joues et sa chair était tatouée de sorts d'asservissement. L'or de son dragon étincelait dans ses yeux, malgré le fait que son animal était emprisonné dans son corps à cause de tout le Lumentium qui l'entourait. Mais pire encore, la jeunesse et la lumière, qui lui étaient caractéristiques quand il était enfant, avaient disparu depuis longtemps.

Il ne restait que la folie.

Je ne savais pas du tout comment il savait que nous étions là, mais le scénario que j'avais craint s'était réalisé. La magie de Direveil se nourrissait des morts, et nous jouions avec le feu dans le Royaume des Rêves.

Bizarrement, il avait attendu notre venue. Peut-être que c'était son plan depuis le début. Ce qui aurait expliqué pourquoi il avait provoqué Vale en utilisant son nom souverain au bal et pourquoi il avait commandité toutes ces attaques.

Il avait souhaité qu'elle vienne là.

— Ça fait beaucoup de mots pour dire « je suis un gros naze », se moqua Vale, qui était malheureusement trop loin de moi. Combien de fois t'as essayé de me tuer sans y parvenir ? Ce n'est pas la quatrième, maintenant ? Ou la cinquième ?

Arden sembla serrer les dents, ses pupilles se changèrent en fentes lorsque son dragon s'excita.

— T'es comme un cafard, sale petite sorcière. Et je

t'écraserai comme ce nuisible. Lui, j'ai besoin qu'il reste en vie. Toi, pas tant que ça.

— Tu n'as pas pu me tuer avec un couteau en main, espèce de sac à merde, rit Vale.

Le son de sa voix retentit autour de nous tandis que sa lumière émergeait sous sa peau.

— Et aussi intelligent que tu penses être, tu oublies un fait très important.

Arden n'attendit pas la suite, il s'élança dans la pièce mais fut projeté en arrière par un mur de magie.

De la lumière dorée jaillissait de chaque pore de la peau de Vale.

— Je suis la Luxa choisie. Je suis dans mon domaine. C'est moi qui ai le pouvoir ici, pas toi.

Arden sembla fulminer et des écailles orangées recouvrirent sa peau. Son corps grandit, effritant la pierre autour de lui. Des griffes surgirent au bout de ses doigts, ses os craquèrent et se brisèrent. Au milieu de sa métamorphose, avec son corps en pleine expansion, il bloquait notre seule issue.

Nous n'avions aucun moyen de sortir de là.

Les yeux grand ouverts, Vale s'élança vers moi. Son corps entra en collision avec le mien, ce qui nous fit tomber à la renverse.

Nous revînmes à la réalité quand nos pensées nous renvoyèrent tous les deux dans nos corps au même moment. Je pris une grande inspiration et la serrai contre moi tout en essayant de comprendre où nous nous trouvions. Nous étions toujours installés sur le fauteuil, au chevet de Xavier, mais la nuit était tombée. L'obscurité et le calme nous entouraient, et l'espace paisible était éclairé par des lumières magiques.

Le cœur battant la chamade, je pris son visage entre mes mains et déposai un baiser sur ses lèvres tremblantes.

— Tu m'as sauvé, ma petite téméraire. Tu nous as sauvés tous les deux.

Soudain, quelqu'un m'arracha Vale des bras et l'éloigna de moi. Je faillis perdre la tête, mais je réalisai qu'il s'agissait de Kian.

— Par tous les dieux, femme, qu'est-ce que t'as fait ? s'exclama-t-il.

Sa colère ne parvenait pas à masquer sa peur. Je ne pouvais pas lui en vouloir. La perdre provoquerait notre fin à tous. Malédiction ou pas.

— On n'a pas déjà assez de problèmes sur les bras sans que tu te fasses du mal ? ajouta-t-il en la serrant avec force contre lui. Je t'en prie. Je ne peux pas...

— Je vais bien, assura-t-elle, sa voix étouffée par la veste de Kian.

Les yeux brillants, elle se dégagea de son étreinte. Elle tenait toujours un paquet qui m'était à présent familier, et dont le tissu déchiré renfermait une précieuse cargaison.

Un sourire se dessina sur son visage, pour la première fois depuis que Xavier avait été blessé.

—J'ai réussi.

Kian baissa ses yeux ambrés vers le paquet que j'avais entre les mains. Ses iris s'embrasèrent, comme s'il voulait mettre le feu au livre.

— Ne me dis pas que ton voyage onirique a duré douze heures pour ça.

Mon monde bascula, ce qui me donna la nausée.

— Douze heures ? On est restés là-bas une heure tout au plus. Comment ça, douze heures ?

Je n'arrivais pas à y croire. Mais je savais que j'avais abusé de mon pouvoir. Repousser Arden pour l'empêcher de nous tuer m'avait demandé presque toutes mes forces.

La chair de Kian se recouvrit d'écailles noircies,

son animal étant trop agité pour qu'il puisse le contenir.

— Je suis resté la moitié de la journée ici. Seul. À prier pour qu'aucun d'entre vous ne meure. Je comptais les minutes jusqu'à ce que tu reviennes à mes côtés. J'ai regardé ton nez saigner et j'ai vu ta respiration ralentir. J'écoutais chaque battement de ton cœur et priais pour qu'il ne s'arrête pas.

J'eus un pincement au cœur à ces mots. J'ignorais que nous l'avions laissé seul au milieu de cette situation. Après avoir posé le livre sur la table d'appoint, je tendis la main vers lui pour le rassurer du mieux que je pouvais.

— Je suis vraiment désolée. Je pensais que ça n'avait duré que quelques minutes au plus. Je ne t'aurais jamais fait vivre un truc pareil volontairement. Je ne t'aurais jamais laissé payer les pots cassés.

Je ravalai mes larmes et tentai de me ressaisir.

— J'ai le récit de ma famille. Peut-être qu'il renferme une information sur la malédiction. Peut-être qu'on y trouvera des informations qui nous permettront de sauver Xavier.

Kian me lâcha, ce qui me glaça instantanément le sang. Il recula en traînant les pieds, et les dents serrées à l'extrême, il reprit le contrôle de sa bête.

— C'est bon. Je comprends ce que vous avez fait et pourquoi, mais... Tu pourrais arrêter de te mettre en danger, s'il te plaît ? Je ne pourrais pas supporter de te perdre aussi.

Je voulus à nouveau le toucher, mais il ne semblait pas vouloir de mon contact.

— Ce n'est pas sa faute, gronda Idris en s'approchant de moi. Le Royaume des Rêves est dangereux, mais on a pris un risque calculé. T'aurais dû la voir. Ça fait des siècles qu'une Luxa n'a pas été capable d'un tel miracle.

Si ses éloges me firent chaud au cœur, je m'en voulais énormément d'avoir laissé Kian seul. J'espérais juste que ce sacrifice en valait la peine.

Vacillante, je me tins au chevet de Xavier et m'accrochai au cadre de lit. Je ne voulais pas l'avouer à Idris ou à Kian, mais le voyage à Direveil m'avait plus vidé de mes forces que je l'aurais cru. Les mains tremblantes, je déposai délicatement le livre au pied du lit de Xavier et dénouai les liens du tissu dépenaillé qui le protégeait depuis si longtemps.

La reliure était presque fissurée, l'épais volume de cuir semblait prêt à s'effriter, mais il avait résisté à notre voyage de retour du Royaume des Rêves. Enfin, après toutes ces épreuves, j'avais réussi quelque chose. J'avais échoué bien des fois, mais là, j'avais élaboré un plan et m'y étais tenue.

Les larmes aux yeux, j'essayai de me concentrer sur la couverture, mais ma vue flancha alors que la périphérie de mon champ de vision s'obscurcissait.

— Vale ? m'appela Idris en posant une main chaude sur mon épaule.

— Ça va, j'ai juste besoin d'une minute.

Je venais d'affronter mon bourreau et je m'apprêtais à ouvrir un livre que j'avais ignoré pendant des années. Il était hors de question que je m'effondre maintenant. Nous devions briser cette malédiction. Je devais sauver Xavier, alors je devais me ressaisir et me concentrer.

— Ça va, répétai-je même si tout le monde devait en douter, y compris moi-même.

Je tournai délicatement la couverture et parcourus avec le bout de mon doigt la liste de toutes les Luxas constituant ma famille. Désormais, je savais que nous étions une lignée et que je n'avais pas été maudite par un sort parce que je m'étais mal comportée. Grâce à ces informations, je réalisai que chaque nom souverain était une forme de protection. Chacun d'eux nous permettait de nous cacher et nous protégeait.

Elles avaient été nombreuses avant moi, et mon

cœur se brisa quand je me rendis compte que tant de personnes étaient mortes à cause de cette malédiction.

Mais j'étais sur le point de changer les choses.

Je tournai la page et parcourus l'histoire des Luxas, une version altérée de la légende qu'Idris m'avait racontée il y avait de cela une éternité, me semblait-il. Dans ce récit, il n'y avait qu'un roi condamné à vivre seul et mécontent que le destin l'ait désigné gardien de toute la magie. Si j'avais su que ce livre contenait une histoire comme celle qu'Idris m'avait racontée, je lui aurais accordé beaucoup plus d'attention.

> Peu de gens se souviennent des véritables racines des Luxas, et c'est peut-être mieux ainsi. Le sang des sorcières de la lumière contient des pouvoirs destinés uniquement à celles qui appréhendent le danger qu'ils représentent. Mais au bout d'un certain temps, tous les secrets remontent à la surface.

Même si j'avais dit à Idris que je détestais l'histoire de son ancêtre, une partie de moi l'avait adorée. Cela m'attendrissait de savoir que quelqu'un pouvait tenir à une autre personne au point de sacrifier tout son univers pour elle. Plus je passais de temps avec mes compagnons, plus je comprenais ce sentiment.

> **LES LUXAS SONT NÉES DE LA LUMIÈRE ET DES TÉNÈBRES, LEUR HABILETÉ À FRAN-CHIR LES FRONTIÈRES ENTRE LES ROYAUMES EST À LA FOIS LEUR BÉNÉDICTION ET LEUR MALÉDICTION. ELLES NE SONT LIÉES À AUCUNE DES DEUX RÉALITÉS ET NE PEUVENT CONSIDÉRER AUCUNE COMME LEUR FOYER, CAR L'ATTRACTION DES DEUX CHERCHERA TOUJOURS À LES CAPTER.**

Puis le récit s'orienta vers un épisode que j'avais toujours détesté : le récit tortueux de la malédiction d'Idris. L'histoire de deux frères qui avaient laissé le monde s'embraser parce qu'ils avaient souhaité posséder la même femme. Il expliquait comment la Luxa avait refusé de les diviser, puis avait banni un frère et maudit l'autre.

Cette histoire donnait peu d'informations sur les personnes qu'ils avaient été, et en disait encore moins sur le frère exilé. Elle se contentait d'avertir sérieusement le lecteur que tenter de libérer de ses liens le roi maudit entraînerait la fin de toute chose, et insistait sur le fait que seule une Luxa pourrait le faire.

Une ombre plane sur la Luxa, et elle s'intensifie à chaque génération. Méfiez-vous de la Luxa engendrée par les rêves, car elle annoncera de grands changements et de grandes destructions. Lorsqu'elle prendra pleine possession de son pouvoir, les frontières entre les royaumes seront fragilisées, la Bête sera libérée et le Maudit sera délivré de ses chaînes.

J'aurais aimé connaître mes capacités bien plus tôt. J'aurais souhaité que mes parents me préviennent de ce qui allait arriver et m'informent sur mon identité. Ils m'avaient préparée à bon nombre de choses, mais pas à un tel destin. Pourtant, ils avaient forcément dû savoir à quoi ressemblerait mon avenir.

J'eus du mal à digérer mon sentiment de trahison, d'autant plus que ceux qui en étaient à l'origine étaient morts. Mais je n'avais pas le temps d'avoir des regrets ou des remords. Nous devions briser une malédiction et sauver mon compagnon. Je devais lire ce fichu livre, même si cela me déchirait les entrailles.

Je continuai à feuilleter hâtivement les pages pour sauter les parties que je connaissais et trouver celles que je ne connaissais pas. Mais il y avait tellement de choses à consulter qu'il me semblait presque impossible de rentrer dans le vif du sujet. Certaines rubriques faisaient penser à un journal intime et d'autres étaient écrites en pattes de mouche. Je reconnus avec évidence l'écriture de mes parents, même si j'avais eu si peu l'occasion de la lire.

Une boule se forma dans ma gorge quand je vis celle de ma mère, et mon chagrin m'étouffa alors que je passais mon doigt sur l'empreinte de chaque mot.

— C'est ma mère qui a écrit, murmurai-je en essayant de ne pas sangloter à cause des plaies ouvertes qu'avait laissées leur mort.

Je voulais leur parler d'elle et de ce qu'elle représentait pour moi. Leur dire comment elle avait réussi à rendre supportable l'horreur qu'était notre vie au sein de la guilde. J'avais gardé tant de choses enfouies en moi, tant de choses qu'ils ne savaient pas ! Même si j'avais vécu un grand nombre de moments terribles sous la montagne, j'avais aussi passé des moments heureux.

Quand nous étions tous ensemble.

Quand nous étions en sécurité.

Mais cette sécurité avait toujours été une illusion, ce qui était difficile à accepter. Là-dessus, Sélène n'avait pas menti. Mes parents avaient volé le parchemin relatant l'histoire des Luxas et l'avaient vraisemblablement transcrit dans ce livre, qu'ils avaient ensuite caché pendant des années sous le nez de la guilde.

À quoi aurait ressemblé ma vie s'ils m'avaient dit ce que j'étais ? À quoi j'étais destinée ? Est-ce que cela m'aurait permis de me préparer aux épreuves ? Aurais-je été plus réceptive et moins hostile à la présence des dragons dont j'étais tombée amoureuse ?

Cela ne m'aurait-il pas permis de gagner du temps ?

Ou serais-je morte comme toutes les Luxas avant moi ?

Je supposai que je ne le saurais jamais.

Au fil des pages, l'écriture de ma mère laissait place à celle de mon père, et le texte devenait moins rationnel, plus difficile à déchiffrer. Plus j'avançais dans le livre, moins ses mots avaient de sens.

CE QUE NOUS AVONS CRÉÉ DOIT CESSER D'EXISTER. CETTE MAGIE SIGNERA NOTRE ARRÊT DE MORT, UNE EXTERMINATION MÉRITÉE. NOUS DEVONS SUPPRIMER LES PAVILLONS DES SONGES POUR ASSURER NOTRE SURVIE À TOUS.

Voulaient-ils annihiler le Royaume des Rêves ? Pourquoi auraient-ils voulu le détruire ? Cela n'avait aucun sens. Et pourtant… la formulation me rappelait en quelque sorte l'avertissement du mage.

Je secouai la tête. Malvor était un dément qui s'était plié aux ordres d'un maniaque. Que pouvaient bien changer ses divagations ?

Mais lorsque je tournai la page, tout mon univers s'écroula.

Haletante, je fis courir mes doigts sur les bords déchiquetés. Un morceau entier du livre avait disparu, comme si quelqu'un l'avait arraché à la hâte de la reliure. Prise de nausée, je me cramponnai au cadre du lit et priai pour qu'il me soutienne alors que mes genoux menaçaient de se dérober. Je n'avais rien trouvé sur la façon de briser la malédiction et d'arranger les choses. Le livre était rempli d'avertissements et de conneries, mais ne contenait rien de significatif.

Il devait y avoir autre chose. Je ne nous avais pas fait frôler la mort pour... pour... *ça*.

— Qu'est-ce qu'il y a ? demanda Idris d'une voix forte, la main sur mon épaule, comme s'il ne savait pas s'il devait me retenir ou me laisser tomber.

Et curieusement, je ne le savais pas non plus.

— Il n'y a plus rien. Le reste du livre a disparu, murmurai-je en posant les yeux sur le corps immobile de Xavier.

Depuis mon réveil, il n'avait pas bougé d'un pouce, et à présent, j'étais démunie. Incapable de l'aider, lui ou n'importe qui d'autre.

À quoi tout cela avait-il servi ? La torture, la douleur. En quoi cela avait-il valu la peine si je n'étais pas censée faire le bien en redressant les torts ? Si je n'étais pas censée réparer ce qui avait été cassé ?

Intérieurement, je fulminais. La rage ardente que j'avais contenue pendant si longtemps s'embrasa. Un cri me déchira la poitrine, et je jetai le livre contre le mur en haïssant chaque page qui tomba de la reliure abîmée. Mes yeux s'embuèrent de larmes qui brouillèrent ma vision déjà affaiblie.

— Je ne peux pas briser ta malédiction. Je ne peux pas guérir Xavier. Je ne peux pas retrouver ma sœur. Je ne peux rien faire. *Rien* arranger.

— Hé ! s'exclama Kian en prenant mon visage entre ses mains pour m'obliger à le regarder. Concentre-toi, petite sorcière. On n'est pas moins bien lotis qu'avant, mais notre situation empirera si tu ne te calmes pas.

Je me dégageai de ses bras et me retins d'exploser. Je voulais détruire quelque chose... n'importe quoi. Je voulais prendre quelque chose de précieux et le casser. Je voulais... Je regardai Xavier, dont le corps imposant avait à peine assez de place dans le lit. Les pointes de ses cheveux étaient encore ensanglantées par le voyage que nous avions effectué jusqu'à ce minable monastère.

Il était dans cet état à cause de moi, et je n'étais pas assez forte pour le guérir. À présent, il ne se réveillerait peut-être jamais.

— Tu ne crois pas que t'en fais un peu trop ? lança une voix douce depuis l'encadrement de la porte.

Avec ma vision brouillée, je ne vis qu'une masse de cheveux rouges.

— C'est une chose de faire une scène, mais ma chère, tu vas détruire le bâtiment, là. Tu devrais baisser d'un cran, non ?

Je fermai les yeux et tentai de faire le vide dans ma tête. Freya ne pouvait en aucun cas être là, et pourtant, quand je les rouvris, c'est bien elle que je vis. Comment avait-elle pu savoir où nous nous trouvions ?

— J'en fais trop ? grommelai-je, remarquant au même moment la lumière flamboyante qui jaillissait de mes doigts.

Le sol de pierre roussissait à mesure que mon corps rayonnait de chaleur.

— Mon compagnon agonise dans un lit d'hôpital, et tu trouves que j'en fais trop ? On ne peut pas tous être des vampires millénaires au cœur de pierre, Freya. Certaines personnes ressentent des choses.

Elle eut le culot de lever les yeux au ciel. Je jurai que, si elle recommençait, je trouverais un moyen de tuer la vampire.

— Ces jeunes médecins n'y connaissent rien, aux partenaires liés par le destin, dit-elle d'un air sacrément calme en entrant dans la pièce comme si je n'étais pas à une seconde de péter un plomb. Je sais comment tu peux le guérir si tu veux bien te calmer et me laisser te toucher.

— Si tu connais un moyen de le sauver, je suis prête à tout.

C'était la vérité. S'il existait un moyen d'aider Xavier à se réveiller, je n'hésiterais pas. Qu'est-ce que cela changeait si je ne pouvais pas briser la malédiction ? Au moins, je pourrais rectifier quelque chose, même si le livre de ma famille ne m'était d'aucune utilité.

Je fermai les yeux pour rappeler mon pouvoir. Je pris de profondes inspirations afin de calmer la rage qui faisait bouillonner mon sang. Mais elle avait sa propre vitalité et enserrait mon cœur.

Freya continuait de parler, elle racontait une histoire étrange que je n'avais pas particulièrement envie d'écouter. Les mots jaillissaient de sa bouche, mais je n'arrivais pas à me concentrer.

— Est-ce que tu t'imagines à quoi ça ressemble d'avoir un dragon géant qui fait un vacarme pas possible dans le château et perturbe ton sommeil ? Ou ce que ça fait d'essayer de comprendre les gestes à la con qu'il fait, alors que je lui demande pourquoi il est couvert du sang de Xavier ? Je dois dire que cette journée n'a pas été ma préférée, petite Luxa. Loin de là.

Malgré ma tentative pour me calmer, je n'avais pas réussi à m'arrêter de ruminer, mais j'y parvins quand j'appris que Rune était allé chercher l'aide de Freya.

— Il a fait quoi ? m'exclamai-je.

Bouche bée, Kian et Idris la regardaient comme si elle avait trois têtes.

— Oh, ouais, ronchonna-t-elle avec une posture menaçante. Est-ce que j'ai oublié de mentionner la partie où il a cassé les portes de mon balcon et m'a tirée de mon lit pour me sortir dans la cour glaciale ? J'étais nue avec une *invitée*. Non seulement elle a été terrifiée, mais mon corps a pris des coups de froid à certains endroits où ça ne devrait jamais arriver.

Je ne pus m'empêcher de ricaner. Imaginer Freya qui insultait Rune pendant tout le trajet pour lui avoir donné des engelures, ce devait être la seule chose drôle qui se soit produite de toute cette foutue journée. Enfin, regarder la tête d'Arden s'écraser sur le mur l'avait aussi été, mais la liste était limitée.

— Maintenant que tu t'es officiellement calmée grâce à mes malheurs, il est temps de soigner ton compagnon, grommela Freya en écartant Kian de son chemin et en extirpant une dague de ses chausses. Même si ça fait deux siècles qu'il n'y a pas eu de partenaires liés par le destin, il en existait beaucoup avant que Zamarra foute tout en l'air. Et il n'était pas rare que des couples interespèces se forment. Je suis peut-être une Ashbourne, mais je ne suis pas un dragon. Est-ce que tu t'es déjà demandé pourquoi ?

En réalité, je ne m'étais jamais posé la question.

J'avais simplement supposé que la lignée Ashbourne était composée de multiples espèces.

— Pas vraiment. Je suppose que tu vas nous donner une petite leçon d'histoire ?

— Bien vu, confirma Freya, les yeux plissés, avant de m'adresser un petit sourire. Mon père était un dragon, mais pas ma mère. C'était une vampire, et quand je suis née, j'ai hérité la magie de la lignée des dragons et une fraction de celle des vampires. Ça m'a rendue malade et a engendré une instabilité de mon pouvoir. Mais après avoir compris que je ne me transformerais jamais en dragon, j'ai fini par adopter totalement le côté vampire de ma mère.

— C'était il y a longtemps ? demandai-je, curieuse de connaître les origines de Freya.

Je ne savais pas exactement combien de temps elle avait vécu et découvrais tout juste ce qu'elle avait pu vivre à travers les siècles.

— Il y a plus de mille ans, mais le plus important, c'est que mon père est tombé un jour très malade. Ma mère a fait tout ce qu'elle pouvait, elle lui a insufflé son pouvoir, mais elle ne parvenait pas à le guérir. Jusqu'au jour où elle s'est abandonnée à son vampirisme et lui a donné son sang. Je suis persuadée qu'elle l'a fait avec l'intention de le transformer, mais elle n'en a pas eu besoin. Mon père s'est rétabli en un rien de temps, ses lésions se dissipant à mesure que le sang de ma mère envahissait son organisme. Non, tu n'es pas une vampire, et ce que je propose pourrait très bien ne pas marcher. Mais si ça peut sauver l'un de mes amis les plus proches, on a tout intérêt à essayer.

Elle prit ma main, que je lui laissai volontiers. Et sans même m'avertir, elle me taillada le poignet, d'où coula instantanément du sang. Après quoi, elle me tira pour poser ma chair contre les lèvres de Xavier et faire ainsi couler mon sang dans sa gorge.

Kian et Idris crièrent, mais je savais que c'était notre seule chance. Si je devais donner ma vie en échange de celle de Xavier, je le ferais, et Freya le savait. Étourdie, je me baissai vers Xavier et posai ma tête sur son torse. J'entendis son cœur battre contre mon oreille tandis que le monde se mettait à tourner autour de moi.

Kian s'était élancé vers la vampire, toutes serres dehors, et Idris m'avait soulevé les jambes pour que je ne tombe pas du lit. Mais la seule chose qui m'intéressait, c'était le rythme cardiaque de Xavier qui reprenait de la vigueur. Et quand le monde s'évanouit, je réalisai qu'elle avait eu raison.

Je pouvais guérir Xavier.

Mais je devrais peut-être mourir pour y arriver.

— Pour la cent cinquantième fois, c'était nécessaire, ronchonna Freya en se débarrassant des liens dorés d'Idris et en passant la main sur sa tenue de vol en cuir pour la lisser. Tu crois que je voulais la blesser ? Il y avait une décision à prendre, et je l'ai prise. Si vous m'aviez écoutée au lieu de péter un câble, vous auriez probablement été d'accord.

Je réfléchis aux conséquences que je provoquerais si je me transformais en dragon et que j'arrachais la tête de Freya. Au lieu de cela, j'enfouis mon nez dans les cheveux de Vale pour inspirer son parfum. Certes, cela n'atténua en rien ma colère, mais au moins, les battements du cœur de ma compagne me rassuraient. Depuis mon réveil, Vale n'avait toujours pas bougé dans mes bras, et la saveur cuivrée de son sang persistait dans ma bouche.

Cela me rappelait le moment où je l'avais tenue dans mes bras sur le chemin de Tarrasca. Son petit corps s'accrochait au mien alors que je me demandais si je reverrais un jour ses magnifiques yeux verts. Là encore, je devais lutter contre l'envie de trouver la personne qui lui avait fait du mal et de la démembrer petit à petit.

— Tu lui as tranché le poignet sans prévenir personne, et surtout pas elle, et après, tu l'as laissée se vider de son sang jusqu'à ce qu'elle s'évanouisse. Et j'oublie de dire que je perçois l'odeur de la magie noire sur elle, balançai-je d'une voix rauque, ma raison ne tenant plus qu'à un fil. Dis-moi, dans quel monde ses compagnons ne seraient *pas* absolument furax ?

— Ce n'est pas ma faute si t'as mis une éternité à te réveiller. Je t'ai sauvé la vie. Je t'en prie. Si ça t'énerve autant qu'elle ne se soit pas encore réveillée, tu devrais peut-être la guérir à ton tour. On sait tous les deux que son sang est assez puissant pour te redonner une forme optimale. Pourquoi tu n'arrêterais pas de te plaindre de mes méthodes et tu n'accepterais pas plutôt de me donner raison ?

Ce n'était pas la question. Je sentais mon corps plein de vigueur, l'énergie inondait mes membres comme un raz-de-marée. La douleur provoquée par la blessure que j'avais reçue au flanc avait disparu depuis longtemps. La seule chose qui m'agaçait, c'étaient les points de suture, dont je n'avais plus besoin. Mais derrière tout ça, derrière les odeurs d'encens et d'herbes des toniques et potions des mestres, derrière l'odeur du sang et de la mort, je ne percevais que le délicieux parfum de Vale qui reposait dans mes bras.

— Elle te fait confiance, grommelai-je en serrant Vale contre mon torse, impatient qu'elle se réveille. Tu n'as jamais pensé que t'es la première figure féminine dans sa vie sur laquelle elle peut compter après sa propre mère ? Qu'elle n'a jamais eu quelqu'un pour la guider ? T'as mille ans. Tu devrais avoir un peu plus de jugeote.

Freya tamponnait les égratignures de son cou qui cicatrisaient rapidement, pendant qu'Idris maintenait Kian sur une chaise à moitié cassée grâce aux cordes dorées de son pouvoir pour éviter un nouvel excès de violence.

— Elle aurait pu rebasculer dans le Royaume des Rêves. Elle aurait pu y rester coincée, incapable de revenir en arrière, murmura Idris, la peur gravée sur chaque trait de son visage. Elle aurait pu aller là où je ne pouvais pas la rejoindre. Arden aurait pu l'enlever. Tu ne comprends pas à quel point son pouvoir est fragile et spécial. Je n'ai jamais vu quelqu'un connecté ainsi au Royaume des Rêve. Pas depuis...

Zamarra.

Pas depuis Zamarra.

Tout nous rappelait cette femme, et je détestais que Vale soit prise au milieu de ces conneries.

— Tu crois que je ne le sais pas ? fulmina Freya. J'ai pris un risque calculé en me basant sur les informations dont je disposais.

— Pour une fois que je te suggère de réfléchir... tonna Kian, qui continuait de lutter contre les liens d'Idris.

— Eh bien moi, je vous suggère d'écouter, bande d'imbéciles, avant qu'on perde notre temps et qu'on se retrouve baisés, le coupa Freya avec un regard glacial. Même si j'en veux encore à Rune, je suis contente qu'il soit venu me chercher. Sur le chemin, j'ai aperçu un bataillon de mages giroviens qui se dirigeait vers Tarrasca.

Je me redressai en entendant cette information et Kian s'acharna sur ses liens pour se libérer.

— À quelle distance ils sont ? demanda Idris, sans quitter des yeux Vale.

— Deux jours au moins. Peut-être trois, si les sorts de protection tiennent le coup, dit Freya en jetant à la poubelle la compresse ensanglantée qu'elle avait utilisée sur la blessure de Vale. J'ai donc besoin que vous sortiez de cet hôpital, que vous montiez à dos de dragon et que vous vous mariiez dans les prochaines vingt-quatre heures. Si la malédiction n'est pas levée comme ça, ça prouvera au moins aux gens que vous essayez. Dans le pire des cas, Vale bénéficiera de la protection de la Couronne.

Même si cela lui était complètement inutile dans l'immédiat.

Assoupie, elle était aussi immobile qu'une tombe, ses seuls mouvements étant ceux de sa poitrine. Si ce que Freya disait était vrai, nous n'avions pas de temps à perdre. Je fermai les yeux et me concentrai pour lui redonner par la pensée une fraction du pouvoir qu'elle m'avait offert, en priant pour qu'elle ouvre les yeux. Et comme elle l'avait fait à dos de cheval, un jour qui me semblait s'être passé des siècles plus tôt, Vale se blottit contre moi et frotta sa joue contre mon torse, comme un chat heureux.

— Ça a marché ? marmonna Vale d'un air endormi, entourant mon cou de ses bras frêles et enfouissant son visage contre mon épaule. J'espère que ça a marché.

— Ça a marché, mon amour, dis-je alors que je resserrais mon étreinte. Mais j'aurais préféré que tu n'en pâtisses pas.

Vale s'écarta et me transperça de son regard vert. Je fus submergé par le soulagement qui l'envahit et que je pouvais sentir grâce à notre lien et à ses yeux qui se remplirent de larmes. Un instant plus tard, elle me serra violemment contre elle, comme si elle pensait que je disparaîtrais tout à coup si elle me lâchait.

—Je... On... t'avait presque perdu. J'ai cru que tu m'avais abandonnée. Ne me refais jamais ça. Tu comprends ? Tu ne peux pas me quitter. J'ai promis de rester à tes côtés, n'est-ce pas ? dit-elle rapide-ment d'une voix paniquée, avec des sanglots qui ébranlèrent mon âme.

— Je ne te quitterai jamais. Je te le promets. Tu ne me perdras pas.

Elle se redressa à nouveau, son nez était rougi et ses yeux gonflés. Pourtant, je n'avais jamais vu une aussi belle femme qu'elle.

— Tout ça est touchant, mais...

Freya s'interrompit quand Kian libéra ses épaules des liens d'Idris.

Il se leva de sa chaise alors que ses bras se recouvraient d'écailles et que ses pupilles se changeaient en fentes. Mais il ne se jeta pas sur Freya et ne m'enleva pas Vale. Non, Kian s'assit simplement au bord de mon lit et repoussa une mèche du visage de notre compagne.

— T'es bien la seule femme capable de pleurer à chaudes larmes et de s'en tirer comme ça.

Vale rougit et lui prit la main pour la presser sur sa joue.

— Mais t'es sur le point de m'annoncer une mauvaise nouvelle, h in ? Je peux pratiquement entendre ton esprit agité.

Kian sourit d'un air un peu triste. Je comprenais. Je ressentais la même chose au fond de moi quand je pensais au mariage qui la lierait à Idris, et pas à nous. Quand je l'imaginais s'engager devant tout le royaume, alors que nous ne serions jamais officiellement reconnus comme ses compagnons. Me remettrais-je un jour de cette blessure ?

— On va devoir avancer le calendrier du mariage, dit Kian, dont la douleur qu'il ressentait dans sa poitrine faisait écho à la mienne. Une menace se dirige vers Tarrasca et on doit assurer ta protection. Et je pense que si ce mage a dit que tu ne devrais jamais te lier à Idris, il faudrait que tu fasses le contraire. C'est un plan de merde, mais on n'en a pas de meilleur.

Vale regarda Kian puis Idris avant de baisser les yeux vers ses genoux. Pour une fois, son esprit était étrangement calme, comme si elle nous cachait ses pensées et s'était taillé un espace qui lui était réservé.

— Quand ?

— Demain soir au plus tard, déclara Freya en contournant le lit pour se diriger vers la porte. Je ne pense pas que les protections magiques puissent tenir plus longtemps.

Vale hocha la tête, comme si elle acceptait lentement la situation.

— Tu penses pouvoir tout préparer d'ici là ? Je n'ai pas fait mes essayages ni étudié tous les protocoles que tu m'as conseillé d'apprendre.

— On fera tout pour que ça marche, assurai-je à Vale en la serrant contre moi pour déposer un baiser sur sa tempe. Je te le promets.

Elle s'éloigna et quitta le lit. Je la vis alors, debout devant moi, revêtir mentalement le manteau royal. Elle se redressa et se tint bien droite, puis leva le menton et regarda Idris.

— Je suis prête si tu l'es, murmura Vale, ce qui me fit mal au cœur.

Idris prit sa main dans la sienne et déposa un baiser à l'intérieur de son poignet nouvellement guéri. La cicatrice continuait à s'estomper.

— Ça fait deux cents ans que j'attends de t'épouser. On peut dire que ça fait un certain temps que je suis prêt.

J'aurais voulu dire qu'entendre cet échange et les observer quitter la pièce ne m'avait pas arraché le cœur, mais j'aurais menti.

L'amour de ma vie venait d'accepter d'épouser l'un de mes meilleurs amis.

Et je ne serais que spectateur.

Nous arrivâmes des heures plus tard au château. Le voyage révéla la quantité d'énergie que Vale avait dû mobiliser pour me soigner. Ma métamorphose pour reprendre ma forme humaine se fit en douceur, et pourtant, je ressentis la douleur de ses os et les tensions de ses muscles quand elle descendit de Rune.

Vale était épuisée, à peine capable de tenir debout. Idris l'emporta à l'intérieur. Freya alla immédiatement se mettre au travail pour s'occuper des préparatifs du mariage. En partant, elle maugréa, disant qu'il fallait rallonger la liste des invités et informer le conseil du changement de date. Kian partit lui aussi, concentré sur la gestion de ses soldats et la sécurité du château et de Festia.

Je doutais que l'un comme l'autre dorme ce soir.

Et je ne dormirais pas non plus.

Je me surpris à suivre mon Roi et ma compagne, conscient que ma vie ressemblerait à ça désormais. Toujours un pas derrière eux. Jamais reconnu pour ce que je représentais pour elle. Je craignais que cette douleur grandisse avec le temps et devienne un cancer qui me pourrirait probablement de l'intérieur.

J'avais toujours dit que la jalousie d'Idris avait causé sa perte. S'il n'avait pas été aveuglé par le fait que son frère courtisait la femme qu'il aimait, il aurait vu ce qu'Arden et Zamarra préparaient. J'étais persuadé que cette malédiction n'aurait pas affligé le continent s'il avait ouvert les yeux.

Mais en les regardant monter les escaliers menant à l'entrée du château, je réalisai que la jalousie causerait aussi ma perte. Cela ne me dérangeait pas que Vale ait trois partenaires et que je doive la partager. Par contre, l'anneau qu'elle porterait au doigt me gênerait parce que je n'aurais jamais celui qui lui était assorti.

L'idée de ne jamais porter sa marque me troublait.

Tout comme l'idée de ne jamais pouvoir revendiquer mes petits si elle tombait enceinte de moi.

Et pourtant, je ne pourrais pas m'opposer à ce mariage. Pas s'il assurait sa protection.

Pas s'il garantissait la sécurité du royaume.

Pas s'il permettait de briser la malédiction.

L'amour de ma vie allait se marier demain, mais je n'étais pas l'heureux élu.

— Xavier ? m'appela Vale, dont la voix à peine plus forte qu'un murmure charma tout de même mon cœur.

Elle me tira de mes lamentations.

— Oui, Amour ?

— Tu viens ? demanda-t-elle en me regardant de ses magnifiques yeux verts par-dessus l'épaule d'Idris. Je dois te demander une faveur et à Kian aussi, quand il pourra se libérer.

Elle affichait un air si craintif et nerveux que je tombai presque à genoux. Comment une si petite chose réussissait-elle si facilement à me plier à sa volonté ? Et pourquoi je le faisais avec joie ?

— Tu sais que je ferais n'importe quoi pour toi,

murmurai-je alors que je les rattrapais. Demande et j'obéirai.

Vale tourna son regard vers moi, puis vers Idris. Leurs visages étaient si proches qu'ils donnaient l'impression de partager le même esprit. Elle hocha la tête et un petit sourire apparut au coin de ses lèvres.

— Est-ce que tu crois que Kian et toi voudrez bien me conduire à l'autel demain ? demanda-t-elle, les yeux embués de larmes qu'elle retint pourtant quand elle tourna la tête vers moi. Freya m'a dit que la coutume voulait qu'un membre de votre famille s'en charge, mais je...

Elle secoua la tête.

— Je n'ai que Nyrah. Et Kian et toi êtes en quelque sorte ma famille maintenant, et j'ai pensé...

—Je le ferai, la coupai-je.

Donner sa main en mariage à quelqu'un d'autre me tuerait, et pourtant, j'étais incapable de dire non.

Pas à elle.

Jamais.

Et même si je devais le lui imposer et le forcer, Kian accepterait tout comme moi.

Je m'en assurerais.

D'une main tremblante, je pris la brosse à cheveux. Malgré le sachet de lavande broyé que Briar m'avait fourré dans les mains lorsqu'elle m'avait apporté mon petit déjeuner, j'étais accablée par la nervosité. La lutine m'avait regardée et avait poussé un petit cri d'horreur, réaction que personne ne souhaitait provoquer le jour de son mariage.

Je ne pouvais pas lui en vouloir.

Malgré les corps de Xavier et Kian lovés contre moi pendant qu'Idris s'assurait que je ne faisais pas de voyage onirique, je n'avais dû dormir que quelques minutes sur toute la nuit. Mon esprit était trop occupé par l'avancée des mages et par les informations alambiquées que j'avais trouvées dans le livre de ma famille. Mais je m'inquiétais aussi de l'éventualité de décevoir les attentes découlant de mon statut de Luxa. Peu importait que je sois au chaud et en sécurité dans ce château, car la guerre imminente transformerait le Crédour. Et je ne savais vraiment pas qui en sortirait vainqueur.

Briar avait dit que la lavande calmerait mes nerfs, mais jusqu'à présent, elle n'avait fait qu'embaumer la pièce et me donner des raisons de la boxer.

Vu sa réaction, j'évitai donc le miroir de la coiffeuse et confiai la brosse à Freya. Si je devais me marier avec la tête d'un zombie, je préférais ne pas le savoir. La vampire s'affairait sur une coiffure compliquée et j'essayais de me calmer.

Seule l'une de nous atteignait son objectif.

Mon regard se posa sur la robe suspendue dans la garde-robe à un crochet finement sculpté. Dans quelques minutes, Freya cintrerait autour de ma taille cette magnifique robe au tissu raffiné, qui ferait de moi une toute nouvelle personne.

Je ne serais plus jamais la pauvre mineuse de Direveil.

Plus jamais l'enfant affamée devenue mère trop tôt.

Plus jamais la sœur brisée.

Je serais reine. La Reine d'Idris. La Reine du Crédour.

De toutes les choses que je voulais réussir, celle-ci arrivait en tête de liste.

Les fils d'or et d'argent de la robe composaient un tissu chatoyant, garni de perles judicieusement placées qui captaient la lumière et formaient une véritable œuvre d'art que seule la meilleure couturière pouvait créer. Elle avait été tissée par magie, et me donnait l'impression d'être indigne d'elle.

Freya fixa la dernière épingle dans mes cheveux pour mettre une mèche en place.

— T'es bien silencieuse, petite Luxa. À quoi tu penses ?

Kian et Xavier en voulaient encore à Freya pour la nuit précédente, mais pas moi. Elle ne s'y était peut-être pas prise de la bonne manière, mais le résultat me convenait. Depuis que je l'avais rencontrée, la vampire avait été la grande sœur que je n'avais jamais eue. Pourtant, elle faisait partie de la famille d'Idris et considérerait *sûrement* comme déplacé que je lui confie ma nervosité d'entrer dans la lignée des Ashbourne. J'ignorais encore tant de choses sur mes compagnons, tant de choses que j'avais besoin de savoir, mais je manquais de temps.

— Il n'y a pas grand-chose à dire, tu sais ? murmurai-je, les yeux rivés sur la robe.

Elle était tellement parfaite que j'en avais mal au cœur.

— Rien de tout ce qui se passe ne semble réel. J'ai l'impression de refaire un voyage onirique, mais cette fois-ci, personne n'est là pour me réveiller.

Le gloussement de Freya réussit là où la lavande avait échoué ; il me détendit légèrement.

— Je déteste avoir à te dire ça, mais tous les mariages font cet effet-là. Je me souviens de ma première union. J'étais noyée sous la montagne de devoirs et de protocoles, mais au final, ce n'était qu'un contrat pour nous. Je n'étais pas amoureuse de l'homme que j'ai épousé. Toi, si.

J'ouvris la bouche pour la contredire, mais son unique sourcil rouge m'empêcha de mentir.

— J'ai l'impression de ne pas le connaître, et pourtant... je ne veux pas le décevoir. On m'a mise en garde toute ma vie sur sa malédiction, et maintenant, je sais que tout n'était qu'un mensonge. Une succession de mensonges perdue dans une avalanche de fausses informations et de demi-vérités. De tout ce que je croyais savoir, sur mon compte ou celui de mes parents, rien n'est réel. Comment je peux savoir si mes sentiments sont réels ?

— Ils le sont. Parce que, même quand t'étais convaincue de le détester, t'es restée, dit-elle avec un sourire qui réconforta un peu la fille inquiète que j'étais. Tu peux essayer de te convaincre que tu l'as fait pour Nyrah, mais on sait très bien toutes les deux que tu trouves injuste ce qui lui est arrivé.

— Même si je ne sais presque rien à ce sujet.

— C'est vrai. Mais il n'y a pas grand-chose à dire. Il est tombé amoureux d'une Luxa et pensait que c'était réciproque. Mais il se trouvait qu'elle était de mèche avec son frère pour lui voler sa couronne et le priver du pouvoir qu'il possédait. La légende relate des tensions fraternelles, mais la vérité est bien pire. Arden et Idris se sont bien disputé Zamarra, mais la malédiction qu'elle lui a lancée n'était pas censée mettre un terme au conflit.

Mes mains s'éclairèrent avant que je puisse me retenir et baignèrent la pièce de leur faible lumière.

— Tu vois ? Une seule mention du mal qui lui a été fait, et tu te mets à briller. Tu l'*aiiiimes*. Tu vas l'épouser, briser sa malédiction et avoir des petits bébés dragons avec lui et tes autres compagnons. Tout ira bien qui finira bien.

Je manquai de m'étouffer.

— Excuse-moi, soufflai-je en essayant de comprendre sa boutade. Des bébés dragons ?

Les joues de Freya se colorèrent et, les lèvres pincées, elle se retint de rire, mais le sujet était sérieux.

— N'aie pas peur, petite Luxa, ça n'arrivera pas avant des années. Les dragons mettent des plombes à se reproduire, s'ils y arrivent. C'est un miracle que l'espèce ne se soit pas éteinte.

Comme s'il voulait fuir ma cage thoracique, mon cœur battait à tout rompre.

— Ne me fais pas peur en disant des trucs pareils. C'est déjà assez pénible de devoir m'exhiber devant tous ces inconnus, ne me fais pas tourner de l'œil avant même d'avoir enfilé ma robe. Cette journée va déjà être assez difficile comme ça.

— Inconnus ou non, tu seras leur Reine. Que tu sois vêtue de cette robe ou d'un sac à patates, rétorqua Freya en posant une main apaisante sur mon épaule. T'es plus qu'une Luxa, plus qu'une sorcière, une femme ou une sœur. T'es un symbole, Vale. Tout comme ta lumière, tu nous guideras. J'ai foi en toi, même si tu ne crois pas en ta valeur.

Je ravalai mes larmes et luttai contre l'envie de la gifler.

— Si ce maquillage est foutu parce que tu me fais pleurer, je ne veux pas t'entendre râler.

— Ouais, ouais.

Quelques minutes plus tard, j'étais engoncée dans la robe, dont le tissu délicat était si beau qu'il faillit me faire verser des larmes. Mais je réussis à me contrôler. N'ayant plus le choix, je regardai le triptyque de miroirs sur pied. Je vis dedans quelqu'un que je ne reconnus pas, mais dont le visage me disait quelque chose. Des épingles en cristal retenaient ma chevelure finement travaillée et qui brillait sous les lumières vacillantes.

Mais ce ne fut pas la beauté chatoyante de la robe qui retint mon attention. Non, je remarquai les cicatrices qu'exposait le haut transparent de la cape.

Sous le tissu translucide, la marque hérétique ressortait, signe sombre et irrégulier entre mes omoplates. Autour, de plus petites cicatrices zébraient ma chair, comme des fragments d'éclair, chacune rappelant mon histoire.

— T'es parfaite, m'assura tendrement Freya en reculant pour admirer son œuvre.

Ma gorge se serra tandis que je regardais fixement la marque. Le symbole gravé dans ma chair représentait mon déshonneur et visait à me dépouiller de ma dignité, à me briser, à faire de moi une esclave pour toujours. À présent, il était exposé à la vue de tous, comme une déclaration brutale et courageuse de ce que j'avais traversé.

Contrairement à ce qui s'était passé au bal, je ne pourrais pas être sauvée par une entrée rapide dans la salle. Là, je serais en hauteur sur une scène, exposée aux yeux et au jugement de tous. Ravalant ma salive, je serrai mes mains gantées, et une question m'échappa avant que je puisse l'arrêter.

— Est-ce que tu penses qu'ils m'accepteront ? demandai-je à voix basse

Freya se figea à nouveau et posa doucement ses mains sur mes épaules pour me tourner vers elle. Son regard était confiant, et j'aurais aimé pouvoir lui emprunter son assurance pour l'avoir sous le coude en cas de coup dur.

— Ce n'est pas important, Vale, dit-elle fermement. Ce qui compte, c'est que tu y ailles en étant fidèle à toi-même. Que tu t'assumes. Aucune marque ou cicatrice au monde ne peut t'enlever cette qualité.

— C'est beaucoup plus facile à dire qu'à faire, admis-je d'une voix à peine plus forte qu'un murmure.

Freya sourit faiblement et prit le voile qui attendait sur le bord de la table. L'étoffe délicate était tissée de fils d'argent et d'or, elle reflétait la lumière comme si des étoiles y étaient cousues.

— T'as surmonté des épreuves plus difficiles,

répondit-elle simplement en le posant sur ma tête d'une main douce et rassurante. Et tu vas aussi réussir aujourd'hui.

La porte s'ouvrit en grinçant, et nous nous retournâmes toutes les deux pour voir Kian et Xavier entrer. Leurs uniformes noirs caressaient leurs épaules, ce que j'aurais aimé pouvoir faire. Kian s'appuya nonchalamment contre le cadre de la porte avec un sourire malicieux. Ses iris ambrés brillaient de son pouvoir. Il donnait l'impression d'être détendu, mais je savais qu'il était loin de l'être. Il faisait bonne figure pour moi, mais il s'inquiétait des mages qui avançaient vers nous et des attaques qui pouvaient se produire durant le mariage. Sans oublier un tas de choses qu'il me cachait pour éviter de m'inquiéter.

À côté de lui, Xavier me regardait de ses yeux froids avec une intensité qui me réchauffait la poitrine. Ces dernières heures, il m'avait coupé l'accès à ses pensées, et même si je détestais ne plus le sentir, je savais qu'il me protégeait à sa manière. Il était aussi préoccupé que Kian et que nous autres.

— Eh bien, si tu cherchais à faire perdre la tête à Idris, mission accomplie.

Xavier se rapprocha de moi pour m'effleurer la joue et son expression s'adoucit.

— T'es époustouflante, Vale, chuchota-t-il. Il ne te mérite pas.

— Exactement ! plaisanta Kian. T'es sûre de vouloir aller jusqu'au bout ? Je connais un dragon ou trois qui pourraient te faire sortir d'ici sans poser de questions.

Il remua ses sourcils, et je réussis à lui adresser un sourire timide. Je savais qu'il ne plaisantait qu'à moitié.

— Vous êtes censés me calmer, pas me faire stresser encore plus.

C'était déjà assez difficile de savoir que des mages se dirigeaient vers Tarrasca, alors je ne pouvais pas envisager, même pour plaisanter, de laisser le royaume et Idris se débrouiller seuls.

— On est là pour ça, petite sorcière, me dit Kian en souriant et en tendant les bras. Allez, sortons dans la cour avant qu'Idris ne vienne te chercher lui-même.

Freya recula et lissa les plis de ma robe avant de reposer ses mains sur sa taille.

— Tu t'en sortiras très bien, dit-elle d'une voix douce, mais assurée. Maintenant, va leur montrer à tous pourquoi t'es la reine.

Je pris une grande inspiration et saisis les bras que me présentaient Kian et Xavier pour me guider vers la porte. Mon cœur battait la chamade, mais je sentis un soupçon de courage pointer son nez quand je posai mon regard sur eux.

Je n'allais pas affronter seule cette épreuve.

Le léger bruissement de ma robe sur le sol de pierre se noya dans le bourdonnement de mes oreilles. La traversée du château ne calma pas du tout mes nerfs. J'avais l'impression d'être épiée par des centaines de personnes, présentes dans ce couloir avec nous, et pourtant je ne voyais personne.

— Je ne sais pas si j'en suis capable, Rune, murmurai-je mentalement à l'attention de la seule personne qui pourrait probablement me secouer.

J'entendis son ricanement et l'imaginai très bien lever les yeux au ciel.

— J'aurais juré que c'était toi qui avais brisé la mâchoire de la reine des sirènes il y a quelques jours. Mais c'était peut-être une autre Luxa. Si je me suis trompé, tu devrais probablement cracher le morceau maintenant pour que ce soit elle qui se marie à ta place.

Irritée par sa remarque, j'aurais bien aimé pouvoir donner une pichenette dans la truffe de ce pigeon obèse.

— Tu sais très bien que c'est une chose de défendre ma vie et une autre de me marier. Tout le monde aura les yeux rivés sur moi.

— *Oui, et je me chargerai de les surveiller. Personne ne fera un quelconque commentaire. Tu verras.*

— Tu t'en sors bien, murmura Xavier d'une voix rassurante, comme s'il pouvait entendre mon cœur palpiter dans ma poitrine. Concentre-toi sur nous.

J'essayai de me concentrer sur la cadence régulière de leurs pas, mais cela ne m'empêcha pas de sentir les regards sur moi. Kian tenait fermement mon bras, et lorsqu'il me vit le regarder, il me fit un clin d'œil.

— T'y es presque, petite sorcière.

Ses capacités lui permettaient de créer des illusions qui semblaient presque réelles. Je le regardai en plissant les yeux.

— Il y a des gens dans ce couloir, n'est-ce pas ? Tu les as fait disparaître pour moi.

— Un petit cadeau pour te calmer, avoua-t-il avec un sourire malicieux alors qu'il posait un doigt sur ses lèvres. Je ne dirai rien si tu le gardes pour toi.

Les massives doubles portes menant à la cour apparurent devant nous, et devant elle, je sentis mon cœur s'emballer. J'entendis, derrière le murmure étouffé de la foule rassemblée, son impatience palpable même à travers le bois épais. À notre approche, deux gardes, dont les armures d'apparat brillaient à la lumière des torches, ouvrirent les portes.

Au moment où l'extérieur apparut, le monde sembla basculer.

La cour était presque méconnaissable. Protégée par un dôme magique, elle mettait en scène un paysage hivernal à couper le souffle. Les flocons de neige dérivaient doucement vers la bulle translucide et fondaient au contact de sa surface chatoyante. À l'intérieur, l'air était chaud, imprégné d'un parfum d'agrumes, de pin et d'une essence délicieusement florale.

J'apercevais à peine les murs de pierre à travers les majestueux arbres aux fleurs blanches fragiles, et des lumières enchantées flottaient entre leurs branches, telles de petites étoiles. L'allée était bordée de grands chandeliers en fer forgé, dont les flammes vacillaient doucement dans l'air statique.

Au bout de l'allée, Rune était perché sur une plate-forme surélevée près de l'autel, son corps rouge et massif brillait comme du métal en fusion sous les lumières magiques.

— *Je t'avais dit que tout irait bien. T'es en sécurité, ma Reine. Je te le promets.*

Avec ses épaules carrées, Idris se tenait à côté de lui, ses yeux dorés rivés sur moi. Même de loin, je pouvais voir un sourire se dessiner sur ses lèvres, un message personnel qui n'était destiné qu'à moi.

— Prête ? me demanda d'une voix douce Kian à qui je fis non de la tête. Je peux aussi les faire disparaître, tu sais. Si tu le souhaites.

Je levai les yeux vers son regard ambré qui brillait et lui adressai un signe de tête tremblant. Un sourire bienveillant et un claquement de doigts plus tard, les invités et le conseil s'étaient envolés. Tout le monde, sauf nous. Mon cœur, qui palpitait si fort que ses battements étaient audibles, j'en étais certaine, commença à ralentir alors que le soulagement me faisait presque fléchir les genoux.

— Allons-y, murmurai-je en faisant le premier pas d'une marche que le soutien de Kian et de Xavier rendait supportable.

Lorsque nous rejoignîmes l'autel, Idris s'avança, la main tendue. Kian et Xavier s'arrêtèrent, chacun se penchant pour embrasser les tourbillons dorés de notre marque d'accouplement sur mon épaule. La chaleur de leurs lèvres persista après qu'ils eurent reculé, et ils me jetèrent un dernier regard avant de s'éloigner pour aller s'asseoir.

Je plaçai ma main dans celle d'Idris, et le monde sembla se figer autour de nous.

— T'es éblouissante, murmura-t-il d'une voix

suffisamment basse pour que je sois la seule à entendre son compliment.

La cour était silencieuse, à l'exception du léger grésillement qu'émettaient les écailles de Rune quand il bougeait derrière nous, seul rappel que je ne rêvais pas. La bulle magique scintilla faiblement au-dessus de nous lorsque l'archevêque s'avança. Ses robes pourpres et noires frôlèrent l'autel quand il leva les mains. Âgé mais aimable, l'homme aux traits flétris m'adressa un sourire bienveillant avant de commencer la cérémonie.

— Nous sommes réunis ici pour assister à l'union d'Idris Ashbourne, roi du Crédour, et de la duchesse Isolde Vale Ténébris, grande Luxa de Tarrasca, déclara-t-il d'une voix grave et impérieuse. Il ne s'agit pas simplement d'une union dictée par l'amour et le destin, mais aussi de celle de la magie, du pouvoir et des responsabilités. C'est une union qui façonnera l'avenir de ce royaume.

Je me forçai à respirer tranquillement, même si mes doigts tremblèrent dans la main d'Idris. Il m'étudiait de ses yeux dorés, chaleureux, mais indé-chiffrables, comme s'il pouvait sentir la tempête qui m'ébranlait. J'avais accepté ce mariage – c'était même moi qui avais pris la décision de me marier –, mais ça ne signifiait pas que je ne doutais pas. Ma vie, ma liberté, mon avenir même, tout allait changer après ce moment.

Idris se tourna complètement vers moi, et l'intensité de son regard me coupa le souffle. Il attrapa mon autre main, dans laquelle sa chaleur s'infiltra, malgré le tissu fin de mes gants, et il y traça de petits cercles apaisants avec ses pouces.

— Vale, commença-t-il d'une voix grave et assurée, mais débordante d'émotion. Je n'en attendais pas autant de toi. Je ne mérite pas d'avoir trouvé une femme comme toi. Tu incarnes la force, le pouvoir et la lumière. Aujourd'hui, je fais le serment de rester à tes côtés, pas seulement comme Roi, mais aussi comme allié et protecteur, et je te promets de ne jamais laisser faiblir la confiance que je te porte. Je m'engage à me battre pour toi, à honorer la magie qui coule dans tes veines et à construire un avenir radieux pour nous deux.

Mes yeux se brouillèrent à cause des larmes que je retenais parce que ses mots comblaient les fissures profondes que je pensais avoir bien cachées. Je déglutis pour faire passer la boule qui s'était formée dans ma gorge et m'empêchait presque de parler.

— Idris, dis-je, à peine plus fort qu'un murmure, même si je savais qu'il m'entendait. Ta voix m'a trouvée au milieu de nulle part, quand j'étais apeurée et seule. Elle m'a permis de rester en vie alors que je me pensais perdue. J'en avais peur, je te craignais, mais tu m'as montré qu'être fort ne voulait pas dire se battre seul. C'est avoir confiance en l'idée que l'autre vous apportera son soutien. Aujourd'hui, je fais le serment de rester à tes côtés, non pas comme Reine, mais comme partenaire liée par le destin et comme ta compagne. J'honorerai la confiance que tu as placée en moi afin de mobiliser la force que j'ai trouvée au fond de moi pour défendre ce royaume. Pour nous tous.

Derrière nous, le grognement de Rune s'éleva dans la cour, comme pour approuver mes paroles. Pendant un instant, le regard d'Idris s'adoucit, mais il ne parla pas. Il se contenta de prendre le petit anneau en onyx que lui tendait l'archevêque. Les pierres de la bague brillaient faiblement, et leurs spirales me donnaient l'impression de battre au rythme de mon cœur.

— Les anneaux symbolisent l'éternité, entonna l'archevêque. Une promesse immuable. En les plaçant sur la main de l'autre, vous liez à la fois vos vies, vos cœurs et votre magie.

— Avec cet anneau, je lie mon âme à la tienne, dans le feu et dans la vie, aussi longtemps que je subsisterai, déclara Idris en me glissant la bague au doigt.

Les mains tremblantes, je m'emparai de son anneau, une robuste boucle de métal incrustée de runes complexes. Je le glissai ensuite à son doigt, et le métal froid se réchauffa rapidement à son contact.

— Par cet anneau, je me lie à toi, dans la lumière et dans l'ombre, aussi longtemps que mon âme brillera, chuchotai-je.

— Par le pouvoir conféré par la magie et par la volonté du royaume, je vous déclare unis, partenaires et souverains associés, conclut l'archevêque en levant à nouveau les bras alors que son bâton s'illuminait. Vous pouvez confirmer vos vœux.

Idris n'hésita pas. J'eus à peine le temps de respirer qu'il combla la distance qui nous séparait et prit mon visage entre ses mains. Il se pencha vers moi avec une douceur inouïe. Lorsque ses lèvres rencontrèrent les miennes, le monde sembla basculer. Les émotions qu'il avait retenues me submergèrent. Sa joie fit disparaître toute trace d'inquiétude dans mon cœur. Sa langue s'insinua dans ma bouche pour me revendiquer, geste qui me fit frémir jusqu'au bout des pieds. Je fus incapable de faire quoi que ce soit, à part m'accrocher et me laisser aller.

Curieusement, j'avais toujours eu peur de tomber, mais quand Idris m'entoura de ses bras et me souleva, je réalisai qu'il serait là pour me rattraper.

Lorsque nous nous séparâmes, la foule éclata en acclamations dont les échos retentirent dans la cour alors que le voile de magie dont l'avait recouverte Kian se levait. Rune rugit, et la barrière magique se mit à scintiller au-dessus de nous comme pour célébrer l'événement.

— Tu m'appartiens, Vale, murmura Idris en se penchant vers moi, ses lèvres frôlant mon oreille. Et je t'appartiens.

CHAPITRE 22

VALE

L'atmosphère de la salle du trône était différente. Plus étouffante. Là, aucun arbre en fleurs ou lumière flottante, mais des colonnes austères en pierre et des lumières magiques scintillantes. La vaste salle était bondée. On y trouvait membres du conseil, familles nobles et émissaires de toutes les provinces. Curieusement, malgré l'avancement de la date, ils avaient tous réussi à être présents. Chacun d'entre eux me regarda passer les massives doubles portes en silence.

À peine quelques jours plus tôt, j'avais fait voler ces mêmes portes en éclats, et à présent je les franchissais la tête couronnée. À mes côtés, Idris semblait assuré, ce qui m'apaisait. Il tenait tendrement ma main dans la sienne alors que nous avancions de concert, mais lorsque nous atteignîmes l'estrade surélevée, il me lâcha et se mit à côté du trône.

Le trône.

Je n'avais même pas osé le regarder. Pas une seule fois. Fait d'obsidienne et d'or, il se dressait comme un soleil noir au fond de la pièce. Des dragons, qui faisaient beaucoup penser à Rune, étaient sculptés avec précision sur les côtés et leurs incrustations d'or scintillaient à la lumière des torches. Ce n'était pas un simple fauteuil, car il illustrait le pouvoir, l'autorité et le fardeau des responsabilités.

Un autre trône se trouvait à côté. Un que je n'avais jamais vu auparavant. Je n'y remarquai aucune écaille de dragon ou dent acérée. Non, mon trône était composé d'obsidienne étincelante, aux reflets d'or et d'argent. Le dos du fauteuil représentait un éclatant soleil en or qui rayonnait sur des tourbillons plongés dans l'ombre. Une œuvre d'Idris, réalisai-je, où chaque détail était imprégné de sa magie.

— Reine Isolde Vale Ténébris, déclara l'archevêque, dont la voix retentit dans la salle, rompant le silence. Vous vous tenez devant le trône du

Crédour, non pas parce que vous êtes une Luxa ou une sorcière, mais parce que vous en êtes la souveraine. Acceptez-vous la responsabilité que vous confère cette couronne ? Faites-vous le serment de servir pleinement ce royaume, son peuple et sa magie ?

— Je le jure, affirmai-je d'une voix forte et claire malgré mon estomac noué.

Je montai progressivement les marches, chacune plus difficile que la précédente. Lorsque j'atteignis le sommet, Idris s'avança vers moi avec la couronne d'argent et d'or agrémentée d'onyx et de rubis.

— Incline-toi, m'ordonna-t-il.

J'exécutai alors une révérence. Je croisai son regard doré tandis qu'il déposait délicatement sur ma tête la couronne, dont le poids me sembla à la fois rassurant et intimidant.

— *Relève-toi*, murmura-t-il au travers de notre lien mental. *Montre-leur que t'es leur Reine.*

Je me redressai, m'habituant au poids de la couronne, pendant qu'il se tournait vers la foule.

— Voici votre Reine, proclama-t-il d'une voix qui exprimait toute l'autorité qu'il détenait. Reine Isolde Vale Ténébris, Porteuse de Lumière, Briseuse de Malédiction, Grande Luxa de Tarrasca et souveraine du Crédour.

Dans toute la salle éclatèrent des acclamations dont le son se répercuta sur les murs de pierre.

— *Tu as réussi, ma Reine.*

J'acquiesçai et ravalai la boule qui obstruait ma gorge, puis me tournai pour m'asseoir. Je sentais sous moi le froid de l'obsidienne, et le haut dossier du trône s'incurvait légèrement pour supporter le poids de la couronne. Idris s'installa à côté de moi et balaya des yeux la foule avant de reprendre la parole.

— C'est un nouveau chapitre pour le Crédour, dit-il d'une voix ferme et résolue. Un chapitre qui proclamera l'unité, la force et l'espoir. Ensemble, nous affronterons les épreuves qui nous attendent, et ensemble, nous vaincrons. Avec notre Reine à nos côtés, le royaume perdurera.

Les applaudissements reprirent, mais cette fois, je pris une profonde inspiration et me redressai un peu. Je n'étais pas sûre d'être prête à ce qui m'attendait, mais je portais la couronne.

Alors je devrais m'en convaincre.

Bientôt, la foule se dispersa pour laisser place au cortège royal. Idris me tendit à nouveau la main pour m'aider à descendre du trône. J'avais l'impression que mes jambes étaient toutes flagada, tremblantes devant l'ampleur de ce qui était attendu de moi.

Idris se pencha vers moi et me regarda avec ses yeux dorés tendres et rassurants.

— *Un pas après l'autre*, murmura-t-il dans ma tête. *T'as déjà conquis la plupart d'entre eux. Les autres finiront vite par t'adorer.*

Je n'étais pas sûre d'être d'accord, mais je hochai la tête tandis que je le laissais m'aider à descendre l'estrade. La procession était bien réglée, et les membres du conseil inclinèrent leur tête sur notre passage tandis que les nobles firent de minutieuses révérences. Dans leurs yeux, j'entrevis de l'admiration, du scepticisme, voire de la méfiance, mais je refusai de les laisser me perturber.

Freya, qui se trouvait juste derrière moi, arborait un sourire aux dents acérées qui dissipait ma tension.

— Eh bien, petite Luxa, dit-elle discrètement, t'as survécu à un mariage et à un couronnement. Maintenant, voyons si t'arrives à endurer le festin.

* * *

Le bruit des rires et du tintement des verres emplissait la grande salle de bal, et les parfums de viandes rôties, de vins épicés et de desserts mielleux se mélangeaient dans l'air tiède. La fête battait son plein, mais je n'étais sensible qu'au poids de tous les regards sur moi.

J'étais assise à côté d'Idris, en bout de table. L'opulence du banquet me retournait le ventre. Des plateaux dorés étaient recouverts de mets que je ne pouvais nommer, des lumières enchantées dansaient au-dessus de nos têtes et des musiciens jouaient un air mélodieux qui semblait presque trop joyeux vu la tension qui régnait.

La guerre se profilant à l'horizon, une fête de cette ampleur semblait déplacée. Je comprenais pourquoi elle avait lieu ; il y avait des marchés à conclure, des alliances à renforcer, mais tout cela me paraissait futile face à la menace qui approchait.

— Mange, murmura Idris d'une voix suffisamment basse pour que je sois la seule à l'entendre.

Il se pencha et effleura avec ses lèvres la marque d'accouplement imprimée sur mon épaule.

— Tu n'as rien touché.

Je me forçai à faire un petit sourire en faisant glisser mes doigts sur le rebord de mon verre.

— Je ne suis pas sûre de pouvoir avaler quoi que ce soit.

— Où est passée ma petite téméraire ? demanda-t-il en serrant ma main sous la table.

Le geste était discret, mais la fermeté de sa poigne me calma un peu.

— Ils t'observent, oui, mais ils essaient aussi de comprendre comment t'as réussi à survivre à tout ce qui t'est arrivé.

— Quand ils le découvriront, tu crois qu'ils me mettront dans la confidence ? rétorquai-je avec un petit sourire.

De l'autre côté de la table, Kian et Xavier étaient en pleine conversation avec Talek, qui semblait bien trop à l'aise pour quelqu'un qui venait de rejoindre le conseil. Je ne lui avais toujours pas pardonné le piège dans lequel il nous avait envoyés quand il nous avait conseillé d'aller voir Sélène. Ses traits marqués et son sourire aimable détonaient avec son regard calculateur. Je décidai donc de garder un œil sur lui.

Alors que le banquet se poursuivait, je me perdais dans les multiples conversations qui m'entouraient. Les assiettes passaient, les verres se remplissaient et les rires résonnaient dans la salle, mais je touchais à peine à la nourriture. Mon regard ne cessait de dériver vers Idris, qui écoutait attentivement l'un des membres du conseil. Sur la table, ses doigts étaient entrelacés avec les miens pour me réconforter d'une manière discrète.

Idris se pencha vers moi et murmura dans mon oreille de sa voix douce. À tout moment, il pouvait parler dans ma tête, mais j'avais le sentiment qu'il appréciait la façon dont mon corps réagissait à son contact.

— On a rempli nos obligations, ma Reine. On peut partir quand tu le souhaites.

— On peut partir comme ça ? m'étonnai-je en le regardant sans chercher à masquer ma surprise.

— L'avantage d'être reine, répondit-il alors que ses lèvres s'incurvaient en un léger sourire.

Je fus envahie par une vague de soulagement, qui fut cependant tempérée par le poids de ce qu'impliquait notre départ. Chaque fois que j'avais couché avec quelqu'un auparavant, c'était advenu naturellement, par un désir tacite et spontané. Là, c'était différent. C'était organisé – une sorte de rituel –, et je ne savais pas ce qu'on attendait de moi.

Idris se leva, ce qui attira l'attention de la salle.

— Messeigneurs et Dames, commença-t-il d'une voix qui porta sans effort à travers l'espace. Ce soir, nous célébrons une nouvelle ère pour le Crédour. Mais ma Reine et moi devons prendre congé.

Il me tendit la main et ses yeux dorés étaient bienveillants et pressants.

— On y va ?

J'acceptai sa main et le laissai me guider hors de la salle. Notre passage provoqua une vague d'applaudissements, dont le bruit s'évanouit lorsque nous sortîmes dans le couloir silencieux.

L'air frais apaisa ma peau rougie, et du bout de son pouce, Idris effleura tendrement mes doigts pour me rassurer.

— T'es prête ? demanda-t-il d'une voix où se mêlaient impatience et espoir.

J'acquiesçai et commençai à haleter sous le poids de son regard.

— Bien, dit-il avec un sourire naturel qui me fit tressaillir. Parce que ce soir, je ne te partage pas.

À ces mots, mon dos fut parcouru de délicieux frissons, accompagnés cependant d'une vague de nervosité. Mon corps réagissait en sa présence, ma marque d'accouplement pulsait faiblement à l'endroit que ses lèvres avaient effleuré plus tôt, mais mon esprit était aux prises avec la pression des attentes d'Idris.

Lorsque nous arrivâmes à sa chambre, j'étais si tendue que je me croyais au bord de la rupture. Les murs familiers rouge foncé étaient éclairés par les lueurs vacillantes des lampes enchantées et du feu qui crépitait dans l'âtre. Rien n'avait changé depuis le jour où je m'étais trouvée là pour la première fois, lorsqu'il m'avait sauvée de mon premier voyage onirique involontaire dans le Royaume des Rêves, qui m'avait désorientée et effrayée. Idris m'avait trouvée, et sa présence rassurante et inflexible m'avait fortifiée et protégée.

Je l'avais désiré à l'époque, même si je ne m'en étais pas rendu compte. Et à présent ? Maintenant, mon désir pour lui était décuplé.

Idris referma la porte derrière nous, geste qui traduisait une certaine irrévocabilité, et le bruit me fit prendre conscience de la situation. Il se déplaça avec l'assurance d'un homme parfaitement confiant et traversa la pièce sans me quitter des yeux. La tension s'accentua dans ma poitrine lorsqu'il s'arrêta juste avant d'entrer en contact avec ma peau. Sa proximité exerçait sur moi une attraction magnétique que je recherchais désespérément.

— Tu n'as pas à être nerveuse, ma petite téméraire, affirma-t-il d'une voix grave qui faisait penser à de la soie glissant sur du gravier.

J'ouvris la bouche pour démentir son insinuation, pour prétendre qu'avoir l'estomac noué n'était rien, mais je me ravisai quand je vis son regard s'adoucir. Il voyait clair dans mon jeu, comme toujours.

J'hésitai, cherchant les mots justes. Je savais que

nous devions finaliser notre lien, que cela pourrait nous aider d'une quelconque manière, mais mes motivations étaient si confuses que cela m'embrouillait la tête. Je me souvenais juste à quel point j'avais voulu qu'il m'embrasse à Everhold pendant que Kian et Xavier me partageaient. Ce baiser m'avait paru si approprié, si spécial ! À ce moment-là, tout mon être l'avait désiré, et c'était encore le cas.

— J'ai simplement...

Ses lèvres s'incurvèrent en un petit sourire alors qu'il tendait la main pour écarter une mèche de mon visage.

— Ne pense pas aux attentes qu'on a de toi, dit-il doucement. Concentre-toi sur nous. Rien d'autre n'a d'importance.

Ses mots me calmèrent grâce à la sincérité de son ton qui soulagea mes nerfs à vif. La main d'Idris quitta ma joue pour descendre dans la courbe de mon cou, et du bout de son pouce, il caressa le bord de la marque d'accouplement alors qu'il se plaçait dans mon dos. Sa magie palpitante effleura la mienne en une invitation subtile. Mon cœur fit un bond alors que la tension que je ressentais dans ma poitrine n'était plus due à l'anxiété, mais à l'excitation.

— J'attendrai aussi longtemps que nécessaire, murmura-t-il contre mon oreille.

Au son grave et rauque de sa voix, je sentis un agréable filet chaud s'écouler de mon sexe.

— Mais si tu me laisses faire, je te prouverai que tu n'as rien à craindre.

Je ravalai ma salive, rassurée par la chaleur de sa peau contre mon dos.

—Je te fais confiance, chuchotai-je.

Les mots qui étaient sortis de ma bouche étaient pure vérité.

— Bien, grogna-t-il dans mon oreille pendant que sa main remontait vers ma gorge.

Il inclina ma tête sur le côté avec une poigne douce mais ferme, puis passa son nez le long de mon cou.

—J'adore ton odeur quand t'es excitée.

Je me mordis la lèvre, plaçai ma main sur celle qu'il avait posée sur ma gorge, et mes doigts caressèrent les cicatrices qui quadrillaient sa chair. Il referma ses doigts sur moi tandis qu'il goûtait ma peau, et je retins un gémissement. J'avais toujours été attirée par Idris, même la première fois que je l'avais rencontré dans un rêve qui n'en était pas un.

Sa présence et son désir m'avaient toujours ébranlée et consumée. Dès la première fois où il avait posé ses crocs sur ma gorge, j'avais été condamnée. J'avais résisté et m'étais débattue, mais j'avais toujours su que je finirais d'une manière ou d'une autre là, dans sa chambre, à l'endroit même où tout avait commencé.

— Ta saveur est presque aussi bonne que le parfum de ton orgasme. Je te jure que mon désir pour toi me rend dingue. Est-ce que tu me laisseras te montrer à quel point, ma Reine ?

Instinctivement, je hochai la tête. Je ne savais pas de quoi il parlait, mais j'avais quand même besoin de le découvrir. L'instant d'après, j'eus le sentiment que le voile masquant ses émotions avait été levé, ce qui leur permit d'affluer sur le lien mental que nous partagions déjà. Un lien qui semblait s'être renforcé à partir du moment où il m'avait mordue.

Son désir était si intense que mes genoux se dérobèrent sous moi, et mes entrailles furent presque dévorées par les flammes de sa passion. Un gémissement m'échappa alors que je réalisais que cette drogue menaçait de me noyer.

Comment avait-il pu contenir ce flot d'émotions ? Comment m'étais-je débrouillée pour ne pas les remarquer auparavant ? Et pourquoi ce désir me donnait-il envie de m'abandonner à lui ?

Pourquoi me faisait-il perdre toute raison, tout bon sens ?

Et pourquoi est-ce que ça n'était pas un problème ?

— Tu vois ? J'ai besoin de t'avoir comme ça à chaque instant de chaque jour. À tel point que ça m'aveugle presque. Jamais au cours de ma longue vie je n'ai désiré quelqu'un autant que toi, Vale. Est-ce que tu te donneras à moi ? me supplia-t-il, alors que sa prise sur ma gorge se resserrait en me tirant un gémissement de désir au moment où il coupa notre connexion.

Mais comme un incendie, une fois lancée, elle ne pouvait pas s'éteindre si facilement.

Ma peau était en feu et mon sexe brûlait de désir. J'avais l'impression que ma robe m'étouffait et me tenait trop chaud. Je devais l'enlever, avec son aide. Je...

— Tu dois me le dire, Vale, me souffla-t-il à l'oreille dans un grognement dont la vibration parcourut mon corps comme une caresse. Dis-moi que je peux t'avoir, et je t'aiderai à retirer cette robe. Je m'occuperai de toi. Je ferai tout ce que tu veux.

C'était un pacte avec le diable, mais ce diable était mon mari, ma Bête. Je tournai la tête pour fixer ces iris dorés qui avaient scellé mon destin la première fois que j'avais croisé leur regard.

— Oui. Mais... ne m'exclus pas. Redonne-moi l'accès. Je veux te sentir. En entier. Ne me cache rien.

Son regard s'assombrit lorsqu'il releva le rideau, et à cet instant précis, je sus que j'étais absolument foutue. Idris pouvait faire ce qu'il voulait de moi. Absolument tout. Pour la première fois de la journée ou peut-être la première fois tout court, je me hissai sur la pointe des pieds pour presser mes lèvres sur les siennes.

Ce n'était pas Idris qui prenait, mais moi qui donnais.

J'espérais juste que j'arrêterais avant de dépasser mes limites.

CHAPITRE 23
IDRIS

Ma femme voulait me plier à ses désirs.

Certes, elle n'avait encore formulé aucune demande ou même imaginé quoi que ce soit, mais après la façon dont elle m'avait amené à m'ouvrir, j'aurais volontiers courbé l'échine devant elle pour répondre à tous ses besoins.

Putain !

Avant elle, je n'avais laissé personne voir mes émotions, mais je ne regrettais nullement cette décision. Je resserrai ma prise sur sa gorge, ce qui lui tira un gémissement qui me désarma presque. J'étais excité depuis que je l'avais regardée jouir, prise en sandwich entre mes deux meilleurs amis.

Par tous les dieux ! Je voulais revoir ce spectacle.

Sa peau rougie par l'excitation, ses yeux mi-clos et brillants, ses exquises lèvres gonflées à force d'être embrassées et sa peau luisante de sueur. Seulement, je voulais être le seul qui lui fasse perdre la tête. Je voulais être le seul à qui elle s'accroche, la seule raison qui la fasse crier.

Mais même si je souhaitais la voir nue et sous moi, Vale avait besoin que je m'occupe d'elle. Toutefois, je n'étais pas pour autant obligé de la jouer réglo. Il était grand temps que je profite de ma magie à des fins personnelles, juste pour cette fois.

Avec un simple claquement de doigts, les tentacules dorés de mon pouvoir l'enveloppèrent pour déboutonner sa robe et en défaire les nombreux lacets. En quelques secondes, elle fut libérée de cette magnifique, mais un tant soit peu encombrante parure. Je l'aidai à se dégager des tissus et me reculai pour admirer mon œuvre.

— *Putain*, t'es la perfection incarnée ! déclarai-je en contemplant son corset fait d'écailles blanches de dragon, ses sous-vêtements en dentelle et ses bas translucides.

J'avais l'impression de me trouver devant un cadeau emballé. Et je voulais rester là, à la regarder. Du sommet de sa tête à la pointe de ses orteils, cette femme faisait de moi un homme condamné.

J'avais déjà vu son corps, dont je connaissais chaque recoin, et pourtant, je ne réalisais toujours pas ma chance. La Destinée avait décidé de m'attribuer cette femme incroyable, et malgré mes failles et mes limites, elle tenait quand même à moi.

Tombant à genoux, je défis la lanière de ses escarpins, les retirai de ses pieds avant de passer à ses bas. Chaque fois que j'enlevais une couche, chaque fois que je révélais un peu plus de peau, je la vénérais avec ma bouche. Et ce soir-là, au moins, je n'avais pas à la partager.

Elle m'était réservée.

Rien qu'à moi.

Je saisis le haut de ses bas et me délectai du frisson qui secoua son corps au contact de mes lèvres alors que j'embrassais le sommet de ses cuisses tout en libérant ses jambes du tissu. Son odeur excitait ma bite et le délicieux parfum de son désir me mettait l'eau à la bouche.

Je voulais la dévorer, je voulais sentir ses jus sur ma langue. Je m'y étais pris en douceur pour sa robe, mais ce bout de tissu fut déchiré en un instant quand je perdis le contrôle. Je devais juste y tremper mes lèvres, la goûter pour parvenir à me concentrer. Après ce petit aperçu, je pourrais retrouver ma douceur.

— Qui a dit que je voulais que t'y ailles tran-quillement ? murmura Vale d'une voix rauque qui manqua de me mettre la tête à l'envers.

— Je n'ai rien dit, répondis-je en croisant son regard brillant.

Avais-je parlé tout haut ? Non, à mon avis.

Une lueur irradiait de sa peau, car sa magie se réveillait avec son désir.

— Qu'est-ce que tu me répètes sans cesse ? rétorqua-t-elle en se tapant la tempe. Je ne fouine pas si tu me cries dessus. Je n'ai jamais dit que je voulais de la douceur. En fait, je préférerais que tu sois plus brutal. J'ai dit que je voulais t'avoir en entier. Alors, donne-toi à moi.

J'inclinai la tête alors que mes lèvres se cour-baient en un sourire malicieux.

— Dis-moi, ma Reine, est-ce que t'aimes être attachée ?

Vale se tortilla, ce qui était une réponse en soi, mais je voulais l'entendre de sa bouche.

— Parfois. Et à d'autres occasions, je préfère avoir ma liberté de mouvement.

Sans lui laisser le temps de s'appesantir sur la question, j'attrapai ses hanches pour rapprocher son sexe de mes lèvres. Je ne le léchai pas, même si j'en avais désespérément envie. Non, je laissai mon souffle caresser les boucles de poils surmontant sa chatte dégoulinante qui attendait impatiemment ma bouche.

— Alors si je te disais que je ne poserais ma bouche sur toi que si tu ne me touches pas…

— Il va falloir que tu m'aides. Je… je veux te toucher. Vraiment. Je veux te sentir, je…

Je l'agrippai plus fort et grognai parce qu'elle parlait trop. C'était sacrément excitant, alors je lui mis un grand coup de langue pour la récompenser. Sa saveur explosa sur ma langue, ce miel produit par sa chatte était si délicieux que ma bite palpita.

Ce n'était pas suffisant. Je ne pourrais jamais être rassasié.

Avant que mes genoux puissent céder, ma magie captura ses poignets et les emmena au-dessus de sa tête. L'instant d'après, elle était ligotée au pilier de mon lit et j'avais ses jambes sur mes épaules.

— Et maintenant ? Est-ce que t'aimes être attachée ?

Sa respiration haletante, ses seins parfaits qui essayaient de s'échapper de son corset et la rougeur de l'excitation s'étendant sur sa poitrine m'indiquaient déjà la réponse que j'attendais. Néanmoins, je voulais l'entendre.

—Je… je… j'aime ça. Est-ce que…

Elle se déhancha, à la recherche de ce que j'étais le seul à pouvoir lui donner.

— Quoi, ma Reine ? Est-ce que je peux te baiser avec ma langue ? Te faire jouir sur mon visage ?

Manifestement reconnaissante, elle hocha la tête.

— Oui. Tout ça. *S'il te plaît.*

Je la léchai une nouvelle fois longuement, mais cette fois, je passai par son clitoris et l'aspirai dans ma bouche.

— S'il te plaît ? T'es tellement polie. Refais-le, et peut-être que je ne te ferai pas attendre trop long-temps pour que tu jouisses.

Une détermination obstinée envahit son visage. Elle se cambra et ses yeux étincelèrent, mais elle resta silencieuse. Ma petite téméraire sortait les griffes, mais j'avais toujours su qu'elle en était capable.

Je souris et giflai vigoureusement son cul exposé. Elle poussa un petit cri de surprise, qui se changea aussitôt en gémissement. Alors comme ça, ma petite téméraire aimait être fessée ? Je ne l'oublierais pas.

— Les gentilles filles obtiennent ce qu'elles dési-rent en étant polies.

J'écartai ses lèvres pour la lécher une nouvelle fois jusqu'à son clitoris, puis dans l'autre sens. Puis j'écrasai une deuxième fois ma main sur ses fesses avant de plonger mes doigts en elle.

Elle essaya de se cambrer pour conduire mes doigts plus loin, mais j'ajoutai un autre lien magique autour de ses poignets pour la maintenir en place.

— Dis « s'il te plaît », et j'exaucerai tous tes souhaits. Avec ma bouche, mes doigts et ma bite. Je te baiserai jusqu'à l'essoufflement.

Je la léchai une nouvelle fois et fis un aller-retour avec mes doigts avant de les immobiliser. Puis je la laissai sentir la partie de mon désir que j'avais retenue, en l'excitant tellement que je sentis sa chatte se contracter autour de mes doigts. Sa peau se recouvrit de sueur et ses yeux devinrent vitreux.

Tremblante, elle se mordit la lèvre et essaya de bouger, mais en vain. Vale lâcha ensuite un gémissement qui m'incita à libérer ma bite de mes chausses juste pour me soulager.

— C'... c'est ce que tu ressens ? Un désir de cette ampleur ?

— Quand je suis avec toi ? Toujours.

— S'il te plaît, dit-elle d'une voix tremblante alors qu'elle croisait mon regard. Je suis prête à supplier s'il le faut. Je t'en prie, Idris.

Je lui avais dit qu'en se comportant bien, elle obtiendrait ce qu'elle voulait, et je n'avais pas menti.

À peine mon prénom prononcé, ma bouche fut sur elle, la léchant, la suçant, goûtant chaque centimètre carré de son corps. Je souhaitais qu'elle me noie de ses jus.

Non, j'en avais besoin plutôt.

Sa chatte affamée aspira mes doigts et les trempa alors qu'elle essayait en vain de se déhancher. Sourire aux lèvres, je puisai davantage dans ma magie. Très vite, son corset disparut. Les tentacules de mon pouvoir sillonnèrent son corps comme s'il s'agissait de mes mains pendant que mes lèvres la dévoraient.

Elle agitait la tête et ne pouvait s'empêcher de trembler. Les gémissements qui sortaient de sa bouche étaient une délicieuse mélodie à mes oreilles. Je libérai ses hanches et me cramponnai pour la baiser avec ma langue alors qu'elle s'empalait sur mes doigts.

Son orgasme la frappa rapidement et me donna l'impression d'avoir ses mains partout sur mon corps. Sa magie recouvrit ma chair et décupla mon excitation tandis que mon désir attisait son orgasme et le prolongeait. J'étais incapable de me retenir plus longtemps. J'avais besoin de l'avoir sous moi.

Quand je la libérai de mes liens magiques, elle s'affaissa dans mes bras. Ses lèvres trouvèrent instantanément les miennes et goûtèrent sur ma langue à son propre jus alors qu'elle m'enveloppait de ses bras et de ses jambes. Sa magie n'était pas aussi raisonnable que la mienne, car elle arracha mes vêtements et en déchiqueta le tissu.

— J'ai besoin de toi, Idris. Tout de suite.

Aussitôt que sa peau brûlante entra en contact avec la mienne, toute pensée rationnelle me quitta. Je lui avais donné ce qu'elle recherchait, ce dont elle avait besoin. D'une poussée, elle me fit basculer par terre sur le dos, prouvant que toute notion de délicatesse l'avait quittée depuis longtemps.

Vale était affamée.

C'était logique. Elle ressentait à la fois son désir et le mien.

Désormais, je voulais vivre la même expérience.

— Lève le voile, chuchotai-je en agrippant ses cuisses pour l'empêcher d'accélérer trop le rythme. Dévoile-moi ton esprit et ton désir. Je peux tout entendre, mais je veux tout ressentir.

Tremblante, elle s'ouvrit à moi et laissa tomber tous les murs qui nous séparaient. Son désir me percuta et fusionna avec le mien, ce qui me fit perdre la tête. Putain ! Ce désir, il était impossible de le combler.

— *On ne sera jamais rassasiés,* chuchota-t-elle

dans mon esprit d'une voix qui n'avait jamais été si douce et claire. Mon désir pour toi sera éternel. Et vice versa. On ne se lassera jamais l'un de l'autre.

Jamais ? Je me ferais une raison.

Par contre, la baiser sur le sol ne me convenait pas. Ma Reine méritait d'être dans un lit. Je me levai en portant son corps complètement nu pendant que ses lèvres parcouraient ma gorge et que ses mains se baladaient dans mes cheveux. Des morceaux de ma tunique et de mes chausses pendaient sur tout mon corps, mais je n'y prêtai pas attention.

Je me concentrai sur la lueur de son regard quand elle plaça le bout de ma bite contre son sexe. Sur sa peau rougie et ses yeux vitreux, sur le désir qui la parcourut quand je la pénétrai pour la première fois.

Tout prenait forme, tout me semblait juste. Je n'avais rien ressenti d'aussi bon, d'aussi parfait. Durant toutes mes années, mes siècles d'existence, rien ne m'avait donné l'impression d'être de nouveau entier. Mais à présent, c'était le cas.

Vale prit mon visage entre ses mains pour attirer mes lèvres vers les siennes. Je l'embrassai et commençai à bouger mon bassin, pressé d'entendre ses halètements et ses gémissements. Nous étions tous les deux insatiables, et je la baisai sans retenue, la pilonnant alors que les parois de son sexe se contractaient autour de moi pour me prendre en étau.

— *Encore ! Je t'en prie, Idris.*

— T'es tellement gourmande, ma Reine. J'adore te voir aussi avide.

En griffant ma peau avec ses ongles, elle me fit réaliser que je ne voyais que la surface de sa gourmandise.

— *Bons dieux, tu me baises tellement bien ! Encore !*

Elle en voulait plus ?

J'allais lui donner ce qu'elle demandait. Je déchaînai ma magie pour la toucher jusque dans le moindre recoin.

— *Oui, bons dieux ! Oui. Donne-moi tout.*

Elle avait besoin d'aller plus loin ?

Libérant la partie la plus sombre de mon être, je m'abandonnai à mon instinct primitif, me dépouillant ainsi de ma tendresse, de ma délicatesse et de mon contrôle soigneusement élaboré. Comme elle l'avait demandé, je fus loin d'être doux en la baisant. Mes sens se mirent à l'écoute des variations de sa respiration et de ses frémissements. Je laissai mon pouvoir la submerger pour la couvrir de baisers, la lécher de partout, la mordre, la savourer et l'étourdir de sensations.

Je l'emmenai plus haut, plus loin, alors que ses cris m'encourageaient jusqu'au point où je ne sentis plus que son plaisir. Insensible au reste du monde, je me perdis dans son odeur, ses gémissements et le contact de son corps contre le mien.

Les yeux révulsés, elle se cambra alors que son orgasme s'apprêtait à nous engloutir. Il arriva si vite que je m'y noyai. Je descendis son cou avec mes lèvres jusqu'à sa délicate clavicule, puis son téton brun rosé. Je l'aspirai dans ma bouche et en éraflai le bout tendu avec mes crocs avant d'apaiser la douleur avec ma langue. Au contact de mes canines, elle s'agita brusquement à cause de l'imminence de son orgasme.

Je fus envahi par l'envie de la mordre et de la marquer pour la revendiquer.

— *Je t'en prie, laisse-moi jouir. S'il te plaît. Je t'en prie, bons dieux !*

Qui aurait pu lui refuser sa demande alors qu'elle la faisait si gentiment ? Je l'entourai de mes bras pour approcher sa bouche de la mienne en m'abandonnant dans ce baiser. Son orgasme nous percuta tous les deux, le désir brut laissa place à un profond état d'extase qui m'entraîna à sa suite. Je grognai et sentis mes crocs s'allonger quand mon pouvoir s'éveilla. Sans réfléchir, je les plantai dans sa peau à l'endroit de la marque d'accouplement quasi finalisée.

Lorsque je sentis le goût de son sang, mes couilles se serrèrent, et j'explosai. Mon extase me recouvrit d'un voile de plaisir. La force de notre lien me foudroya et changea mon être tout entier : Vale s'était implantée dans mon âme.

Elle représentait mon foyer, ma vie et mon cœur. Elle incarnait mon présent et mon futur. Elle était ancrée dans tous les pores et les os de mon corps. Même à l'époque où Rune était connecté à mon âme, je ne m'étais pas senti aussi entier qu'à cet instant précis.

Je reculai et regardai ma magie s'imprégner dans sa peau pour modifier la marque. Ce n'était plus une pâle arabesque dorée sur son épaule, mais une toile complexe de magie descendant le long de son bras et remontant dans son cou. Tel un phare, elle brillait dans l'obscurité et m'appelait.

Je posai mes lèvres sur la morsure déjà cicatrisée, et Vale gémit. Son sexe palpita autour du mien alors que son désir se réveillait à nouveau. Ou était-ce le mien ? Je ne connaissais pas la réponse et ne souhaitais pas la connaître.

— J'ai besoin de te prendre une nouvelle fois, ma Reine. Tu pourras le supporter ?

Vale se déhancha, mais sa bouche était trop occupée dans mon cou pour me répondre.

Ceci dit, son esprit, son cœur et sa chatte m'appelaient.

J'aurais été bête de ne pas répondre.

CHAPITRE 24
VALE

— *V*iens me voir.

La voix de Rune me sortit de ma torpeur et me réveilla, mais elle me paraissait si lointaine que j'eus du mal à déterminer si je rêvais ou si je l'entendais vraiment.

Les membres lourds et le corps appesanti par les séquelles du plaisir, je sentais la chaleur d'Idris inonder tout mon être. Avec son bras sur ma taille, ses jambes entremêlées avec les miennes, son visage paisible à la lueur du feu, j'étais si bien que je n'aurais voulu me trouver nulle part ailleurs.

Je ne l'avais jamais vu avec un visage si détendu, si serein. Les deux derniers siècles cauchemardesques donnaient presque l'impression d'être de l'histoire ancienne. L'éclat doré de la marque d'accouplement pulsait dans l'obscurité. Le motif partait du dos de ma main pour remonter le long de mon bras, puis dans mon cou jusqu'à la naissance de mes cheveux.

Idris m'avait montré son étendue la veille, dans la douche, avec sa bouche et sa langue pendant qu'il vénérait mon corps sans relâche. Les traits de la marque me rappelaient les tatouages de Kian, de Xavier et d'Idris, et reproduisaient en quelque sorte une partie d'eux sur ma peau. Les symboles dorés indiquaient au monde entier à qui appartenait mon cœur.

L'exquise douleur qui persistait entre mes jambes me fit envisager de le réveiller. Cette fois, peut-être à l'aide de ma bouche. Le voir se tortiller juste avant de perdre la tête devenait mon passe-temps préféré, je devais en profiter tant que le lien unissant nos esprits était aussi ouvert. Chaque passage de ma langue, chaque déhanchement de ma part le faisait flancher, et je ressentais son excitation jusque dans ses moindres détails.

— *Tu ne peux pas m'ignorer, ma Reine. On n'a pas le temps.*

L'urgence qui s'exprimait dans sa voix fit vibrer notre lien et tourmenta mon esprit comme une grosse tempête s'apprêtant à éclater. Je ne rêvais pas. Toutes les fois où Rune m'avait réveillée, il l'avait fait pour une bonne raison. Je me redressai lentement pour chercher un éventuel danger dans la chambre. À part la respiration régulière d'Idris, aucune trace d'un quelconque mouvement.

Pourtant, un sentiment de danger suintait par tous les pores et toutes les cellules de mon être. Cela m'incita à prendre la dague sertie de pierres que Kian m'avait offerte, une éternité auparavant, me semblait-il.

— *Pas le temps pour quoi faire ? Qu'est-ce qui se passe ?*

— *Je ne peux pas t'expliquer*, grogna-t-il d'une voix qui paraissait frustrée. *Habille-toi et descends me voir. Tout de suite. On ne doit pas attendre.*

Je sortis du lit en faisant attention à ne pas déranger Idris, même si ma poitrine se comprimait à chaque pas qui m'éloignait de sa chaleur. Je me dirigeai vers la garde-robe et enfilai mes chausses, et je réussis à ne pas oublier mon corset et mes bottes lorsque je récupérai ma deuxième dague et ma ceinture.

— *Rune, qu'est-ce qu'il y a ?* demandai-je tout en attachant hâtivement le plastron en écailles de dragon autour de ma poitrine.

Mes bottes claquèrent légèrement sur le sol en

pierre quand je traversai le sort de protection, que je rétablis aussitôt que je fus sortie de la pièce.

N'ayant obtenu aucune réponse de la part du dragon, je me mis à courir. Je fonçai dans les couloirs déserts alors que la fête touchait à sa fin et que des rires lointains résonnaient encore dans le château.

La salle du trône se dressa dans l'ombre au bout du couloir, et mes yeux s'attardèrent sur les doubles portes que j'avais détruites peu de temps auparavant. Je tournai à gauche pour rejoindre les cavernes. Quelques jours plus tôt, j'avais emprunté ce même chemin, mais n'avais jamais atteint ma destination. Ravalant ma salive, je posai la main sur la poignée de ma dague, car je percevais l'angoisse de Rune s'insinuer dans notre lien, comme pour sonner mon arrêt de mort.

Bon sang, cela n'augurait rien de bon.

D'une main tremblante, j'ouvris la porte qui menait aux cavernes et pâlis à la vue des escaliers plongés dans le noir. J'avais l'impression d'être de retour sous la montagne et de devoir aller à la rencontre du contremaître. Je priai donc pour ne pas faire une chute mortelle.

Au moment où je posai le pied en bas des marches, j'étais couverte de sueur, tremblante et prise de nausées. Seulement, cette réaction n'était pas uniquement due à mes émotions. Une atroce douleur me transperça et me fit crier alors que je tombais à genoux.

Ce n'était pas moi qui souffrais.

C'était Rune.

Il était en danger.

— *Qu'est-ce qui se passe ? Pourquoi tu souffres autant ? Pourquoi tu refuses de me répondre ?*

Je me relevai en chancelant et avançai en traînant des pieds. Plus je me rapprochais de lui, plus la douleur s'intensifiait. Mais je devais persévérer pour le rejoindre. Mon appréhension augmentait à chaque pas que je faisais et ternissait la joie, les pensées positives et le sentiment de paix qui m'habitaient.

Je contournai une stalagmite géante et le grand dragon apparut. Allongé sur le ventre, il essayait de se lever, mais ses jambes refusaient de le soutenir. Mes yeux se remplirent instantanément de larmes parce que je savais au fond de moi que je ne pourrais rien faire.

— *Il est trop tard pour moi, ma Reine. Je pensais avoir plus de temps, mais...*

— Qu'est-ce que je peux faire ? demandai-je en ravalant un sanglot et en pressant mon front contre sa joue. Comment je peux t'aider ? Tu veux que j'appelle Idris ? Je...

— *Je n'ai ni le temps de dire au revoir ni le temps de m'excuser*, répondit-il immédiatement d'une voix grave qui retentit dans ma tête. *Tu t'es accouplée avec lui, ce qui a suffisamment fragilisé la malédiction pour me permettre de te dire comment la briser. Est-ce que tu veux bien m'aider ? Je ne peux pas le faire tout seul.*

L'estomac noué, je me débattais intérieurement avec ma peur et mon chagrin. J'essayai de ravaler la boule qui grossissait dans ma gorge. En vain.

— T... tout ce que tu veux, acquiesçai-je d'une voix rauque, tandis que des larmes coulaient sur mon visage. Tu le sais. Je ne pourrai jamais te remercier assez pour ta gentillesse et ta protection. Tu m'as sauvé la vie bien trop de fois. Alors, tout ce que tu veux.

— *Je ne pouvais pas te le dire avant parce que la malédiction de Zamarra me l'interdisait*, grogna-t-il dans ma tête. *Mais maintenant qu'Idris et toi, vous vous êtes accouplés, je peux t'en parler. Par contre, je n'ai pas beaucoup de temps.*

— Alors, parle, demandai-je, en me rapprochant, le cœur serré par ses paroles. Dis-moi comment briser la malédiction.

Rune plongea son regard dans le mien, et pour la

première fois depuis que je le connaissais, je perçus une émotion que je n'avais jamais vue chez lui auparavant : le regret.

— *La malédiction ne peut être brisée qu'en sacrifiant quelque chose.*

— E... en sacrifiant quoi ? bégayai-je.

Mon cœur martelait ma poitrine, car je connaissais déjà la réponse.

La réponse me paraissait évidente.

— *Moi*, lâcha-t-il simplement.

Le mot eut le même effet qu'une lame qui aurait transpercé mon âme.

— Non, dis-je en chancelant.

Je secouai la tête, puis des larmes dévalèrent mes joues et ruisselèrent sur mon menton.

— Pas ça. Jamais. Il doit y avoir un autre moyen.

— *Non*, grogna Rune, dont la voix résonnait d'un sentiment d'irrévocabilité implacable qui me déchira le cœur. *Cette malédiction visait à garantir qu'Idris et moi restions séparés et impuissants. Zamarra voulait qu'il soit faible pour voler la magie de tout le royaume et régner ainsi sur la réalité et le Royaume des Rêves. Je dois donc mourir pour l'annuler.*

— *Je ne peux pas*, confiai-je en m'étranglant. *Rune, je ne peux pas te faire ça.*

— *Tu dois en trouver la force*, insista-t-il avec une

voix plus douce, même si elle n'en restait pas moins injonctive. *Sinon, l'âme d'Idris sera toujours fracturée. Il ne sera pas assez puissant pour vaincre Arden, et le royaume et la magie succomberont.*

— Pourquoi on doit forcément en passer par là ? m'exclamai-je, en serrant les poings alors que le torrent de mes larmes brouillait ma vision. Pourquoi le prix à payer est toujours démesuré ?

— *Parce que c'est la nature même du pouvoir, ma Reine*, expliqua Rune d'une voix empreinte d'une tristesse résignée. *Il exige toujours un sacrifice. Cette fois, c'est le mien.*

— *Je ne veux pas te perdre*, dis-je en tombant à genoux sous le poids de sa révélation.

— *Tu ne me perdras pas*, me rassura-t-il tendrement, puis il baissa la tête pour me regarder de ses yeux brillants. *Je serai toujours avec toi. Grâce au lien. Partout, d'un bout à l'autre de ce royaume qu'on tente de sauver.*

Mais je savais qu'il mentait.

Si je l'écoutais, je le perdrais pour toujours. Rune m'avait tant donné, mais par-dessus tout, il m'avait transmis sa perspicacité. Je pouvais sentir la fausseté de ses paroles avant même qu'il les prononce. Toutefois, je n'eus pas le temps de répondre, car le sol trembla sous nos pieds. De la poussière tomba du plafond des cavernes, et Rune leva brusquement la tête en plissant les yeux.

— *Le château est attaqué. On n'a plus le temps. Tu dois le faire tout de suite.*

Une vague de panique m'envahit, mais je me levai en empoignant la dague attachée à ma taille.

— *Par qui ?*

Cette fois-ci aussi, je connaissais la réponse. Curieusement, les mages étaient arrivés plus rapidement que nous l'aurions cru.

— *Je sais que Girovia veut garder intacte la malédiction, mais on ne peut pas leur permettre de t'arrêter. Ils clament peut-être qu'ils viennent pour Idris, mais on sait tous les deux qu'ils sont là pour toi,* rappela Rune d'une voix sévère. *Vale, écoute-moi. Tu n'as pas le temps de t'appesantir. Si tu n'agis pas maintenant, tout sera perdu.*

Je secouai la tête et reculai tandis que de nouvelles larmes inondaient mon visage.

— *Je ne peux pas, Rune. Je refuse.*

Avant que le dragon puisse répondre, j'entendis un écho de pas résonner au loin. Je me tournai et vis Idris, Xavier et Kian pénétrer dans les cavernes. Un mélange de fureur et de peur transparaissait sur leurs visages.

— Vale ! cria Idris d'une voix cassante, en plissant ses yeux dorés devant la scène qui se jouait. *Qu'est-ce que tu fais ici ?*

Ravalant mes sanglots, je croisai leurs regards – des iris ambrés, d'autres d'un bleu glacial, et les derniers dorés –, et mon cœur se fractura.

— Rune sait comment briser la malédiction. Il a besoin de mon aide.

Ils se figèrent tous les trois, mais le pouvoir d'Idris irradia de son corps.

— Quoi ? s'exclama-t-il en regardant le dragon, puis moi. Depuis tout ce temps ? Comment ?

Je secouai la tête et me couvris la bouche tout en m'efforçant de lui interdire l'accès à mes pensées. Je n'avais pas besoin de lui transmettre ce fardeau. Ce n'était pas juste.

— *Tu dois me tuer, Vale,* insista Rune d'une voix plus grave, tandis que l'éclat de ses yeux s'intensifiait. *Poignarde mon cœur. Ensuite, tu dois faire la même chose avec Idris. Nos âmes ne pourront fusionner que grâce à ton pouvoir, et la malédiction sera brisée.*

Mes genoux flanchèrent, mais je restai debout par la force de ma volonté. Si j'étais traversée par une telle quantité de pouvoir, Rune ne serait pas le seul à mourir. Ce serait également ma fin. Je regardai mes compagnons, et mon cœur se déchira parce que je savais que je ne respecterais pas les promesses que je leur avais faites.

Celle de rester à leurs côtés, celle de ne pas les abandonner, celle de rester en vie. Que des mensonges.

— *Un sacrifice*, murmurai-je dans l'esprit de Rune alors que je réalisais la cruauté de Zamarra.

Idris avait refusé de la partager avec un autre, alors elle s'était assurée que celle qui serait en mesure de briser sa malédiction aurait plusieurs compagnons. Elle voulait qu'il soit seul et que son pouvoir soit divisé pour que la clé de tous ses tourments soit obligée de tuer la deuxième moitié de son âme. Et pire encore, juste au moment où il tombait amoureux de moi, je devais à mon tour tout sacrifier : ma magie, mon corps et ma vie.

Pour lui.

C'était bien trop gentil de dire qu'elle était cruelle.

L'expression d'Idris se transforma en rage alors qu'il s'approchait de moi.

— Non. Absolument pas. Tu ne le feras pas.

Mon cœur tambourinant dans ma poitrine, je reculai et sortis ma dague de son fourreau.

— Je ne veux pas le faire, Idris. Mais dans ce cas, la malédiction...

— *Non* ! rugit-il avec un regard incendiaire. Je me contrefiche de la malédiction. J'emmerde ce royaume et cette foutue magie. J'emmerde tout le monde. Je ne te perdrai pas. Je l'interdis.

Xavier se rapprocha, les pieds entourés par les flammes bleues de son pouvoir. Il plissa les paupières tout en essayant de pénétrer mon esprit. Je ne pouvais pas le laisser faire. Aucun d'eux ne devait connaître mes émotions.

— Pourquoi tu te fermes, Vale ? Les enjeux sont bien trop grands, mon amour. S'il te plaît, partage tes pensées avec nous.

Des écailles noires commencèrent à recouvrir la peau de Kian alors qu'il s'approchait les mains levées. Son sourire habituel s'était évanoui depuis longtemps.

— Dis-nous ce qui se passe, petite sorcière. Je t'en prie, parle-n...

Le château fut ébranlé une fois de plus et des stalactites tombèrent autour de nous, prouvant que les mages se mettaient sérieusement à attaquer.

— *Vale, on n'a plus le temps*, dit Rune d'une voix plus faible, son corps faiblissant de plus en plus vite à cause de la pression exercée par la malédiction. *Tu dois le faire tout de suite.*

Je regardai une dernière fois les visages de mes

compagnons, consciente que je n'en aurais peut-être plus jamais l'occasion.

— Je vous aime… tous. Je veux que vous le sachiez, chuchotai-je, tout en essayant de ravaler la boule qui enflait dans ma gorge.

J'avais cru que nous aurions plus de temps ensemble.

— Trouvez-la pour moi quand tout sera fini, dis-je à Kian et Xavier. Trouvez-la et protégez-la. Dites-lui que tout ça, c'était pour elle, d'accord ?

Le sentiment de trahison que je vis sur le visage de Xavier fut suffisant pour me faire douter de ma décision, et l'air désolé de Kian me transperça le cœur. Ils ne me pardonneraient jamais mon geste. Ils bougèrent tous comme un seul homme pour tenter de m'arrêter, mais n'allèrent pas loin. J'érigeai mon bouclier pour les tenir à distance. Ils tombèrent à la renverse en essayant de pénétrer ma barrière magique.

Le cœur en miettes, je me tournai vers Rune, presque écrasée par le poids de sa confiance et par l'ampleur de ma mission.

—Je suis désolée, chuchotai-je, les yeux embués de larmes, alors que je posais mon front contre la joue du dragon. Tellement désolée !

— Tu n'as pas à l'être. Ce fut un honneur de veiller sur toi, ma Reine. Je suis prêt.

Il leva sa tête pour me donner accès à son poitrail. Ma petite dague ne suffirait pas face à l'épaisseur de sa peau. Je serais obligée de me servir de mes pouvoirs. Des sanglots m'échappèrent quand je formai une épée de lumière dans ma main.

— On se voit bientôt, hein ?

Le corps de Rune oscilla alors que son souffle ébranlait sa poitrine. Le temps nous manquait. Pourquoi passait-il si vite ? Je criai et plongeai mon épée dans le cœur de Rune, et son rugissement de douleur se mêla à mon hurlement. Le bruit ébranla les fondations du château, et du sang s'écoula de la plaie en trempant mes mains.

Son corps massif scintilla et me donna l'impression de se dissoudre dans un nuage de fumée sous mes yeux.

Le nuage pourpre m'enveloppa comme un linceul étouffant. Incapable de respirer, je sentis ma force partir alors qu'il semblait me taillader la peau.

— Non ! cria Idris, dont la voix déchira l'air.

Sa rage pulvérisa toutes les barrières et protections que j'avais érigées autour de mon esprit. Il s'élança vers moi, car il était le seul capable de traverser mon bouclier, et courut vers nous en laissant Kian et Xavier derrière lui. Mes deux autres compagnons s'abattirent contre la barrière dorée qui étouffa leurs rugissements tandis qu'Idris me rejoignait.

— Je suis désolée, murmurai-je à nouveau, la voix brisée et les genoux flageolants. C'... c'est l... le seul moyen de te s... sauver.

La fureur d'Idris se transforma en angoisse. Les mains tremblantes, il m'attrapa et se pencha pour poser ses lèvres sur les miennes. Grâce au lien que nous partagions, il me transmit tout son amour et ses remords.

— S'il te plaît, bébé. Je t'en prie, ne fais pas ça. Tu ne peux pas nous abandonner maintenant. S'il te plaît, répéta-t-il en approchant une main tremblante de mon visage pour repousser mes cheveux. Je t'aime, Vale. *Je t'en prie.*

— Je t'aime aussi, répondis-je avec un hochement de tête avant de presser mon front contre le sien. Ne... ne l'... oublie pas.

Puis, d'un simple geste de la main, j'enfonçai l'épée de lumière dans son cœur.

Le choc et le sentiment d'être trahi déformèrent son visage, ce qui me déchira le cœur. Le nuage qui m'avait dévorée juste avant déferla sur lui, l'enveloppa, secoua son corps. Il pénétra en lui par la bouche et le nez. Quand le nuage me quitta, j'eus l'impression d'être brisée, et du sang s'écoula de mon nez et de ma bouche.

Mon cœur ralentit, ses battements devinrent saccadés. Ma respiration se fit laborieuse et ma vision s'obscurcit.

—*Je suis désolée*, murmurai-je à travers le lien.

Je savais qu'il ne resterait plus rien de mon être quand tout cela serait fini.

Le corps d'Idris scintilla, se métamorphosa et grandit à mesure que la malédiction se désagrégeait. Son vrai pouvoir, celui dont il avait été si longtemps privé, se révélait enfin.

Idris fut la dernière chose que je vis avant que les ténèbres me dévorent. Il était devenu un énorme dragon rouge et doré, et son rugissement fit trembler les murs de la caverne alors que la dernière étincelle de magie s'envolait de mon corps.

La caverne était trop tranquille. Il y régnait ce silence lourd et oppressant qui suit généralement les catastrophes. Autour de nous, le monde s'écroulait. Mais c'était elle, dans cette petite bulle, qui représentait notre univers. Et il était désormais vide, creux, anéanti et terrassé.

De la fumée et une odeur prononcée de sang s'attardaient dans l'air, mêlées au parfum âcre de la magie. Je m'agenouillai au milieu de la dévastation et tins le corps sans vie de Vale contre mon torse. Sa tête pendait, ses cheveux noirs étaient emmêlés et marbrés de sang et de cendres, ce qui formait un contraste saisissant avec la pâleur de son corps sans vie.

Elle était froide, gelée.

J'avais déjà été témoin de la mort, trop de fois à mon goût. Mais rien ne m'avait préparé à ça.

Pas à sa mort à *elle*.

— Vale, chuchotai-je d'une voix brisée alors que j'appuyais mon front contre le sien.

Mes larmes chaudes dévalèrent ses joues et se mélangèrent à son sang séché.

Elle ne bougea pas.

Elle resta immobile.

Derrière moi, sous sa forme massive de dragon, Idris faisait les cent pas et éraflait les pierres avec ses griffes. Les cavernes tremblaient légèrement sous son poids, et je percevais la chaleur qu'il dégageait même de là où je me trouvais. Mais il ne s'était pas approché.

Pas une seule fois.

— *Elle est partie*, grogna-t-il d'une voix grave et gutturale qui ébranla mon esprit à travers le lien que nous partagions. J'ai senti la mort l'emporter.

Il y eut une pression sur ma poitrine, comme celle d'un étau. Ses mots me faisaient l'effet d'un couteau me transperçant de part en part.

— Non, répondis-je d'une voix rauque en secouant la tête. Elle n'est pas partie. Ce n'est pas possible.

— *Tu crois que ça me fait plaisir ?* rétorqua Idris d'une voix cassante, furieuse.

Bouillonnant de colère, il portait sur moi un regard incendiaire.

—*Je l'ai sentie partir, Xavier. Elle est morte.*

— Elle ne l'est *pas* ! rugis-je d'une voix qui résonna dans la caverne.

Je m'étais exprimé assez fort pour que Kian, qui restait là, dans l'ombre, sans parler, lève les yeux. Je serrai plus fort Vale, comme si je pouvais ainsi la faire revenir de là où elle était partie.

— Je t'en prie, bébé. Je t'en prie. Reviens à nos côtés.

Idris grogna et déploya ses ailes pour se détourner. Son corps massif était tendu, ses muscles crispés, comme s'il allait s'effondrer sous le poids de son chagrin et de sa rage. Mais il ne s'approcha pas. Il s'y refusait. Pas même quand une nouvelle explosion ébranla le château et que le plafond s'effrita au-dessus de nous.

— Idris, chuchotai-je, la gorge encombrée de larmes retenues. Elle s'est sacrifiée pour toi. Pour nous. Et tu ne vas même pas...

Je sentais déjà mon pouvoir décupler alors que le barrage qui endiguait ma magie s'écroulait. Je voulais vraiment la guérir, mais je savais que c'était au-delà de mes compétences. Et si nous n'avions pas foi en elle, si nous pensions dur comme fer que la Destinée pouvait être aussi cruelle, alors nous ne la retrouverions jamais.

— *Arrête !* ordonna-t-il d'une voix grave et meurtrière en tournant légèrement la tête pour poser un œil doré sur moi. *Si je la touche... si je me permets d'espérer ne serait-ce qu'une seconde qu'elle pourrait revenir... et que ça n'arrive pas...*

La voix brisée, il laissa un moment sa phrase en suspens.

— *... je n'y survivrai pas.*

La gorge me brûlait, je retenais mes larmes, mais je ne détournai pas les yeux.

— T'es son partenaire, chuchotai-je à cause de ma gorge irritée. Si tu ne la prends pas maintenant dans tes bras, tu le regretteras pour le restant de ta vie.

Idris ne répondit pas. Il resta immobile et contempla le corps flasque de Vale dans mes bras, ses doigts ensanglantés et sa poitrine figée.

Traînant ses bottes sur la pierre, Kian avança. Il posa ses yeux ambrés sur moi, puis sur Vale, son expression était indéchiffrable.

— Elle ne renoncerait pas à nous sauver, dit-il d'une voix grave et rude. On n'abandonnera pas.

— *Elle n'est déjà plus là*, marmonna Idris, dont les paroles étaient à peine audibles. *Je ne peux pas... Je l'aime trop. S'il vous plaît, ne me faites pas espérer.*

— Elle est *toujours* avec nous, rétorquai-je, ravagé par la frustration. Je le sens.

Kian se rapprocha et s'agenouilla près de moi. Il contracta ses griffes et parcourut des yeux la silhouette immobile de Vale avant relever la tête vers moi. Avec une lenteur délibérée, il plaça une main sur sa poitrine, à l'endroit où son cœur aurait dû battre. Il ouvrit de grands yeux et hocha la tête.

— Aucun battement, mais de la magie, murmura-t-il d'une voix à la fois empreinte d'émerveillement et de désespoir.

Idris se raidit, sa grande carcasse s'immobilisa complètement. Il replia ses ailes dans son dos et se tourna en griffant le sol de ses serres. Se dressant de toute sa hauteur au-dessus de nous, il plissa les yeux comme pour nous mettre au défi de lui mentir.

— Vérifie par toi-même, dis-je, la gorge irritée, en soutenant son regard. Sens la magie, Idris.

Il ne bougea pas pendant un moment. Puis il baissa sa tête massive avec un grondement hésitant. Ses narines se dilatèrent quand il inspira profondément et contempla le corps sans vie de Vale. Doucement, il pressa son museau contre la poitrine de la sorcière.

Ses yeux dorés s'écarquillèrent, et pendant un bref instant, je crus voir une lueur d'espoir dans leurs profondeurs.

— *C'est vrai*, admit-il d'une voix plus tranquille, presque pieuse. *C'est timide, mais bien là.*

Une vague de soulagement m'envahit et me coupa le souffle. J'agrippai les épaules de Vale et me penchai pour effleurer sa tempe de mes lèvres.

— Reviens-nous, Vale, chuchotai-je. Je t'en prie.

Mais elle resta immobile.

Idris recula et remua ses ailes. On aurait dit que le doute obscurcissait ses pensées.

— *Elle est partie depuis trop longtemps*, dit-il d'une voix creuse. *Même s'il reste quelque chose... ce ne sera pas suffisant.*

— Tu ne le sais pas, rétorquai-je en le fusillant du regard. On a déjà tous frôlé la mort et on en est revenus. Pourquoi ce serait différent pour elle ?

— *Parce qu'elle est morte, Xavier*, grogna Idris en frappant le sol de la caverne avec sa queue. *Elle n'est pas en train de mourir. Elle n'est pas blessée. Elle est morte. Il n'y a plus de lien. Plus aucun battement, et plus aucune âme à laquelle s'accrocher.*

Il me regarda avec ses yeux dorés incendiaires.

— Je l'ai suppliée de renoncer. Je l'ai implorée et elle a quand même tout sacrifié. Tu penses vraiment que je ne voudrais pas la sauver ? Que je n'échangerais pas ma place sans hésiter ? Mais c'est... hors de notre portée.

Je baissai les yeux vers Vale et laissai mes larmes couler librement. Sa poitrine ne se soulevait pas, son cœur ne palpitait pas, mais je sentais *quelque chose*. Un éclat de chaleur, le murmure de la magie qui subsistait en elle. Ce n'était pas grand-chose, mais c'était suffisant pour me faire espérer.

— Elle n'est pas partie, dis-je doucement, en me parlant plus à moi-même qu'aux autres. Pas encore.

Le silence engloutit à nouveau la caverne alors que le poids étouffant du chagrin nous écrasait. Idris se détourna en faisant claquer sa queue et sembla se concentrer sur la bataille qui faisait rage à nos portes.

— Je l'ai perdue... mon amour, ma Reine, mon cœur. Je refuse de perdre mon royaume en même temps.

Kian posa une main sur mon épaule dans un geste tendre malgré la violence de ses émotions.

— On se battra pour elle, me promit-il d'une voix assurée. Coûte que coûte.

Je hochai la tête, même si je sentais toujours ma poitrine oppressée.

— Reste avec elle, chuchotai-je, le cœur en miettes, car je savais que seul Kian pourrait la protéger dans ces conditions. Je vais m'occuper de lui.

Qu'importe le prix à payer, je la ramènerais. Parce que perdre Vale...

Aucun de nous ne pourrait y survivre.

CHAPITRE 26
VALE

La mort était bien plus douloureuse que je l'aurais cru.

J'avais toujours supposé qu'en quittant ce monde, je ne souffrirais plus. Mais je m'étais sévèrement trompée. Autour de moi, l'air me faisait l'effet d'un épais manteau rempli de cailloux, comme si la magie que j'avais libérée stagnait et m'oppressait. Des échos de mon agonie se réverbéraient dans mon corps et alourdissaient mes membres. Le froid glacial du sol de la caverne s'infiltrait dans mes os, chaque inspiration me sciait les poumons, l'air m'écorchait la cage thoracique comme du papier de verre.

Mais j'aurais dû arrêter de respirer. Je n'aurais pas dû souffrir. Je...

Toutefois, la douleur que je ressentais ne m'appartenait pas entièrement. La présence de Rune perdurait, même si je savais qu'il avait disparu. Son essence – son âme – m'avait traversée et m'avait ravagée avant de fusionner avec Idris. Je pouvais encore sentir la forte odeur métallique du sang et le poids de son âme qui avait quitté la mienne. Je pouvais encore entendre l'agonie dans son rugissement quand j'avais... quand j'avais...

Et désormais... désormais, j'étais seule.

— Rune, gémis-je dans le néant de ma tête, cet endroit sombre et fissuré qu'aurait dû représenter la mort, mais qui ne l'était pas. T'es là ?

Mais je n'obtins aucune réponse.

Plus personne ne me répondrait.

Parce qu'il était parti. Il n'existait plus. Je ne le retrouverais jamais.

J'essayai de penser à ce qu'il me dirait à cet instant précis, mais je ne réussis qu'à me recroqueviller sur moi-même quand je sentis le chagrin me déchirer de l'intérieur. J'avais accompli ma mission. J'avais brisé la malédiction d'Idris, et à présent, j'en payais le prix. Parce que rien n'est gratuit, hein ?

Quand mes sanglots cessèrent, je posai mes mains tremblantes sur la pierre et tentai mollement de me redresser. Mon corps hurla en signe de protestation et mes yeux se brouillèrent alors que des points noirs envahissaient ma vision périphérique.

Une vibration du lien qui m'unissait à mes compagnons résonnait faiblement dans mon esprit. Elle était distante, fracturée. Et c'était entièrement de ma faute.

J'avais rompu toutes mes promesses, les serments que je leur avais faits étaient devenus mensonge. À présent que Rune avait disparu, je...

Le souvenir du rugissement du dragon me força à me lever vigoureusement quand je sentis une douleur cuisante ricocher dans mon corps. Le monde bascula lorsque je parvins à me mettre à la verticale, le dos appuyé contre un mur à la surface irrégulière.

Je passai la main sur le sang qui recouvrait ma peau et me rappelai le sacrifice de Rune par ma faute. Ma poitrine se serra tandis qu'un sanglot remontait dans ma gorge. Je l'avais tué. J'avais tué Rune. Et Idris... Idris m'avait regardée faire.

Je fermai les yeux quand mes larmes coulèrent malgré mes efforts pour les retenir. Comment pourrais-je le regarder en face après mon geste ? Comment pourrais-je me présenter à nouveau devant eux ? J'avais tout ruiné. J'avais rompu le lien que j'avais établi avec Idris, et j'avais ébranlé la confiance que Kian et Xavier avaient placée en moi. Tout ça pour un choix que je n'avais jamais demandé à faire.

Mais j'avais réussi. J'avais brisé la malédiction.

Idris.

Une lueur d'espoir me fit vibrer. Je l'avais vu se métamorphoser quand il avait accepté l'âme de Rune en lui. Peut-être... Rune vivait peut-être encore en lui, et je serais la seule à avoir...

Avant que le poids de la culpabilité puisse m'asphyxier, je sentis une étrange sensation de chaleur se répandre dans ma poitrine. Ce n'était pas le lien que je partageais avec mes compagnons ou ma magie. C'était... autre chose. Une présence plus lumineuse et pure. Je poussai un petit cri quand je vis la caverne devenir floue autour de moi. Les murs anguleux et les gravats éparpillés s'estompèrent pour laisser place à un halo de lumière qui me força à me protéger les yeux.

Lorsque je réussis à nouveau à voir quelque chose, je me rendis compte que je n'étais plus dans les cavernes sous le château. Puis je réalisai enfin où j'étais.

Ce n'était pas l'au-delà et je n'étais pas en chemin pour rencontrer Orrus. J'étais dans le Royaume des Rêves, sauf que je ne l'avais jamais vu de cette manière. Contrairement aux autres fois, ce lieu n'existait pas en Crédour. La réalité de cet endroit était déformée selon les caprices de la magie qui régnait là, et rien ne semblait avoir de sens.

Des sentiers parsemés d'étoiles flottaient en plein air

et leurs bords se transformaient en cascades de lumière scintillante. Des arbres aux branches cristallisées s'élevaient vers un ciel qui n'existait pas, tandis que leurs racines s'enfonçaient dans le néant. Un bourdonnement mystique retentissait dans l'atmosphère, comme si ce monde avait une vie propre.

Mais cet endroit me paraissait immoral. Les bordures du Royaume des Rêves disparurent lorsque des tentacules noirs envahirent l'espace, comme si on avait renversé de l'encre dans un bassin d'eau. Les ténèbres recouvrirent et contaminèrent tout. Les branches cristallisées craquèrent et se cassèrent quand les ténèbres les absorbèrent et les engloutirent. Une à une, les étoiles se volatilisèrent, et la magie s'estompa jusqu'à ce qu'il ne reste plus que le néant.

Sous mes pieds, le sol vibra faiblement. Les fissures s'étendirent vers l'extérieur, et l'énergie étouffante que j'avais ressentie plus tôt se renforça. Je... J'avais déjà visité cet endroit. Je le connaissais. C'était là que j'avais vu Nyrah, mais...

— Tu n'aurais pas dû venir ici.

La voix, froide et cassante, tranchait l'obscurité comme une lame. Une lueur glaciale apparut dans l'obscurité, hostile et incisive. Je dus protéger mes yeux jusqu'à ce qu'elle faiblisse un peu. Comme la fois où *j'étais venue avec Idris, des pierres me tailladèrent les mains au moment où le tunnel apparut enfin.*

La blonde qui s'était recroquevillée autrefois au bout du tunnel se leva. J'avais cru voir ma sœur, seule et gelée, piégée par l'obscurité, mais je m'étais sévèrement trompée. Aussitôt que je croisai le regard de la femme, je m'en rendis compte.

Zamarra.

Elle sortit des ténèbres en arborant un sourire qui traduisait la cruauté qu'elle avait en elle. Les haillons qui l'avaient précédemment recouverte avaient disparu, remplacés par une robe d'un noir cristallin qui tournait autour d'elle comme si elle était habitée par une vie propre. L'intensité de son regard me fit flancher, car sa présence était aussi imposante que terrifiante. Non seulement elle était redoutable, mais elle possédait aussi un pouvoir brut, une force ancestrale qui avait été emprisonnée bien trop longtemps.

— Est-ce que tu aimes ma prison, cousine ? lança Zamarra d'une voix sifflante et méprisante. C'est drôle, la vie, hein ? Toutes ces peines et ces épreuves pour te retrouver ici.

Les mains tremblantes, je reculai en trébuchant et cherchai à dégainer ma dague, que je n'avais plus. J'appelai ma magie, elle n'était plus là non plus. J'étais démunie face à Zamarra. Je n'avais rien pour me défendre.

— Je... je ne comprends pas.

— Bien sûr que tu ne comprends rien, cracha-t-elle alors que ses lèvres s'incurvaient en un rictus cruel. Tu n'es qu'un pion dans un jeu qui dure depuis bien avant ta naissance. Mais t'as bien rempli ton rôle. Et maintenant, le Royaume des Rêves va payer pour être intervenu.

Je baissai les yeux sur les rochers irréguliers qui s'étendaient à mes pieds et dont la brillance irisée m'indiqua où je me trouvais. À Direveil. Nous étions sous la montagne et Zamarra avait été emprisonnée au milieu du Lumentium. La réalité me foudroya sur place. Arden n'en avait rien eu à faire, de la mine. Des quotas sans cesse en hausse, des morts, de la façon dont il contrôlait tout d'une main de fer.

Nous n'avions jamais travaillé pour extraire du Lumentium.

Nous trimions pour la sortir de là.

Sous mes pieds, le sol trembla. Des fissures craquelèrent la roche et s'élargirent quand les tentacules noirs gagnèrent du terrain. Elle s'approcha et me fixa de son regard bleu où brûlait une flamme pure.

— Est-ce que tu la sens ? La fracture que tu m'as

aidé à créer ? Tu m'as délivrée, petite reine. Et maintenant, plus aucun retour en arrière n'est possible.

Elle pencha la tête sur le côté. Ses cheveux blonds flottaient dans l'air, comme si elle était sous l'eau.

— Je devrais te remercier. Et je le ferai. Quand tu m'auras donné ce dont j'ai besoin.

Les tentacules noirs agrippèrent brusquement mes poignets et mes chevilles pour me maintenir en place alors qu'elle s'approchait de moi. Plus elle avançait, plus son sourire grandissait, révélant une mâchoire pleine de dents acérées.

—Je n'ai rien, grommelai-je en me débattant contre les liens. Et même si je possédais quelque chose, je ne te le donnerais en aucun cas.

— Oh, mais si. Tu l'as toujours eu en toi. Et ne t'y méprends pas, tu me donneras ce que je désire. Tu penses vraiment que j'ai organisé tout ça pour qu'il retrouve sa liberté ? demanda-t-elle en faisant claquer sa langue et en secouant la tête d'un air irrité. Qu'il ne subirait aucune conséquence pour avoir refusé de me céder son pouvoir ? Oh, non. S'il pensait que sa malédiction était dure, il aurait mieux fait de réfléchir un peu.

Zamarra s'élança vers moi et visa mon visage avec ses doigts noircis qu'elle brandit comme des griffes. Mais avant qu'elle puisse me toucher, une lumière aveuglante jaillit de derrière moi et la força à se protéger les yeux.

Mon cœur fit un bond dans ma poitrine parce que je pensais qu'Idris était venu me sauver, mais c'était une présence différente.

Zamarra se retira en sifflant de rage. Quelqu'un passa un bras autour de ma taille et m'emporta loin de sa magie corrompue, tandis que le monde tourbillonnait autour de moi. La lumière continua à s'étendre et à engloutir l'obscurité jusqu'à ce que mes pieds touchent une touffe d'herbe d'un vert éclatant et irréel. Rien de tout cela ne pouvait exister.

Je me tournai en protégeant mes yeux tandis que l'éclat de la lumière augmentait. Elle réchauffa et engloba tout l'espace. Quand elle faiblit, je me retrouvai devant une personne stupéfiante. Elle était constituée d'une lumière pure, et son corps glissait et miroitait comme la lumière du soleil sur l'eau. Son aura était écrasante, mais ne ressemblait en rien à celle de Zamarra.

Elle était... apaisante.

Rassurante.

J'avais l'impression d'être rentrée à la maison. Oh... Oh, non !

Idris m'avait mise en garde contre cette éventualité quand il m'avait raconté l'histoire de la création des Luxas. J'avais dérivé dans les profondeurs du Royaume des Rêves, qui m'avait rappelée.

— *Vous êtes Lirael, n'est-ce pas ? soufflai-je, émerveillée par sa beauté et sa puissance. L'être de légende ?*

Je n'allais pas rentrer chez moi. Je... je ne les verrais plus jamais. J... je m'étais aventurée trop loin, j'avais épuisé mes forces, et désormais j'étais perdue.

— *En effet, mon enfant, me répondit-elle avec un sourire chaleureux et bienveillant. Mais pourquoi tu pleures ?*

Elle toucha ma joue avec l'un de ses longs doigts, et quand elle le ramena vers elle, il y avait au bout une larme en équilibre. Elle souffla dessus, et la goutte éclata en un nuage d'étoiles scintillantes qui s'éloignèrent dans le vent.

— *Parce que je ne sais pas comment retourner auprès d'eux... mes partenaires. Je... je pense avoir cassé quelque chose dans ce royaume, j'ai fait quelque chose, et je ne sais pas comment réparer ça. Je ne sais pas si j'en suis capable. Je... je ne suis pas assez forte. Je ne peux pas...*

— *Tu ne réalises pas l'étendue de tes pouvoirs, dit Lirael, dont la voix mélodieuse retentissait dans mon esprit. Mais ta lumière a réveillé ce qui aurait dû rester endormi.*

— *Zamarra, réussis-je à chuchoter d'une voix tremblante alors que je frottais la peau irritée de mes poignets.*

Lirael ne répondit pas. À la place, elle se rapprocha de moi et toucha ma poitrine avec sa main lumineuse. Je sentis une chaleur m'envahir et apaiser la souffrance et la douleur qui persistaient en moi depuis le sacrifice de Rune. J'avais à présent moins de mal à respirer, car le poids qui oppressait ma poitrine s'atténuait grâce à la lumière qu'elle déversait en moi.

— Tu es bien plus forte que tu le crois, déclara-t-elle d'une voix douce mais déterminée. Mais ta force ne sera pas suffisante pour ce qui t'attend. L'équilibre a été perturbé, alors tu dois trouver un moyen de le rétablir.

— Le rétablir ? Comment ? demandai-je d'une voix brisée. Je ne sais pas ce que j'ai déclenché.

— Tu n'as pas fait que réveiller Zamarra, Vale, expliqua Lirael en me regardant avec des yeux doux et tristes. Tu as mis en marche toute une série d'événements qui ne pourront pas être arrêtés. Mais tu n'es pas seule. Souviens-t'en. Si tu as besoin de moi, appelle-moi. Je n'ai jamais répondu à l'appel de mes filles, mais je viendrai à toi.

— Pourquoi ?

— Le livre, ma fille. Tu dois retrouver le livre, déclara-t-elle, en souriant plus largement.

Avant que je puisse poser une autre question, la lumière pâlit tandis que le Royaume des Rêves s'évanouissait autour de moi.

Bien que faibles, des battements réguliers parvinrent à mes oreilles et m'arrachèrent à l'impression d'apesanteur qui régnait au Royaume des Rêves. Je n'avais plus mal à la poitrine, mes membres avaient repris des forces, et pendant un moment, je crus me trouver encore dans la chaleur du halo projeté par Lirael. Mais non. Cette illusion vola en éclats quand je sentis le froid des pierres sous mon corps, la forte odeur cuivrée du sang dans l'air et l'agitation proche.

Je poussai un petit cri de surprise en réalisant que le monde qui m'entourait était plein de vie.

Les murs de la caverne tremblèrent violemment, ce qui fit tomber de la poussière et des débris du plafond. L'air grésillait de magie, le choc intense du feu et de la glace emplissait mes oreilles. Ma vision se brouilla lorsque j'ouvris les yeux ; la faible lumière de la caverne était traversée par des salves de sorts foudroyants. Un véritable chaos se déchaînait de manière impitoyable.

Et puis je sentis sa présence.

Le corps de Kian enveloppait le mien et ses larges épaules me protégeait du combat. Des écailles noires se mirent à recouvrir ses bras et son dos dénudés pour parer un sort qui aurait dû nous tailler en pièces. Il enfonça ses griffes dans la pierre en poussant un grognement menaçant quand une autre attaque le frappa directement au flanc.

— Kian, chuchotai-je d'une voix plus assurée que je l'aurais cru.

Il ne répondit pas, trop concentré à me protéger des mages giroviens qui se rapprochaient. Ses yeux, qui semblaient de l'ambre en fusion, se fixèrent sur moi brièvement. Une lueur de soulagement parut les traverser, mais manifestement, il ne voulait pas se laisser distraire trop longtemps.

— Vale ? dit-il d'une voix brisée qui paraissait teintée à la fois d'incrédulité et de désespoir. Bon sang, t'es réveillée.

Une autre explosion ébranla les cavernes, et Kian se raidit. Ses ailes, qui étaient partiellement formées parce qu'il n'était qu'à moitié métamorphosé, se déployèrent pour mieux me protéger. Le redoutable cri de guerre de Freya retentit. Je tournai alors la tête et la vis découper les tentacules magiques qui fonçaient sur nous. Elle maniait sa paire de lames avec une précision meurtrière. Leurs bords argentés reflétèrent la lumière lorsqu'elle pivota sur elle-même pour éliminer un autre mage.

— Reste à terre, petite Luxa ! aboya Freya par-dessus son épaule.

Sa voix était tranchante, mais empreinte de soulagement.

— On se débrouille. Ne bouge pas.

Mais j'avais retrouvé mes forces.

Je sentais le bourdonnement chaleureux de la magie de Lirael qui persistait encore en moi tandis que sa lumière faisait faiblement vibrer ma poitrine. Mes muscles, qui auraient dû me faire souffrir le martyre après tout ce que j'avais enduré, étaient en pleine forme. Je pliai mes doigts et m'attendis à ressentir une douleur, mais non. D'ailleurs, la connexion que je partageais avec mes partenaires paraissait s'être renforcée et exacerbée.

— Kian, murmurai-je à nouveau en essayant de m'asseoir.

Il posa une main sur mon épaule pour m'empêcher de me redresser alors que ses yeux me passaient au crible.

— J'ai senti ton âme partir, dit Kian d'une voix rauque qui se brisa, tandis que ses griffes se frottaient à la pierre. Pendant un moment, il sembla perdu. Ses yeux en fusion semblaient stupéfaits, mais il se reprit quand un mage approcha en rugissant.

— Non, répondis-je d'une voix ferme cette fois. Je suis là, Kian. Je vais bien.

Les yeux plissés, il scruta mon visage, à la recherche d'une quelconque fragilité.

— Je t'ai tenue dans mes bras, affirma-t-il d'une voix lourde d'émotions. Tu ne respirais plus. Ton corps était froid. Je...

Détournant les yeux, il se tut alors que sa mâchoire se raidissait.

— Tu n'étais plus là.

— On m'a guérie, expliquai-je doucement mais d'une voix tremblante. Dans le Royaume des Rêves. Je... je ne peux pas vraiment expliquer. C'était Lirael. Elle m'a renvoyée à vos côtés.

Kian ouvrit de grands yeux et, en contractant involontairement ses griffes, réduisit la pierre en miettes dans ses grandes mains.

— La déesse ? Elle...

— Est-ce que vous pourriez faire vos petites retrouvailles plus tard ? lança Freya d'une voix sèche tandis que sa lame déviait une attaque de magie verte. J'adore les miracles, mais on est toujours en plein milieu d'une foutue bataille.

— Je ne la laisserai pas, grogna Kian en se dressant de toute sa hauteur et en repliant ses ailes.

— Ce n'est pas ce que je te demande, rétorqua Freya, qui fendait une autre rangée d'assaillants. Mais on doit se tirer de là. Tout de suite.

Les bras tremblants, je me redressai et évitai la main de Kian, qui voulait me retenir.

— Je t'ai dit que ça allait.

Pour lui prouver ce que j'avançais, je me levai grâce aux effets persistants de la magie de Lirael, qui m'aidèrent à garder l'équilibre alors que je sentais ma tête tourner.

— Je ne m'en irai pas. Pas tant qu'on se fera attaquer. Une Reine ne fuit pas.

Kian grogna et me rattrapa brusquement quand une autre explosion ébranla la caverne.

— Je m'en contrefous, de savoir que la déesse t'a rafistolée. Ça ne va pas. T'es morte. Sous mes yeux, insista-t-il en se frappant la poitrine. Je t'ai senti partir. Tu n'étais plus là.

— Pour l'amour du ciel, laisse-la nous prouver qu'elle va bien, rétorqua Freya tandis qu'elle découpait le sort d'un mage avec une férocité presque insouciante. Si elle tient le coup, c'est génial. Sinon, je la traînerai moi-même hors de cette caverne. Dans tous les cas, on ne va pas la perdre une nouvelle fois. Pas aujourd'hui.

Kian la fusilla du regard, mais je ne lui permis pas de répliquer. En puisant en moi, j'appelai ma magie, qui répondit immédiatement. Et je levai machinalement les bras pour projeter une lumière éclatante et précise. Je n'avais jamais vu jaillir de mes mains une lueur si intense auparavant, et je formai une barrière si rigide qu'elle paraissait presque tangible. Les sorts des mages se brisèrent dessus et les fragments de leur magie se dissipèrent en étincelles. Mon pouvoir jaillissait, à la fois étranger et familier, comme si celui de Lirael avait fusionné avec le mien.

Dans ma poitrine, la présence bienveillante de la déesse palpitait, comme si je possédais un deuxième cœur. Elle me soutenait alors même que la caverne tremblait autour de nous. Mon corps aurait dû me paraître faible, ravagé par le sacrifice de Rune et l'attraction qu'avait exercée le Royaume des Rêves sur moi. Mais je me sentais étrangement... entière.

Une lumière dorée, plus brillante et incisive que dans le passé, parcourait mon corps. Ce n'était pas seulement mon pouvoir, mais une magie ancienne s'y superposait. J'avais l'impression que Lirael m'avait laissé une part d'elle, une flamme éternelle pour me guider dans les ténèbres.

—Je te l'ai déjà dit, grommelai-je.

Je fulminais, ma rage faisait bouillonner mon sang et stimulait la magie qui envahissait mon corps. Désormais, son flux était à présent plus abondant qu'il ne l'avait jamais été.

— Je ne suis pas brisée.

— T'es infernal, tu le sais ? ronchonna Kian en plongeant son regard troublé dans le mien.

— Apparemment, répliquai-je en me rapprochant de lui alors que Freya se frayait un chemin dans les rangs des mages. Du coup, on se tire d'ici ou tu vas continuer de me prendre la tête ?

Il sembla surmonter sa frustration et un sourire se dessina sur ses lèvres.

— Très bien. Mais si je vois ne serait-ce qu'une goutte de sang, je te balance sur mon épaule.

— Marché conclu, répondis-je, tandis je sentais la magie de Lirael vrombir en moi.

Kian s'élança et déchiqueta les tentacules de magie qui fonçaient vers nous pendant que Freya protégeait l'aile de notre groupe. Le lien qui m'unissait à mes partenaires pulsait au fond de mon esprit, ce qui me permit de sentir la rage d'Idris qui se déchaînait au-dessus de nos têtes. Plus près, je détectai la détermination glaciale de Xavier qui débarrassait les tunnels supérieurs des ennemis en utilisant sa magie.

Malgré leurs efforts pour repousser les forces giroviennes, je n'arrivais pas à me défaire du sentiment que quelque chose clochait. Les paroles de Lirael résonnaient dans ma tête. Sa mise en garde ne cessait de me tourmenter. Ce n'était pas une simple attaque, mais une diversion. Une ébauche du chaos qui nous attendait.

Je me rappelais le regard toxique de Zamarra et sa voix sinistre qui cherchait à m'effrayer. J'étais persuadée qu'elle observait en attendant son tour, et que ses tentacules s'infiltraient déjà dans les fissures que nous avions créées.

Certes, la bataille faisait rage, mais je savais que le véritable danger ne s'était pas encore révélé.

Quand il arriverait, je serais prête.

CHAPITRE 27
VALE

Les échos des combats se réverbéraient dans les cavernes, un mélange assourdissant de sorts jetés et de rugissements de fureur. Ses ailes à moitié dépliées, Kian tourna son regard féroce vers moi alors qu'il me protégeait d'une attaque. Freya semblait danser tel un derviche tourneur en découpant ses agresseurs avec sa paire de lames. Le nombre de nos assaillants ne diminuait pas. Je protégeais mes alliés du mieux que je pouvais, mais nos ennemis étaient trop nombreux.

L'atmosphère changea.

Je ne percevais plus seulement le froid glacial de la magie, mais aussi le poids écrasant d'une force plus sombre. Les mages chancelèrent et ouvrirent de grands yeux violets où sembla s'insinuer la peur quand les ténèbres s'amalgamèrent au fond de la caverne. Même eux craignaient ce qui allait se passer, ce qui n'était pas de bon augure pour nous.

Alors je vis un mage familier émerger de l'obscurité. Un que je n'avais pas pu tuer, car il s'était enfui avant que je lui porte le coup fatal.

L'aura de Malvor était étouffante. Ses robes noires voltigeaient autour de lui, comme des ombres animées, et des filets de magie noire ondulaient le long de ses doigts alors qu'il retroussait ses lèvres pâles en un rictus cruel. Même Freya s'arrêta et resserra sa prise sur ses lames.

— Eh bien ! Eh bien ! Eh bien ! dit Malvor d'une voix traînante et aussi tranchante que du verre. La petite reine a survécu. Que c'est... *décevant*.

Freya se plaça devant moi avec ses lames qui scintillaient de magie. Recouvert de brillantes écailles de dragon, Kian grogna et fléchit ses griffes. Toutefois, Malvor ne me quitta pas de ses yeux froids et impitoyables.

— T'aurais dû m'écouter, cracha Malvor d'une voix qui semblait calme et condescendante. Je t'avais dit de ne pas briser la malédiction. Je t'avais prévenue de ce qui t'attendait si tu intervenais. Mais tu ne pouvais pas t'empêcher de jouer les héroïnes, hein ?

— J'ai fait le nécessaire, dis-je d'une voix que je voulais assurée. La malédiction est brisée. Idris est entier. Rune est...

— Mort, me coupa Malvor alors que son rictus devenait encore plus cruel. Ton petit toutou est mort et a libéré une force encore plus redoutable par la même occasion. Les chaînes de Zamarra se délient, petite reine. Tout le royaume tremble à cause de tes actions. Mais ne t'inquiète pas, tu ne vivras pas suffisamment longtemps pour voir l'ensemble des conséquences. Je te le garantis.

Avant que je puisse répondre, Malvor leva vivement la main et une onde de magie noire se précipita vers nous, tel un tsunami. Mon pouvoir jaillit de ma peau pour ériger un bouclier, mais le sort le percuta avec assez de force pour me faire vaciller.

— On doit se tirer de là ! aboya Freya en tournant brusquement les yeux vers la sortie de la caverne. Si on reste coincés ici, on est morts.

Kian n'hésita pas. Ses griffes enveloppèrent mon bras, et il nous propulsa vers l'entrée de la caverne grâce à un puissant battement d'ailes. Freya nous suivit en maniant ses lames étincelantes pour dévier les sorts que nous jetaient les mages toujours à notre poursuite.

Je vis Idris et Xavier au moment où nous sortîmes au grand air. Ils ravageaient les forces giro-viennes avec leur magie. Idris, toujours sous sa forme de dragon, lâcha un rugissement qui ébranla le sol. Ses écailles pourpres brillaient sous la lueur pâle du clair de lune.

Le regard bleu glacial de Xavier était envahi par la fureur. Du bout de ses doigts gelés, il déploya un barrage de pics de glace pour arrêter les mages en approche. Plusieurs d'entre eux s'empalèrent dessus, comme s'ils étaient transpercés par des épées.

Cependant, quelque chose me semblait diffé-rent. Une impression que je ne pouvais pas ignorer. Xavier n'avait jamais créé de glace avec sa magie. Certes, ses flammes avaient toujours été bleues, fulgurantes et précises, mais à présent, on aurait dit qu'il lui était aussi facile de générer de la glace que de respirer. Il la modelait à partir de rien avec une précision destructrice.

Je me mis à haleter. Je n'avais pas seulement restauré le pouvoir du roi en levant la malédiction d'Idris. Je nous avais tous libérés à un degré que nous n'avions même pas encore commencé à perce-voir. Les chaînes qui avaient retenu Xavier, qu'importe leur nature, s'étaient envolées, libérant le véritable pouvoir de sa magie. Il était plus fort que jamais, alors les mages giroviens n'avaient aucune chance face à lui.

— Vale, m'appela-t-il d'une voix qui transperça le vacarme ambiant.

Son regard, où semblaient se mélanger soulagement et gravité, trouva le mien. Il avança vers nous et forma une barrière protectrice avec sa magie tandis que d'autres mages descendaient depuis la forêt.

Ils étaient trop nombreux. Comment avaient-ils pu rassembler autant de gens prêts à se battre ?

Toutefois, Idris ne m'adressa pas la parole. Sa fureur embrasa ses yeux dorés et il tourna son énorme corps vers Malvor. Il creusa la terre avec ses griffes et cracha un flot fulgurant de flammes.

— *Tout ça prend fin maintenant*, grogna-t-il dans ma tête.

Sa voix grave et retentissante ressemblait tellement à celle de Rune que je sentis mon cœur bondir de joie.

Avec une expression d'ennui extrême, Malvor émergea de la caverne et contempla le chaos.

— Ah, le roi, ricana-t-il en se tournant vers Idris. Ou plutôt le demi-roi, devrais-je dire ? T'as peut-être retrouvé ton dragon, mais t'es toujours insignifiant, comparé à ce qui approche. T'aurais dû garder une âme divisée. Maintenant, on est tous morts.

Idris s'élança et découpa l'air avec ses griffes, mais Malvor se volatilisa dans un tourbillon d'ombres et réapparut à quelques mètres. Avec un rire retentissant, il leva les mains et invoqua des tentacules de magie noire qui fouettèrent l'air comme un martinet. Toutefois, nous n'étions pas ses cibles.

Non, ils étaient destinés aux mages qui avaient péri. Tous se relevèrent de la neige, leurs membres et leurs corps intacts, prêts à se sacrifier pour Malvor.

— T'aimes mes combattants ? Moi, je les adore. Tu n'aurais jamais dû interférer, petite Luxa. Parce qu'elle ne vient pas pour moi et les miens... Pas encore. C'est toi qui l'intéresses, et les tiens. Elle sera là dans l'ombre, à chaque coin sombre. Chaque fois que tu t'endormiras. Alors le mieux que je puisse faire, c'est de l'arrêter avant qu'il soit trop tard.

Comme un seul homme, les mages morts attaquèrent. Leurs corps se mêlèrent aux rangs des vivants alors qu'ils avançaient tous pour nous encercler. Avec la pente raide dans notre dos et les cavernes devant nous, il nous restait peu d'options pour fuir.

Kian grogna et griffa le sol avant d'attaquer Malvor sur le côté. La magie de glace de Xavier percuta les tentacules noirs et rompit leur lien avec les mages tombés au combat. Cependant, les mages restants se rapprochaient et nous assaillaient de leurs sorts.

— Assez ! rugit Malvor en levant les bras.

Les ombres qui l'entouraient se propagèrent et formèrent un dôme qui engloutit le champ de bataille dans des ténèbres mouvementées. Pendant un moment, tout devint silencieux autour de nous.

Puis des gens se mirent à crier.

Les hurlements ne s'élevaient pas de nos rangs. Non, c'étaient les âmes des mages morts qui criaient alors qu'elles alimentaient la magie de Malvor et enveloppaient son corps de magie noire. Les ténèbres qui grignotaient le terrain inoccupé sous le dôme me rappelaient la magie de Zamarra.

— Kian ! hurlai-je en m'agrippant à son bras alors que les ombres mouvantes se rapprochaient de nous. On ne fait pas le poids dans ces conditions.

— Alors on va se battre autrement, déclara mon compagnon en me regardant de ses yeux ambrés, dont la détermination détonait avec le chaos environnant.

Il leva les mains et autour de nous, l'air se mit à

briller, à tourbillonner. Les ténèbres étouffantes flanchèrent, et soudain, j'eus l'impression qu'elles avaient disparu. Les ombres mouvantes nous dépassèrent, toujours à notre recherche, mais ne parvinrent pas à nous trouver.

La magie des illusions de Kian nous ayant invisibilisés, celle de Malvor était incapable de nous voir. Kian me regarda avec ses yeux ambrés, où il me sembla voir le scintillement de sa détermination malgré le stress qui marquait son visage. Une goutte de sueur dévala sa tempe quand il contracta ses griffes.

— Ça ne tiendra pas longtemps, me dit-il entre ses dents serrées. Il est trop puissant. Tu dois en finir, Vale.

— Protégez-le, lançai-je à Xavier et Freya alors que je m'avançais.

La chaleur de la magie de Lirael m'inonda et une lumière dorée embrasa mes mains. Elle me permit de traverser l'illusion afin d'affronter Malvor.

— Tu penses pouvoir m'arrêter ? ricana le mage, les yeux rivés sur moi tandis que l'illusion s'estompait. Tu n'es qu'une enfant qui joue avec des pouvoirs dont elle ne comprend pas l'étendue.

— Peut-être, acquiesçai-je d'une voix assurée

malgré la tempête qui se déchaînait en moi. Mais une enfant peut tout de même te battre.

Je libérai un torrent de lumière dorée, plus éclatante et puissante que jamais. Il percuta les ténèbres de Malvor et les consuma avec une force qui le fit chanceler. Tout en grognant, il répliqua avec une explosion de magie noire, mais le pouvoir de Lirael s'amplifia en moi et le fit tomber à genoux.

— Ton pouvoir s'est décuplé, admit Malvor d'une voix qui semblait tendue à cause de la douleur. Les faveurs de la déesse te siéent à ravir. Mais sa lumière ne te sera pas suffisante face à l'imminente dévastation. En brisant la malédiction, tu pensais mettre fin à tes problèmes ? Zamarra est en train de s'échapper de sa prison en ce moment même, petite reine. Et elle a déjà jeté son dévolu sur ta précieuse petite sœur.

— Nyrah ? chuchotai-je d'une voix à peine audible, tandis que mon cœur s'arrêtait de battre. Qu'est-ce que Zamarra lui veut ?

— Oh, tu le découvriras bien assez tôt, rétorqua Malvor alors que son rictus s'élargissait. Mais à ce moment-là, il sera trop tard. Zamarra ne veut pas uniquement mettre la main sur toi, Vale. Elle souhaite s'emparer de tout.

Ses mots provoquèrent une vague de peur et de

fureur qui me ravagea de l'intérieur. Je levai les mains et une lumière dorée s'accumula au creux de mes paumes.

— Elle ne la touchera pas. Et toi non plus.

— Tu ne peux pas la protéger, répliqua Malvor d'une voix froide et moqueuse. Tu n'arrives pas à te protéger toi-même.

Je rugis et laissai ma magie se déchaîner. Une lumière dorée irradia de mon corps et projeta un raz-de-marée aveuglant. Malvor essaya de riposter avec sa magie noire, mais ce ne fut pas suffisant. La lumière de Lirael transperça ses défenses et le fit reculer.

Il cria de stupeur et ouvrit grand les yeux quand la lumière commença à le brûler.

— Tu... tu penses que ça change quoi que ce soit ? lança-t-il d'une voix faible, mais chargée de venin. Zamarra est loin d'avoir fini de jouer. Et toi... tu te réveilles déjà trop tard.

Enragée, je mobilisai toute ma magie pour mon assaut suivant. Ma lumière dorée partit sous la forme d'une lance qui transperça la poitrine de Malvor. Sous le choc, il écarquilla les yeux alors que la lumière le consumait. Tremblant, il s'affaissa avant de disparaître en cendres et en poussière. Le souffle de sa magie avait pulvérisé son corps dont les restes furent emportées par une violente rafale.

Au moment où Malvor tomba, sa connexion aux mages giroviens se dissipa. Nombre d'entre eux crièrent et agrippèrent leur tête quand leurs sorts se retournèrent contre eux. Leurs nez et leurs yeux se mirent à saigner et ils s'écroulèrent dans la neige. Désespérés et désorientés, ceux qui survécurent se replièrent et s'enfuirent dans la nuit. Idris rugit une dernière fois et déploya ses ailes pourpres pour découper les retardataires.

Après la bataille, le silence était assourdissant. Plus pénible que n'importe quelle collision de deux sorts ou entrechoquement d'armes, il faisait souffrir mes oreilles. Les forces giroviennes n'étaient plus. Ceux qui n'avaient pas péri avaient fui dans l'ombre, laissant dans leur sillage une traînée de corps brisés et une clairière ravagée.

Freya rangea ses lames et examina le champ de bataille de son regard perçant.

— Eh bien, c'est une bonne manière de commencer la soirée, marmonna-t-elle, sans faire appel à son piquant habituel.

Ses pas étaient lents et sa posture raide, comme si elle s'attendait à voir d'autres ennemis surgir de l'obscurité.

Xavier se rapprocha de moi et surveilla les alentours de ses yeux d'un bleu glacial dans lesquels il me semblait reconnaître sa volonté inflexible. Tout proche, Idris sous sa forme de dragon, brillait faiblement sous le clair de lune. Il observait les ravages environnants tandis que de la fumée s'élevait de ses naseaux. Appuyé contre un arbre, les ailes repliées dans son dos, Kian me fixait de ses yeux ambrés.

— *On retourne au château*, grogna télépathiquement Idris, dont la voix retentit comme un ordre dans ma tête. *Tout de suite.*

Je hochai doucement la tête et avançai machinalement. J'étais incapable de détourner les yeux du chaos qui s'étalait devant moi. La clairière qui avait abrité notre bataille était parsemée de corps et la neige était teintée de rouge. L'air charriait une odeur de chair brûlée et de magie, dont la puanteur âcre m'irritait la gorge.

Nous nous déplaçâmes en groupe, alourdis du poids de notre silence. Sa posture toujours rigide, Idris reprit forme humaine et se tissa une armure avec sa magie. D'un pas résolu, il marchait devant nous, mais je le sentais bouillonner d'une rage qui suintait par tous ses pores. Je percevais toute son agitation intérieure, l'intensité de ses émotions qu'il n'arrivait pas à contenir, et pourtant, il ne m'avait pas jeté un seul regard.

Je l'avais trahi – je les avais tous trahis –, et je ne savais pas s'il parviendrait à me pardonner.

Xavier était tout proche derrière, et ses mains brillaient légèrement de l'excédent de sa glace magique. Kian, quant à lui, fermait la marche. Il scrutait l'obscurité, comme s'il s'attendait à tomber dans une embuscade.

Quand nous rejoignîmes les portes du château, je sentis mon cœur se serrer. L'enceinte portait les stigmates de l'attaque, d'énormes sillons fendaient la pierre et l'acier. Des gardes étaient éparpillés sur le sol, certains blessés, d'autres complètement réduits en charpie.

Je m'arrêtai net en sentant ma poitrine se comprimer alors que j'observais la scène. Ce n'était pas une simple bataille, mais un avertissement. Une déclaration de guerre.

— Vale, dit Xavier d'une voix plus douce à présent.

Il posa une main sur mon épaule pour me réconforter.

— On doit continuer.

Je hochai la tête malgré l'impression de plomb que me donnaient mes jambes. Quand nous entrâmes dans la cour du château, l'étendue des dégâts devint évidente. Des soldats couraient dans toutes les directions pour transporter les blessés, crier des ordres et éteindre des incendies magiques qui semblaient brûler indéfiniment. Les pavés jadis immaculés étaient recouverts de sang et de cendres. Et j'entendais dans l'air le vrombissement d'une force magique alors que les protections étaient rapidement remises en place.

Le visage sombre, Freya lâcha un long sifflement.

— Leur attaque a été plus brutale qu'on le pensait.

— Voilà ce qui se passe quand on est distrait, rétorqua Idris en se tournant vers moi avec un regard incendiaire. Quand on est pris au dépourvu.

Cependant, ce n'était pas moi qui avais demandé à me marier. Ce n'était pas moi qui avais organisé une fête dans l'espoir que la guerre ne nous atteindrait pas.

— Ce n'était pas une distraction, dis-je d'une voix plus assurée que ce que je ressentais vraiment. Ils voulaient nous faire passer un message. Malvor savait très bien ce qu'il faisait.

— Et il s'est servi de nous dans ce but, marmonna Kian, en contractant ses griffes. Il voulait qu'on se déchire entre nous et qu'on se concentre sur lui pendant que ses forces dévasteraient le château.

— Ça a marché, lâcha Xavier, dont le regard s'assombrit.

Ravalant ma salive, je sentis la culpabilité me dévorer les entrailles. Nous n'étions pas les seuls concernés. Cette histoire allait même au-delà du château. C'était le royaume tout entier qui était en danger. Le chaos que prévoyait de causer Zamarra avait déjà commencé, et elle avait réussi à me manipuler.

— Je dois voir les blessés, dis-je d'une voix plus ferme cette fois. Je dois voir les forces qu'on a perdues.

—Vale, tu... hésita Idris entre ses dents serrées.

— Tu me reproches déjà ce qui s'est passé. Je peux le sentir, putain ! Pourquoi ne pas me laisser m'en rendre compte par moi-même ? l'interrompis-je en le regardant droit dans les yeux. Ils se sont battus pour notre couronne, Idris. Ils se sont battus pour défendre ce château. Je dois au moins leur montrer que je suis consciente de ce que ça a coûté.

Il m'observa un moment. Plus le temps passait, plus son expression se durcissait, mais il finit par acquiescer.

— Freya, accompagne-la. Kian, Xavier, allez

contrôler nos défenses. Je veux que tous les sorts de protection soient rétablis et que toutes les failles du château soient renforcées. Ça ne doit pas se reproduire.

Sur ce, il se retourna et m'ignora comme si je ne l'avais pas épousé quelques heures plus tôt. Comme si je n'avais pas tout sacrifié pour lui. Comme si j'étais insignifiante. Après un bref moment d'hésitation, je vis juste une lueur que je ne parvins pas à identifier dans ses yeux dorés avant qu'il s'éloigne.

S'il voulait se comporter ainsi, très bien.

La cour était ravagée, mais je me rendis réellement compte de ce que nous avions affronté en passant avec Freya parmi les blessés. Des soldats brûlés aux membres cassés étaient étendus sur des civières de fortune, leurs cris de souffrance retentissaient dans l'air. Les soignants s'affairaient sans relâche et usaient de leur magie pour panser les plaies et rassurer les blessés.

— Vale, dit doucement Freya, alors qu'elle balayait des yeux la cour. On a gagné, mais nos forces ont été éprouvées.

La gorge nouée, je hochai la tête. Je ne considérais pas cela comme une victoire. C'était de la survie, et nous tenions à peine.

Quand nous rejoignîmes la salle principale, mes

pas devinrent hésitants. Les longues tables qui servaient habituellement aux banquets étaient à présent occupées par des blessés. L'air était imprégné de l'odeur du sang et du désespoir. J'entendis le fredonnement de la magie de guérison.

— Tu n'as pas à... commença Freya en posant une main sur mon bras alors que son regard perçant s'adoucissait.

— Si, la coupai-je d'une voix plus assurée.

Le dos bien droit, je balayai du regard les rangées de blessés.

— C'est ma faute, Freya. Malvor m'avait prévenue, et pourtant...

— Ça suffit ! s'exclama la vampire d'une voix sèche qui interrompit mes pensées agitées.

Le visage déterminé, elle s'avança.

— Tu crois être la seule à faire des erreurs ? À les avoir sous-estimés ? Tu penses qu'Idris, Xavier, Kian et moi n'avons aucune responsabilité dans cette affaire ?

— Mais... fis-je, stupéfaite, en clignant des yeux.

— Pas de mais, me coupa-t-elle en baissant la voix.

Cependant, cela ne diminua en rien la puissance de ses paroles.

— On savait tous qu'ils étaient en chemin. On

croyait tous avoir plus de temps. Tu penses vraiment que t'es responsable de ce fiasco juste parce que Malvor a rejeté la faute sur toi ? On l'emmerde. Tu n'as pas à en assumer toute la responsabilité juste parce que ça te donne l'impression de contrôler tout ce cirque.

Ses propos me firent l'effet d'une gifle. J'ouvris la bouche pour répondre, mais elle leva une main pour me faire taire.

— Tu te sens coupable ? Super. Ça veut dire que tu tiens à ce royaume. Mais ne fais pas comme si on ne s'était pas trompés nous aussi. Nos forces souffrent parce qu'on est en guerre, Vale. Une guerre, ça n'attend pas que les gens soient prêts pour pointer son nez.

Freya laissa retomber sa main et souffla brusquement, puis contempla la salle principale.

— En temps de guerre, on ne peut pas sauver tout le monde. Si tu penses pouvoir le faire, ça te mènera à ta perte. Tu veux apporter ton aide ? Alors arrête de te culpabiliser pour des choses qui échappent à ton contrôle et commence à agir là où tu peux.

Son discours aurait dû me mettre la gifle dont j'avais besoin, mais ne réussit pas à atteindre le but escompté. Parce que je connaissais la vérité. Parce

que je sentais la présence de Zamarra qui se renforçait. Je ne me basais pas sur la menace proférée par
Malvor, mais sur l'atmosphère qui devenait plus
froide et oppressante. Comme si elle tendait déjà sa
main vers moi pour planter ses griffes dans tout ce à
quoi je tenais.

Toutefois, Freya avait raison sur une chose : je ne
pouvais pas sauver tout le monde.

Mais je pouvais sauver quelqu'un en particulier.

CHAPITRE 28
VALE

Un silence désagréable s'était installé sur le château alors que la nuit avait laissé place au jour, puis le jour avait laissé place à la nuit. L'air était toujours chargé de la gravité des événements qui s'étaient déroulés la veille. Les murs en pierre présentaient des marques de brûlure, des fissures causées par les combats, et l'odeur de cendres restait omniprésente. Les sorts protecteurs avaient été restaurés, les portes fortifiées, mais aucune mesure ne semblait suffisante.

Je n'avais pas une seule fois vu Idris depuis qu'il m'avait confiée à Freya. Toute la journée, il avait réussi à m'éviter, et avait maintenu une communication froide et distante au travers de notre lien. Il ne m'avait pas amputé de sa présence. Non. Mais la tension était assez forte pour me comprimer la poitrine. Tous nos liens entre partenaires étaient abîmés et douloureux. J'ignorais si je pourrais un jour me racheter.

Je pouvais de nouveau les sentir, mais je percevais constamment la peur et la colère qui bouillonnaient au fond d'eux. Ils se trouvaient tous réunis dans la salle du conseil de guerre à attendre je ne sais quoi. Moi, peut-être ? Une lueur d'espoir naquit dans ma poitrine, mais je réalisai mon erreur en franchissant les lourdes portes.

Idris, Kian et Xavier étaient rassemblés autour d'une grande table où ils discutaient à voix basse. Ils étaient tendus, et leur frustration implicite crépitait dans l'air. En tête de table, Idris s'appuyait sur le plateau et observait la carte étalée devant lui. L'armure qu'il avait invoquée quelques heures plus tôt était remplacée par de simples chausses en cuir noir. Toutefois, sa posture n'avait rien de décontracté. Devant moi, je voyais un roi qui se préparait à la guerre : concentré, intransigeant et furieux.

— T'es en retard ! aboya-t-il d'une voix qui accentua la tension ambiante.

Il ne prit même pas la peine de relever ses yeux, qu'il garda rivés sur la carte comme si elle détenait les réponses qu'il cherchait.

—Je ne savais pas qu'une réunion se tenait.

Notre lien vibra légèrement lorsque son irritation flamba. Sa réaction me transperça le cœur, mais il n'était pas le seul à être à cran. La peur et la colère de Kian et de Xavier m'assaillaient de toutes parts et m'embrouillaient la tête. Ils me compliquaient inutilement la tâche.

— Ce n'est pas une réunion, murmura Xavier en me regardant avec des yeux plus doux.

Il était installé près de la cheminée et semblait plus détendu, tout en demeurant vigilant.

— On essaye de déterminer la suite. L'attaque de Malvor n'avait pas pour seul but de diminuer nos forces. Il voulait nous faire passer un message. On doit se préparer à la dévastation qui s'annonce, ce qui est difficile dans la mesure où il nous manque la moitié du conseil. La plupart a fui au moment de l'assaut. Ceux qui sont restés sont mal en point, mais respirent toujours. Nos effectifs sont donc réduits, et pourtant, on doit se réorganiser. L'alliance entre Girovia et Direveil nous a surpris.

— Ils ne sont pas alliés. Malvor a agi seul. Et c'est Zamarra qui nous attend, ajoutai-je en me rapprochant de la table. Malvor a été plutôt clair sur ce point.

Les paroles du mage noir résonnaient dans ma

tête, tel un poison sans remède. *Les chaînes de Zamarra se délient, petite reine. Tout le royaume tremble à cause de tes actions.*

Il avait vu juste. Au moment où j'avais brisé la malédiction d'Idris, je l'avais senti. La magie des différents royaumes en avait été bouleversée.

Ce changement n'était pas uniquement dû au retour du dragon d'Idris ou au raz-de-marée de magie qui avait inondé le continent. Il annonçait une force ancienne et sombre qui avait provoqué une fracture dans les entrailles du Royaume des Rêves. Je l'avais vu de mes propres yeux lorsque je m'étais retrouvée face à Zamarra, dans les ténèbres accidentées de sa prison.

Sans oublier la présence sinistre que je sentais depuis. Ce poids oppressant qui tourmentait mon esprit. Je n'en avais pas parlé aux autres, mais je la voyais m'observer et planter ses griffes dans les limbes de mon inconscient. Elle était libre. Pas encore complètement. Mais ça ne saurait tarder.

Et Nyrah... Mon Dieu, elle avait Nyrah dans le collimateur.

— Attends, lâcha Xavier, immobile, en me clouant sur place de son regard glacial. Zamarra ? Qu'est-ce que tu veux dire ?

—Elle est de retour, expliquai-je, alors que la vérité m'écrasait de son poids. Elle est en train de se libérer de sa prison. Malvor n'était pas là pour nous attaquer. Il est venu ici pour la stopper, en me tuant. Cette bataille... tous ces morts juste pour me tuer et pour l'empêcher de planter ses griffes dans le monde réel. En plus, elle ne s'arrêtera pas après m'avoir mis la main dessus. Nyrah sera sa prochaine cible. Il me l'a dit.

Pendant une seconde, le silence fut étouffant. Puis l'expression de Kian s'assombrit quand il se tourna brusquement vers Idris.

—Je t'en prie, dis-moi que c'est une plaisanterie. Cruelle, mais une plaisanterie.

— Comment tu le sais ? me demanda Idris en plissant les yeux, les dents serrées.

— Parce que je l'ai vue, expliquai-je d'une voix assurée, malgré les émotions qui se déchaînaient en moi.

Freya avait été à côté de la plaque. Tout était de ma faute.

— Dans le Royaume des Rêves. Quand Rune... Elle était là-bas. Et elle ne cherche pas uniquement à s'en prendre à moi. Elle veut tout conquérir. Le monde réel. Le Royaume des Rêves. Tout. Lever la malédiction n'a pas simplement libéré le roi et la magie. Ça a aussi fragilisé les chaînes qui la retenaient.

— Alors, Malvor était un de ses pions ? cracha Kian à voix basse.

— Non, il essayait de l'arrêter, dis-je en secouant la tête. Mais maintenant, il est mort et elle est en route.

— Et qu'est-ce que tu proposes ? demanda Idris d'une voix amère alors qu'il levait enfin les yeux.

Son regard était tout aussi acerbe qu'au moment où je l'avais poignardé en plein cœur. La fureur enflammait ses yeux dorés, mais j'y voyais aussi autre chose. De la culpabilité ? De la peur ? Je n'arrivais pas à identifier cette émotion et il ne m'en laissa pas le temps.

— Tu l'as libérée de ses chaînes, Vale. T'as brisé la malédiction, et maintenant, tout le royaume est en danger. Alors, dis-moi... qu'est-ce qu'on fait pour arranger ça ?

Ses mots me tirèrent une grimace en me blessant plus que je l'aurais cru.

— Tu crois que je ne le sais pas ? Tu crois que je ne sens pas le poids de ma décision à chaque seconde qui passe ? J'étais obligée de le faire, Idris. Je l'ai fait pour te sauver. Pour tous nous sauver.

— Pour nous sauver ? répéta-t-il d'une voix

froide et moqueuse. Regarde autour de toi, Vale. Le château est en ruines, les sorts de protection résistent à peine et le royaume est au bord de l'effondrement. Explique-moi une nouvelle fois comment c'est censé nous avoir sauvés. Et maintenant, tu voudrais qu'on croie qu'elle va s'en prendre à ta sœur ?

— Ça suffit ! s'exclama Kian en s'interposant entre nous.

Ses yeux ambrés se mirent à flamboyer et il posa une main sur l'épaule d'Idris pour le forcer à reculer.

— Tu n'arranges rien.

Idris le repoussa, mais n'insista pas. À la place, il se reconcentra sur la carte en serrant les dents. Le silence retomba sur la pièce.

Tremblante, je soupirai et serrai les poings contre mon corps.

— Zamarra n'est pas seulement une menace pour le royaume. Ma famille est en danger. Malvor a dit qu'elle cherchait Nyrah. Si elle met la main sur elle...

— Tu ne sais pas pourquoi elle cherche ta sœur ni si cet enfoiré disait la vérité, m'interrompit Idris d'une voix glaciale. Et te lancer à sa recherche ne fera que lui faciliter la tâche. Je t'ai déjà pleurée une fois. Rends-moi service en m'épargnant cette expérience une deuxième fois.

La dureté de ses propos me toucha, mais je refusais de flancher. Je le regardai donc droit dans les yeux en rassemblant toute ma force.

— Tu suggères quoi, alors ? Croiser les bras et attendre ? Regarder Zamarra détruire tout ce qui m'est cher ?

— Je te propose de nous faire confiance, intervint Xavier d'une voix calme mais ferme. Tu crois être la seule à vouloir protéger Nyrah ? Tu penses qu'on se fiche de savoir ce qui lui arrive ? Ou ce qui t'arrivera ?

— Je n'ai pas...

Je m'interrompis et posai les mains sur les dagues attachées au niveau de ma taille. Je ne pouvais pas faire ça. Pas avec eux. Pas dans l'immédiat.

— Vous ne comprenez pas.

— Alors, aide-nous à comprendre, dit Kian, en me regardant fixement et fermement de ses yeux ambrés. Laisse-nous t'aider, Vale. Si tu crois que tu dois agir seule, tu te trompes.

Mais je ne pouvais pas les inclure. Parce que cela ne concernait pas uniquement Nyrah, Zamarra ou même le royaume. C'était une question qui me touchait personnellement. Tout découlait des choix que j'avais faits, des vies que j'avais prises et des liens que j'avais détruits. Idris était incapable de me regarder sans bouillonner de rage, et Xavier et Kian... Ils essayaient, mais je ressentais leurs efforts.

Ils ne me faisaient pas confiance. Pas totalement. Et comment aurais-je pu leur en vouloir ? Je n'avais même pas confiance en moi.

Entre nous, le silence s'éternisa douloureusement. La tension et les non-dits rendaient l'air étouffant. Dans un soupir de frustration, Idris brisa finalement ce silence en se retournant vers la carte.

— C'est une perte de temps. Si Zamarra est réellement en route, alors on doit renforcer les défenses du château, rassembler le conseil et se préparer pour la guerre. Partir à la chasse aux fantômes ne servira à rien.

Son rejet me blessa plus que je l'aurais voulu. Ravalant ma salive, je me forçai à retenir les mots qui me brûlaient la langue. À quoi bon ? Il avait déjà pris sa décision, alors je ne me fatiguerais pas dans un combat perdu d'avance.

Sans un mot, je pivotai sur moi-même et quittai la pièce en claquant les portes. Devant moi s'étendaient les couloirs déserts et froids, où chacun de mes pas résonna dans un silence de plomb. Le cœur serré, je sentais le poids des événements m'écraser au point de me faire imploser.

Ils ne comprenaient rien.

C'était normal.

Mais cette fois-là, tous les torts me revenaient. J'étais la seule responsable. J'avais ébranlé leur confiance en levant la malédiction, et à présent, je recommençais. Les liens qui avaient jadis été si lumineux et stables scintillaient faiblement désormais, mis à mal par la colère et la peur, ainsi que par tous les secrets que je gardais.

Une fois dans les appartements d'Idris, je fermai la porte derrière moi et m'appuyai dessus pour essayer de reprendre mon souffle. La pièce était plongée dans l'obscurité. La seule lumière provenait de la lune qui brillait au travers de la fenêtre. Je posai les yeux sur la petite sacoche abîmée que j'avais préparée plus tôt et cachée sous la bordure du lit. Je sortis le vieux livre à moitié déchiré de sous le matelas et le fourrai dans la sacoche alors que les mots de Lirael résonnaient dans ma tête.

Le livre, ma fille. Tu dois retrouver le livre.

J'avais su ce qui m'attendait. À partir du moment où le prénom de Nyrah avait franchi les lèvres de Malvor, j'avais pris ma décision. Mais savoir ce que je devais faire ne facilitait pas mon départ pour autant.

J'avançai vers la fenêtre et effleurai la vitre froide en contemplant l'obscurité de la nuit.

J'aurais tout donné pour entendre la voix de Rune à cet instant précis.

Bon sang, enfoiré. Pourquoi tu m'as poussée à le faire ? Il ne pourra jamais me le pardonner maintenant.

Mais je n'obtins aucune réponse du dragon. Rien de surprenant. J'étais seule, et je le serais jusqu'à ce que je trouve Nyrah.

En bas, le château était calme. Toutefois, les stigmates de la bataille étaient visibles : les murs cassés, la neige tachée de sang et le scintillement des sorts protecteurs. Tout ça était de ma faute. Le résultat de mes choix.

Mais Nyrah n'avait pas à payer pour les décisions que j'avais prises. Il était encore possible de la sauver. Je pouvais encore prendre la bonne décision.

Au fond de mon esprit, les liens que je partageais avec Idris, Kian et Xavier, qui pulsaient faiblement, me rappelaient ce que je laissais derrière moi. Une part de moi voulait leur dire ce que je comptais faire et leur demander de l'aide. Mais je m'y refusais. Parce que c'était moi qui nous avais séparés.

Je me détournai de la fenêtre et attrapai la

sacoche pour la mettre sur mon épaule. Le cœur serré, je regardai une dernière fois la pièce. Quelques heures plus tôt, j'avais partagé ma couche avec Idris et finalisé le lien que je craignais à présent ne jamais pouvoir réparer.

Mais le doute n'avait pas sa place.

Plus maintenant.

Ravalant mes larmes, je sortis dans le couloir et zigzaguai entre les décombres. Le silence du château était étouffant, et mon cœur se brisait à chaque pas que je faisais.

Quand j'atteignis la barrière de protection, je la découpai délicatement et réparai l'entaille une fois que je l'eus franchie. J'y ajoutai même une fraction de mon pouvoir pour qu'elle tienne aussi longtemps que nécessaire.

De ce côté-là, je pouvais à peine sentir la présence de mes partenaires. Une première larme dévala ma joue quand je pris conscience de leur perte.

J'avais rempli la mission pour laquelle il m'avait trouvée. J'avais levé la malédiction et je l'avais libéré. Désormais, il n'avait plus besoin de moi. Et Kian, et Xavier ? Ils trouveraient une autre partenaire. Quelqu'un de mieux. Quelqu'un en qui ils pourraient avoir confiance.

J'essuyai mes larmes, car je n'avais pas de temps à perdre. Pas si je voulais sauver ma sœur. En réajustant la sacoche sur mon épaule, je me glissai dans l'ombre et disparut dans la nuit.

J'avais une sœur à trouver.

*Un grand merci d'avoir lu **Braises volées**. Je ne sais pas comment vous expliquer à quel point j'aime Vale, Kian, Xavier et Idris, ainsi que leur bande hétéroclite d'amis. Et leur histoire n'est pas encore tout à fait terminée !*

*Dans le prochain livre, **Destins brisés**, les folles manigances des métamorphes dragons vous attendent. J'espère que vous êtes prêts à voir Vale et ses partenaires composer avec leur incroyable lien d'accouplement, la guerre qui fait rage et les conséquences de la malédiction qui a été levée !*

DESTINS BRISÉS

Flammes Brisées Tome Trois

Reine. Sauveuse. Sacrifice.

Les royaumes se déchirent, et Vale Ténébris se trouve au cœur de la tempête. Alors que le chaos se propage sur le continent, Vale doit mobiliser la magie qu'elle comprend à peine pour protéger son royaume et ceux qu'elle aime. Ses liens avec ses partenaires ont été éprouvés, et les forces qui ébranlent leur monde se renforcent de jour en jour.

Alors que des pouvoirs antiques s'éveillent et que

des secrets sont révélés, Vale est entraînée dans une course contre la montre visant à mettre un terme à une guerre qui pourrait réduire les royaumes en cendres. Mais avec des ennemis rôdant dans l'ombre et des tromperies à chaque tournant, la magie ne sera pas suffisante pour survivre. Vale devra donner tout ce qu'elle possède.

Le destin des royaumes est entre ses mains, mais à quel prix ?

Pré-commandez votre exemplaire dès aujourd'hui

À PROPOS DE L'AUTEUR

Annie Anderson est l'autrice de la série à succès international *Rogue Ethereal*. Ancienne membre de l'US Air Force, Annie écrit des romans de fantasy au rythme effréné, peuplés d'héroïnes fortes et pleines de mordant, sans oublier une bonne dose de magie.

Quand elle ne tape pas furieusement sur son clavier, on peut la trouver en train de binge-watcher *The Magicians*, flirter avec son mari, gérer ses enfants, ou encore soudoyer ses chiens grincheux pour les faire sortir en promenade.

Pour en savoir plus sur Annie et ses livres, rendez-vous sur

www.annieande.com

facebook.com/AuthorAnnieAnderson

instagram.com/AnnieAnde

amazon.com/author/annieande

bookbub.com/authors/annie-anderson

goodreads.com/AnnieAnde

pinterest.com/annieande

tiktok.com/@authorannieanderson